KB083041

어떤 곳에서도
안녕하기를

어떤 곳에서도 안녕하기를 **삶의 곳곳을 비추는 세 사람의 시선**

초판인쇄 2022년 11월 20일 **초판발행** 2022년 11월 30일

글쓴이 김지혜 · 이의진 · 한정선 **펴낸이** 박성모 **펴낸곳** 소명출판 **출판등록** 제1998-000017호

주소 서울시 서초구 사임당로14길 15 서광빌딩 2층

전화 02-585-7840 **팩스** 02-585-7848

전자우편 somyungbooks@daum.net **홈페이지** www.somyong.co.kr

값 18,000원

ISBN 979-11-5905-705-2 03810

ⓒ 김지혜 · 이의진 · 한정선, 2022

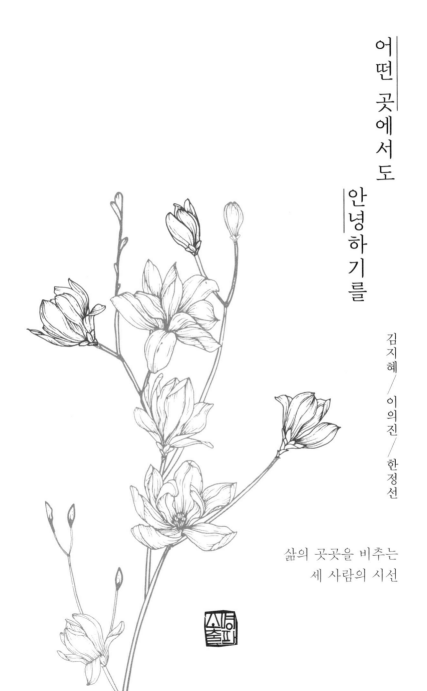

어떤 곳에서도 안녕하기를

김지혜 / 이의진 / 한정선

삶의 곳곳을 비추는
세 사람의 시선

차례

제1부

나와 타인의

경계

시민의 자격

미국 드라마 〈지정 생존자〉 중에 이런 이야기가 나온다. 대통령 비서실장이던 애런 쇼어는 부통령 후보로 출마하게 되는데, 출마하자마자 언론은 그의 과거를 캐기 시작한다. 그리고 오래전 그의 불법행위를 밝혀 낸다.

16살이던 애런은 고모의 부탁으로 6살 어린아이가 불법으로 국경을 넘는 걸 도와주었던 적이 있었다. 당시 그 아이는 부모가 살해당하자 갈 곳이 없었고, 애런은 그런 일을 모른 척할 수가 없었다. 그는 그때 아이가 국경을 넘을 수 있게 도와준 것으로 끝내지 않고 아이에게 정기적으로 생활비를 보내 대학을 마치고 사회생활을 해 나갈 수 있도록 도왔다. 이런 그에게 언론은 그의 행위가 불법이었다는 것에만 초점을 맞춰 비난을 퍼붓는다. 이민으로 세워진 국가지만 아이러니하게도 이민에 대해 까다로운 데다 너그럽지도 않은 것이다.

애런은 기자회견을 열고, 6살이었던 아이가 지금 어떤 모습으로 살아가고 있는지 이야기한다. 그리고 이민자였던 자신의 아버지 이야기도 담담히 털어놓는다.

"존재 자체가 범죄가 되어선 안 됩니다. 남들 눈에 띄지 않아도 성실하게 일하러 온 사람들입니다."
"이런 게 바로 이민 아닙니까?"

관광비자로 한국에 들어와 공사장에서 일하며 번 돈으로 멀리 있는 부모와 아내, 자녀의 생계를 책임져 온 율다셰브 알리 압바르.

그는 자신이 살던 원룸 건물에 불이 난 것을 알고 서툰 한국어로 "불이야" 외치며 이웃을 대피시키고, 2층에 있던 50대 여성이 대피하지 못한 사실을 알고 도시가스 배관과 유선 케이블을 잡고 불 속으로 뛰어들었다. 불법체류자라는 게 들통날 것을 잘 알면서도 불 속으로 뛰어든 이유를 묻자 그는 덤덤히 이렇게 이야기한다.✦

"사람을 살려야 하잖아요."

그는 불법체류로 강제출국을 앞두게 되었다.

✦ 「불길에 몸 던져 한국인 10명 살린 불법체류자의 딱한 사연」, 『한국일보』, 2020.4.20.

한국은 이민 국가가 아니라고 누군가는 이야기할지도 모르겠다. 그런데, 이젠 이민 국가다, 아니다를 논하는 게 의미가 없어진 것 아닌가 싶다. 나 역시 이민자로 이국땅에 살고 있고, 내가 사는 나라는 통상 이민 국가로 분류되지 않는 곳이지만, 이미 많은 외국인이 시민으로 살아가고 있다.

논의는 이제 '시민'의 개념으로 옮겨져야 하는 게 아닐까? 대한민국에서 태어나고 자라 엘리트 교육을 받은 사람들이 같은 시민을 무자비하게 죽이고, 산과 강을 죽이고, 역시 같은 시민인 여성들을 강간하고 노예처럼 부리는 일들이 수도 없이 벌어진다. 그런 사람들이야말로 '존재 자체가 범죄'인 것 아닐까?

나는 그들에게 '시민'이란 호칭을 부여하고 싶지 않다. 비록 나와 국적이 다르고, 피부색이 다를지언정 사람과 세상에 대해 제대로 이야기를 나눌 수 있는 사람과 같은 시민이고 싶다. '남들 눈에 띄지 않아도 성실하게 일'하고, 쫓겨날 것을 알면서도 자신의 안위보다 타인의 생명을 우선에 둘 수 있는 사람과 같은 '시민'이고 싶다. 그렇게 내가 존경할 수 있는 사람과 같은 '시민'이고 싶다.

〈지정 생존자〉는 픽션이지만, 나는 우리가 이 영화보다 조금 더 나은 이야기를 써 나갈 수 있을 거라고 생각한다. 몇 명이 완성하는 대본이 아니라, 건강한 상식을 가진, 법조문 위에 인

간이 있다는 걸 아는 수천만 명이 쓰는 이야기가 더 힘이 있을 거라고, 더 멋질 거라고 말이다.✦

✦ 알리 씨의 사정이 알려지자 청와대 국민청원 홈페이지에는 "그가 한국에 머물 수 있도록 해 달라"는 글이 올라왔고, 수만 명이 동의했다. 2020년 7월, 정부는 의사상자심사위원회에서 알리 씨를 의상자로 인정했고, 그해 말 그는 영주권을 얻었다.

12 어떤 곳에서도 안녕하기를

벌금의 무게

2021년 3월 18일 네 명의 최중증장애인들이 구치소에 수감되었다. 박경석, 권달주, 이형숙, 최용기. 그들의 죄목은 도로교통 방해, 공공건물 침입, 집회 및 시위에 관한 법률 위반 등등이었다. 그리고 이들에게는 총 4천만 원의 벌금형이 내려졌다. 그들은 벌금형을 거부하고 노역을 택했고 구치소에 수감되었다. 장애인도 탈 수 있는 저상버스를 도입하라고 버스를 점거하고, 장애인복지예산 확대를 요구하며 행진하고, 장애인들이 지하철 리프트에서 떨어져 죽는 일이 없게 해 달라고 농성한 것. 이게 이들의 죄였다.

지하철을 안전하게 이용하고 싶다, 버스를 타고 싶다는, 너무도 당연한 말을 전하기 위해 도로를 점거하거나 버스와 몸을 사슬로 연결해 농성을 해야 하다니⋯⋯. 이야기를 들으면서도 이 모든 게 현재, 21세기의 일이라는 게 믿기지 않았다.

물론, 나도 잘 안다. 아마 구치소에 수감되었던 활동가 네 사람도 누구보다 잘 알고 있었을 것이다. 도로를 점거하지 않고, 농성하지 않고 이런 이야기들을 전하는 게 제일 좋다는 것

말이다. 그런데, 법을 어기지 않고 이런 이야기들을 전하고, 각 정부기관이 실행하도록 하는 일이 과연 가능하기나 한 걸까?

지구 한편에서 이런 게 가능하다는 걸 보기는 했다. 회사 노조들의 시위도 무척 평화롭고, 사회에서 굵직굵직한 이슈가 터질 때마다 사람들이 시위를 하지만, 과격하지 않고 게다가 경찰의 보호를 받는 나라도 존재한다. 그런데, 시위가 평화로우려면 한 가지 조건이 전제되어야 한다. 조용히, 평화롭게 이야기해도 상대가 귀 기울여 잘 듣고, 실행한다는 믿음. 이런 신뢰가 형성되어 있을 때 가능한 이야기이다. 우리 사회는 이런 것들이 가능한 곳인가? 사람이 죽어 나가도 문제 해결의 의지조차 보이지 않는 한국 사회에서 과연 평화로운 시위라는 게 가능하기는 한 걸까? 나는 잘 모르겠다.

아마도 장애인을 위한 시설이라고는 하나도 되어 있지 않을 구치소에서 네 사람은 어떻게 지냈을까? 그들이 받은 벌금 4,440만 원의 무게를 생각해 본다. 수십억 조세 포탈 죄로 유죄 판결을 받고도 재판부의 선처로 집행유예를 받아 실형을 면하는 사람이 수두룩하고, 몇백억의 세금을 내지 않은 사람이 벌금을 내지 않고 1일 5천만 원, 6천만 원씩 쳐 주는 노역으로 벌금을 뭉텅뭉텅 면제받는 경우가 허다한데, 같은 시민으로서 동등하게 버스를 타고 싶다, 지하철을 타고 싶다는 이야기를 한 사람들의 1일 노역은 도대체 얼마 정도로 책정이 될 수 있을까?

『실격당한 자들을 위한 변론』이란 책에서 골형성부전증으로 휠체어를 타는, 변호사이자 연극배우, 작가인 저자 김원영은 특수학교 재학 시절 수업 시간에 한 선생님이 들려준 이야기를 책에서 전한다. 일본에 다녀온 이야기를 하며 일본에는 작은 도시에 가도 휠체어가 탈 수 있는 버스가 있다고 선생님이 말하자 당시 중학생이었던 그와 그의 급우들은 눈이 휘둥그레진다. 그 아이들을 보면서 선생님은 묻는다.

"우리나라에서는 너희가 버스랑 지하철을 못 타잖아. 이게 당연할 걸까?"

선생님의 질문에 아이들은 시큰둥하게 대답합니다.

"장애인이니까 못 타죠."

그러자 선생님이 말합니다.

"버스는 대중교통이잖아. 장애인은 대중이 아니야?"

"……."

"대중교통이면 휠체어를 탄 사람이든 목발을 짚은 사람이든 모두 탈 수 있도록 만들어야 하는 거 아닐까?"

저자 김원영은 이 에피소드 끝에 선생님이 덧붙인 말도 전한다.

"너희가 버스를 못 타는 게 너희 잘못은 아니야."

모든 국민은 차별받지 아니한다는 헌법 조항을 온몸으로 써 내려가고 있는 네 사람에게 나는 진심으로 존경을 표하고 싶다. 김원영 작가의 말처럼, "우리는 존엄하고 아름다우며, 사랑하고 사랑받을 가치가 있는 존재"다. "누구도 우리를 실격시키지 못"한다. 심하게 기울어진 벌금의 저울도, 누군가를 배제시켜 온 법이라 할지라도 말이다.

진심의 공간은 멀리 있지 않다

장애인 이동권 투쟁과 청와대 이전에 관하여

2001년 1월, 지하철 4호선 오이도역 박○○(71세) 사망

2002년 5월, 5호선 발산역 윤○○(62세) 사망

2006년 9월, 인천 1호선 신연수역 김○○(27세) 사망

2008년 4월, 1호선 화서역 이○○(87세) 사망

2017년 1월, 5호선 신길역 한○○(69세) 사망

2020년 11월, 대구 지하철 모 씨(81세) 사망

그저 남들처럼 지하철을 타기 위해 리프트에 올랐다가 목숨을 잃은 사람들이다. 그들은 일터로, 집으로 혹은 친구를 만나러 가던 길이었다. 자연재해도 아니고, 어쩔 수 없는 사고도 아니고, 리프트가 잘못 설치되고, 잘못 관리된 탓으로 인해 평범한 일상의 순간에 어처구니없이 목숨을 잃었다.

20여 년 전 2001년 1월 지하철 4호선 오이도역, 2002년 5호선 발산역에서 리프트 추락 사고로 장애인이 계속 사망하자 장애인단체 활동가들은 개선을 요구하며 시위를 벌였다. 지하철 선로에 내려가 시위를 하고, 목에 사슬을 걸고 거리로 나가 외쳤다. 특혜를 달라는 게 아니라, 누군가 집 밖을 나가려다 목숨

을 잃는 일이 다시는 없게 해 달라는 요구였다. 인간다운 생활을 위한 최소한의 권리인 이동권을 보장해 달라는 이야기를 전하기 위해 그들은 또 그렇게 목숨을 걸어야 했다.

이명박 씨가 서울시 시장으로 있던 2002년, 서울시는 드디어 장애인 이동권 보장 종합 대책을 통해 2004년까지 모든 서울 지하철 역사에 엘리베이터를 설치하겠다고 약속했지만, 그 약속은 지켜지지 않았다.

그 후 고故 박원순 씨가 서울시장으로 근무하던 2015년에 서울시는 다시 장애인 이동권 보장을 위해 2022년까지 지하철 역사에 엘리베이터 100퍼센트 설치, 2025년까지 저상버스 100퍼센트, 2017년까지 마을저상버스를 도입하겠다며 약속했다.

장애인 이동권을 위해 많은 사람들이 싸워 온 결과였다. 시민 한 사람, 한 사람의 기본권과 안전을 보장하기 위해 정부가 당연히 했어야 할 일이었지만, 정부 대신 활동가들과 시민들이 싸워서 얻어 낸 결과였다. 그 힘겨운 싸움으로 서울시 지하철 엘리베이터 설치율은 이제 겨우 93퍼센트가 되었다. 누군가 다치거나 죽는 일을 미리 막기 위해 시설을 보완하고 고치고, 설치하는 게 아니라, 누군가 다치고 누군가 죽고 나서야 시설이 고쳐지고, 설치된 것이다.

게다가 93퍼센트란 말은 아직 엘리베이터가 다 설치되지 않았다는 뜻이다. 누군가 휠체어를 타고 집을 나섰다가 목숨을 잃는 일이 또다시 생길 가능성이 높다는 걸 의미한다. 그러니 93퍼센트나 된다고 말할 게 아니라, 아직 100퍼센트가 아니라고 말해야 하지 않을까. 그런데, 서울시 예산안에 장애인 이동권 예산이 삭감되었다. 시민의 목숨과 안전을 지켜 주기 위한 최소한의 방안인 20여 년 전 약속이 다시 내팽개친 것이다.

그런데, 이런 상황에서 할 일을 제대로 하지 못해 미안하다고 고개를 숙여야 할 정치인들의 입에서 믿기 힘든 말들이 쏟아져 나오고 있다. 어느 정치인은 장애인 지하철 시위를 향해 "수백만 서울 시민의 아침을 볼모로 잡는 부조리", "최대 다수의 불행과 불편을 야기해야 본인들의 주장이 관철된다는 비문명적 관점"의 "불법 시위"라고 말했다. 교통약자법에서 말하는 약자는 장애인, 고령자, 임신부, 어린이, 영유아를 동반한 사람 등 일상생활에서 이동에 어려움을 느끼는 사람이 모두 포함되고, 이는 국민의 29.1퍼센트, 즉 전체 국민의 3분의 1을 뜻한다. 도대체 그가 말한 '최대 다수'는 누구를 가리키는 말인가.✦ 3분의 2에 해당하는 사람들만 시민이고, 3분의 1에 해당하는 사람들은 시민에 포함되지 않는 것인가.

✦ 국토교통부에 따르면 지난해 기준 국내의 교통약자는 국민의 29.1퍼센트(1,540만 명), 즉 10명 가운데 3명이 교통약자인 셈이다(「1999년 혜화역 리프트에서 추락했던 장애인, 그의 싸움은 계속된다」, 『한국일보』, 2021.12.18).

내가 아는 문명사회는 시민을 나누지 않는다. 지하철을 타다가 죽을 수 있는 시민과 그럴 일 없는 시민으로 나누어 행정 처리를 하는 사회는 문명사회가 아니다. 단 한 사람의 목숨도 패싱하지 않는 것. 누군가 다치고 죽는 일이 없도록 만 분의 일의 가능성까지 생각하고 대처하는 것. 이것이 내가 아는 '문명사회'이고, 진정한 '정치'이다.

윤석열 정부는 국민과의 원활한 소통을 위해 대통령 집무실을 용산으로 이전한다고 한다. 청와대 이전 비용은 496억 원. 지하철 엘리베이터 100퍼센트 설치 비용은 650억이다. 굳이 하지 않아도 될 일에는 496억 원을 쓰려고 하면서 사람의 목숨을 구하기 위한 돈을 쓰는 데는 망설이며 답을 미룬다.

건축가 김현진은 자신의 저서 『진심의 공간』자음과모음, 2017에서 이렇게 말한다.

> 집이 인생을 바꾸지도 않는다. 삶을 바꾸고 싶어 하는 사람이, 노력 없이 공간을 사서 더 고귀해지는 것을 나는 본 적이 없다. 삶을 아름답게 읽으려는 노력만이, 나의 공간을 아름답게 만든다.

공간을 사서 더 고귀해질 수는 없다. 정치인으로서 삶을 아름답게 읽으려는 노력은 단 한 사람의 목숨도 함부로 하지 않는 것에서 시작된다.

지하철 엘리베이터 설치는 "청와대를 용산으로 이전하는 것보다 훨씬 가치 있는 일"이라는 박경석 전국장애인 차별철폐연대 상임공동대표의 말을 정부와 정치인들이 기억했으면 좋겠다. '진심의 공간'은 멀리 있지 않다.

코로나 바이러스와 야만에 대하여

코로나 팬데믹이 시작되자 코로나 발생의 원인으로 아시아, 특히
중국의 식문화가 지목되었다. 중국인뿐만이 아니라 동양인 전체
에게 비난의 화살이 꽂혔다. 오랫동안 이어져 온 각 나라의 식문
화가 야만이라는 이름으로 폄하되고, 인종차별적 발언도 넘쳐흘
렀다. 길을 걷다가 아무 이유 없이 두드려 맞거나 욕설을 듣는 동
양인에 관한 뉴스가 티브이에서 흘러나왔다. 서로에 대한 최소한
의 예의조차 사라진 세상. 지옥의 묵시록이 따로 없는 것 같았다.
문득 각 나라의 식문화에 대해 친구가 했던 말이 떠올랐다.

　남편의 지인들을 집으로 초대한 날이었다. 독일인 친구들
이었는데, 한 사람을 제외한 나머지 친구들은 다 채식주의자들
이었다. 한 친구를 위해 고기 요리를 하고, 다른 친구들을 위해
한국식 채식 요리를 준비했다.
　음식을 먹으며 한국 음식과 독일 음식에 관한 이야기를 나
누던 중 한 친구가 여행 중 경험한 일을 우리에게 들려주었다.
어느 나라인지 기억은 나지 않지만, 그는 그곳에서 말고기를 먹
어 봤다고 했다. 그는 페스코 베지테리언생선을 먹는 채식주의자이었
다. 그의 말을 듣던 독일인 친구들은 다들 놀라는 표정으로 그

에게 말했다.

"어떻게 말고기를 먹을 수 있어?"

그 질문 속에는 자신의 잣대로는 받아들이기 힘든 어떤 것에 대한 항의가 내포되어 있었다. 그는 침착한 표정으로 말했다.

"왜? 그건 그곳의 문화야. 그것 가지고 뭐라고 하는 게 더 문제 아니야?"

음식은 그곳의 문화라는 그 친구의 말은, 간단한 말이었지만, 힘을 가지고 있었다. 그의 말에 이의를 제기하는 사람은 아무도 없었다.

동서양을 막론하고 식습관의 야만성에 관한 지적에서 자유로울 수 있는 민족이나 나라는 없을 것 같다. 각 나라의 식문화에는 그 땅에서 살아온 사람들의 풍토와 풍습, 문화가 녹아들어가 있다. 먹을 것이 풍부하지 못했던 시절에 지금은 '식품'으로 여겨지지 않는 것들을 먹기도 했고, 전쟁이나 기아로 인한 위급한 상황에서 평상시와는 다른 먹거리를 찾아야 했다.

독일 슈퍼마켓에는 가끔 식육점에서 토끼고기를 판매한다. 돼지고기, 소고기, 닭고기 옆에 놓여 있는, 비닐로 진공포장된 기다란 살코기의 정체를 한참 지난 뒤 알았다. 토끼고기에 대한 자세한 역사는 알지 못하지만, 오래 전 그들만의 '이야기'가 있을 거라 짐작한다.

각 나라가 가지고 있는 오랜 문화와 그 속에서 나온 식문화는 존중되어야 한다. 다만, 우리는 지금 인간의 권리와 함께 동물의 권리도 동시에 이야기되는 시대에 살고 있다. 동물을 보호하자는 게 동물을 위한 것만은 아니라는 것을 잘 알고 있다. 인류가 살아가기 위해선 나무도, 풀도, 동물들도 안전해야 한다는 것, 그들의 삶이 파괴돼선 안 된다는 건 너무나 잘 알려진 사실이다. 그러니 이제 이야기는 다른 차원에서 논의되어야 하지 않을까?

신종 코로나에 관해 아들과 이야기하다 아들의 말을 듣고 잠시 멈칫했다. 손을 제대로 씻어야 한다, 조심해야 한다는 내 말에 아들은 무덤덤히 말했다.

"엄마! 이것보다 더한 바이러스도 예전에 있었잖아. 그리고 아빠가 그러는데, 이 바이러스보다 더 무서운 게 있대. 지구 온도가 자꾸 높아져서 얼음이 녹잖아? 그럼 물이 넘치는 것 말고 더 위험한 게 있대. 얼음이 녹으면 그 속에 있던 옛날 바이러스가 퍼질 거래. 그땐 정말 무시무시할 거래."

진짜 야만은 다른 모습으로 우리 일상에 자리 잡고 있는지도 모르겠다. 인류가 충분히 먹을 만큼의 식량을 보유하고 있으면서도 5초 단위로 굶어 죽는 아이들이 있고, 그 반대편에선 남아도는 음식들을 대량 폐기한다. 그리고 빙하가 녹고 있는데, 대책 논의는 지지부진하다. 아마 우리 후손들이 살아남는다면 20세기, 21세기를 살았던 인류에 대해 이렇게 평할지도 모르겠다.

"존재 자체가 바이러스였다. 스스로를 파멸하기 위해 그렇게 열심이었던 인류는 그 이전에도 그 이후에도 없었다"고.

1987년 그리고 운만 좋았던 사람

"책상을 탁하고 치니 억하고 쓰러졌다."

간단한 문장이지만, 절대 간단할 수 없는 이 문장이 사람들 입에 오르내리는 일이 있었다. 한 유명인의 육아 영상에서였다. 그가 책상을 내리치는 부분에서 영화 〈1987〉 박종철 고문치사 사건 기자회견 장면이 삽입되었다. 부적절한 삽입 장면이라는 지적이 이어졌지만, 한 달이 지나서야 영상 제작진은 사과문을 내놓았다.

1987년 1월 13일. 평범한 대학생이었던 박종철은 늦은 밤 들이닥친 치안본부 대공실 수사관 6명에게 연행되었다. 수사관들은 그에게 수배 중인 학교 선배의 거취를 물었지만, 그는 말하지 않았다. 그의 입을 열기 위해 경찰은 그에게 폭행, 물고문, 전기고문을 가했고, 1월 14일 박종철은 사망했다.

사람을 고문하고 죽이는 일이 정부 기관에서 암암리에, 아무렇지 않게 벌어지던 시절이었다. 치안본부 대공분실은 서울 한복판 용산구에 있었지만, 그곳에서 일어나는 일들은 동시대 사람들에게 제대로 전해지지 못했다. 마치 건물 전체가 거대한 방음벽을 두르고 있는 듯 그 안의 비명과 절규는 권력에 의해 늘 소거되었다. 신문에도, 티브이에도 나오지 않았다.

박종철의 죽음은 수사 과정에서 어쩌다 "책상을 탁하고 치니 억하고 쓰러"진 것으로 마무리되었다. 그가 당한 폭행과 물고문, 전기고문은 경찰의 발표문에서 삭제되었다. 있었던 폭행과 고문을 없던 일처럼 삭제하고 은폐하는 일은 남영동 대공분실에서 늘 있는 일이었다. 경찰은 비명과 고통에 찬 신음 소리를 완벽하게 소거했다고 생각하고 발표문을 읽어 나갔을 것이다. 하지만, 있었던 일을 없었던 일로 만드는 일은 언젠가 균열이 생기기 마련이다.

틈 하나 없어 보이던 방음벽은 부검의의 의혹 제기로 무너지기 시작했고, 박종철의 억울한 죽음을 밝히기 위한 사람들의 노력과 싸움은 학생, 정치인의 시위를 넘어서 시민들의 시위로 번졌다. 누군가 고문당하고, 죽는 일이 "없는 일"이 아니라, 없는 일처럼 감추어져 왔을 뿐이라는 사실을 알게 된 시민들은 자동차 경적을 울리고, 버스에서 손수건을 흔들고, 거리로 뛰어나와 최루가스를 마시며 싸웠다. 그해 6월은 대한민국 현대사의 터닝포인트였다. 군사독재에 맞서 싸우다 고문당하고, 죽어 간 사람들, 방음벽에 구멍을 내어 그들의 비명소리를 전한 사람들, 용기를 내어 거리로 달려 나왔던 평범한 사람들. 1987년은 누군가의 죽음과 누군가의 용기와 싸움에 빚을 진 해였다.

　데이비드 레터맨이 새롭게 진행하는 토크쇼가 있는데, 첫 게스트로 버락 오바마가 나왔다. 미국의 문제점에 대해 이런저런 이야기를 주고받던 두 사람은 존 루이스 의원과 셀마 행진에 관한 이야기를 꺼내게 된다. 셀마 행진은 1965년 흑인들의 투표를 막는 미국 남부 주들의 행태에 항의하며 셀마에서 앨라배마주의 수도인 몽고메리까지 87km를 행진한 시위였다. 시위대는 평화롭게 행진했으나 경찰은 곤봉과 최루탄, 말발굽으로 시위대를 진압했고, 백인 우월주의 단체가 행진에 참여한 흑인 인권 운동가 제임스 리브를 때려죽이는 끔찍한 일까지 벌어졌던 '피의 일요일'이었다. 존 루이스 의원은 셀마 행진에서 마틴 루서 킹 목사 옆에서 같이 시위에 앞장섰던 인권 운동가였다. 행진의 선두에 섰던 존 루이스 역시 두개골 골절상을 입고 피투성이가 되어 쓰러졌었다. 하지만, 이런 일들을 겪고도 그는 죽기 전까지 평생 시민 인권운동에 앞장섰다. 체포되고, 감옥에 가는 일들을 수없이 많이 겪으면서도 말이다.

　토크쇼를 마무리할 무렵 버락 오바마가 레터맨에게 묻는다.

　"사회적으로 성공한 사람들은 대개들 자기가 잘나서 그렇게 되었다고 말해요. 나는 내가 부지런히 일했고, 재능도 있었지만 운도 좋은 사람이었다고 말합니다만…… 당신은 어떤가요? 유

6월 20일, 부산진시장 네거리에서 연좌농성을 하는 시위대
(제공 : (사)부산민주항쟁기념사업회)

명인사잖아요. 어떻게 그렇게 될 수 있었나요?"✦

버락 오바마의 질문에 데이비드 레터맨은 이렇게 대답한다.

"존 루이스가 에그몬드 피터스 다리를 건너갈 때(셀마 행진) 내가 뭘 했는지 아세요? 난 그때 친구들과 같이 술을 사고 일주일 동안 고주망태가 되도록 마셨어요. 운이 좋았느냐고요? 나는 운만 좋았던 사람입니다."

운만 좋았던 사람. 레터맨처럼 나도 '운만 좋았던 사람'에

✦ 이하 번역은 넷플릭스 〈오늘의 게스트, 알 만한 사람은 다 아는: 데이비드 레터맨 쇼〉
를 참조했다.

염치 없이 탑승해서 살아왔다. 고문을 당한 적도 없고, 목숨을 걸고 시위에 나섰던 적도 없다. 운만 좋았던 사람으로서 1987년을 기억하려고 한다. 짝사랑하던 성당 오빠에게 연애편지를 쓰느라 정신이 없던 그 시절. 올림픽이 열리기 전, 내가 고등학생이었던 1987년의 여름은 그저 태양의 열기로 뜨거웠다고만 말할 수는 없는 해였다. 오십이 된 내 눈에 1987년은 아직 진행형이다. 군사독재 정권은 물러났지만, 아직도 수많은 사람들이 도시 한복판에서 죽어 간다. 일하다 죽고, 수학여행 가다 죽고, 생계의 벼랑 끝에 몰려 죽는다. 누군가의 고통과 죽음을 지금 우리는 제대로 알고 있는가? 누군가의 비명 소리와 신음 소리를 방음 시설 완벽한 건물 속으로 밀어 넣고 있지는 않은가? 여전히 '탁하고 치니 억하고 쓰러졌다'며 말하고 있지는 않은가?

우리는 무엇을 두고 쓰레기라고 하는가

2012년 경북 경산시 매립장에서 쓰레기를 운반하던 청소차량의 브레이크 파열로 청소노동자 김 모 씨가 사망했다. 매립장 경사가 심하고 커브가 심해 안전사고의 위험이 높은 곳이었지만, 김 씨가 탄 차량은 오래된 것이었고, 사고 당시 브레이크가 전혀 작동하지 않았다. 이 차량은 이미 한 번 사고가 났지만 별다른 점검 없이 이날 투입되었다. 그가 속해 있던 회사는 평소에 노후된 차량을 교체하거나 차량 정비를 제대로 하지 않았다. 사고 위험이 농후한 노후된 차량의 교체를 요구하는 청소노동자들의 요구는 늘 묵살되었다.

2018년 2월, 서울 용산구에서 일하던 청소노동자는 청소차 컨테이너 교체 작업 중 유압장비에 끼여 사망했다. 그해 1월, 용산구청에 2년 기간제 노동자로 채용된 그는 사고가 있던 날 밤 11시에 쓰레기 압축장에서 폐기물을 싣는 컨테이너의 교체 작업을 하다 사고를 당했다. 장비가 고장 났다는 소식을 들었지만, 그는 작업을 해야 했다. 야간에 일하지 말라는 정부의 권고는 비정규직인 그에게는 해당되지 않았다. 지자체가 책임지고 맡아야 할 청소 업무는, 유감스럽게도, 절반 이상이 민간에 위탁돼 있다. 4만 명이 넘는 한국의 환경미화원들 중 절반 넘는 인원이 지자체가 아닌 민간 업체에 소속된 비정규직이다. 사실, 비정규직 노동자에게만 해당되지는 않을 것이다. 민원이 제기된다는 이유로, 교통 혼잡 등의 이유로 청소노동자들이 늦은 밤과 동이 트기 전 이른 새벽에 일하는 것은 늘 당연하게 여겨졌다. "총리가 야간에 일하지 말라고 지시를 내려도 공무원들은 움직이지 않고 있는데, 환경미화원들이 죽는 뉴스라도 나오면 주목받지만 그때뿐⋯⋯." 전주시의 한 청소노동자의 말이다.✦

거리가 아닌 건물 안은 이들에게 안전할까?

대한민국 최고의 지성들을 배출한다는 서울대에서 일하던 한 청소노동자는 휴게실에서 숨진 채 발견되었다. 그가 세상을 떠난 날은 폭염주의보가 내려진 날이었지만, 그가 잠시 숨을 돌리던 공간은 에어컨은커녕 창문도 없는 곳이었다.

이른 새벽에 출근해 8천여 평에 달하는 건물을 쓸고 닦는 그에게 주어진 공간이라고는 곰팡이 냄새가 코를 찌르고, 창문도 에어컨도 없는, 계단 아래 마련된 1평 남짓한 간이 공간이었다. '환기조차 잘 되지 않아 가만히 서 있어도 숨이 막히는 지하 공간'에서 그는 모습을 드러내지 않고 숨죽여 쉬어야 했다.✦✦

✦ 「인터뷰 "제발, 낮에 일하는 것이 '소원'"」, 『노동과 세계』, 2019.6.16.
✦✦ 서울대 학생 모임 '비정규직 없는 서울대 만들기 공동행동' 성명 내용 중.

이 세상에 존재하나 존재하지 않는 듯 숨죽여 지내야 하는 청소노동자들의 이야기는 우리의 상상을 초월한다. '콧노래를 부르거나 의자에 앉지 못한다'[+]는, 눈을 의심하게 되는 조항이 들어가 있는 계약서를 받기도 한다.

청소차량이나 장비의 노후로 다치고 죽는 일뿐만이 아니다. 병원에서 일하는 청소노동자는 의료 폐기물로 인한 감염사 위험에도 노출되어 있다. 2019년 6월 서울 의료원에서 일하던 한 청소노동자 심 모 씨가 사망했다. '병원균이 득실대는 공간에서 12일 연속으로 노동할 수밖에 없는 상황'으로 내몬 병원 측은 청소노동자의 죽음 앞에 책임을 회피하기 바쁜 모습을 보였다. 심 씨가 병원 외곽의 쓰레기 수거 업무를 담당했고, 의료폐기물 처리와 관련된 일은 하지 않았다고 했지만, 병원의 해명과 달리 그의 근무 기록표에는 폐기물 하역과 운반 작업도 한 것으로 나와 있었다.[++]

월요일 아침이면 전날 맞춰 놓은 알람보다 조금 더 일찍 눈이 떠진다. 청소차 소리가 알람보다 먼저 들린다. 독일에 와서 내가 본 청소차는 두 가지 종류이다. 하나는 가정집에서 배출되는 쓰레기봉투들을 수거하는 차량이고 다른 하나는 빗자루처

[+]   중앙대 미화 관리 도급 계약서.
[++] '인도주의 실천 의사협의회' 인터뷰 「청소만 했다고? 주삿바늘 찔러가며 핏자국 닦아」, MBC 뉴스데스크.

럼 생긴 커다란 솔이 달린 차량이다. 이 차가 앞으로 뒤로 왔다
갔다 하면 차에 달린 솔이 움직이며 거리를 깨끗하게 쓸어내는
데, 월요일 아침 일찍 일을 시작한다.

쓰레기봉투를 수거하는 차량은 청소차보다 조금 더 늦게
온다. 아들이 학교를 가고 난 뒤 오전 9시쯤 되면 이 차량이 와
서 사람들이 내놓은 쓰레기들을 수거해 간다. 독일에 산 지 십
여 년이 넘었고, 행정이 조금씩 다른 세 개의 주에서 살았지만,
아직 한 번도 한밤에 거리에서 일하는 청소차나 청소노동자를
본 적이 없다. 그들은 아침에 일하러 나가는 다른 시민들과 어
깨를 나란히 하고 있었다. 그들은 눈에 아주 잘 띄었고, 사회에
정말 '존재'하고 있었다.

"환경미화원은 특별한 지식이나 기술이 필요 없는 업종이다.
환경미화원은 신의 직장, 로또 인사, 로또 자리……."

환경미화원의 월급이 왜 이렇게 많냐며 한 시의원은 이렇
게 투덜거렸다. 미안하지만, 내 눈에는 대한민국의 의원직이야
말로 '특별한 지식이나 기술이 필요 없는 업종'으로 보인다. 산
재로 다치거나 죽을 일 없는 신의 직장이고, 로또 자리 말이다.

계단 아래, 사람이 생활할 수 없는 공간을 사람에게 내어주
고, 콧노래도 부르지 말고 앉지도 말라고 이야기하는 사회. 교통

에 방해되고 시끄러우니 모두가 잠든 시간 조용히 일하라고 청소노동자에게 말하는 사회. 누군가의 존재를 숨기고 지워내는 사회는 과연 정상일까? 문득 궁금해진다, 우리에게 '쓰레기'는 무엇인가? 우리는 지금 무엇을 두고 '쓰레기'라고 하는가? 하고 ……

미필적 고의에 의한 살인

"때린 건 맞지만, 죽을 줄 몰랐습니다."

언론에 의하면, 미필적 고의에 의한 살인사건 가해자들은 입을 맞춘 듯 하나같이 늘 그렇게 이야기한다고 한다. 때리긴 때렸는데, 죽을 줄은 몰랐다는 것이다.

미필적 고의의 뜻을 사전에서 찾아보면 이렇게 나온다.

자기의 행위로 인해 어떤 범죄가 일어날 수 있음을 알면서도 그 행위를 행하는 심리 상태를 말한다.

누군가 죽을 수도 있다는 걸 알면서도 그 행위를 하는 것 ……. 한국 노동자들의 산업재해 사망 기사를 보면 나는 늘 "미필적 고의에 의한 살인"이란 말이 떠오른다.

2018년 12월 10일.

태안화력발전소에서 일하던 24살 청년 고 김용균이 컨베이어 벨트에 끼어 목숨을 잃었다. 2인 1조로 일해야 하는 원칙이 제대로 지켜지지도 않았고, 그가 일하던 현장은 아주 어두웠다. 그곳에서 일하는 노동자들이 개선을 요구했지만, 요구는 거듭 거절되었다. 고 김용균은 직접 손전등을 들고 컨베이어 벨트를 점검하다 사고를 당했다. 그가 일하던 현장에 조명등만 제대로 밝혀져 있었어도 그가 혼자 손전등을 든 채 컨베이어 벨트 안을 들여다보는 위험천만한 일은 하지 않아도 되었다고 그의 동료들은 말했다. 아니, 하다못해 헤드램프 하나라도 회사가 제대로 지급했다면 그런 일은 일어나지 않았을 것이다. 아이러니하게도 그가 일하던 곳은 전기를 만들어 내는 화력발전소였다. 전기를 만드는 회사에서 제대로 된 조명 하나 없이, 헤드램프 하나 없이 핸드폰 불빛에 의지해 일하다 24살 청년은 죽었다.

그가 죽고, 그의 이름을 딴 법안까지 마련되었지만 그곳에서 사람은 죽어 갔다. 2020년 9월 11일. 태안화력발전소에서 일하던 비정규직 노동자 한 명이 석탄 하역기계를 묶다 기계에 깔려 숨졌다. 2톤에 이르는 무거운 철제 기계를 결박하는 작업을 혼자, 그것도 어떤 안전장비도 없이 해야 했던 그는, 예견된 사고로 그렇게 목숨을 잃었다.

2021년 4월. 23살 대학생 이선호 씨가 평택항 항만 부두에서 300kg 무게의 컨테이너 날개에 깔려 숨졌다. 아버지가 일하는 현장에 아르바이트를 하러 갔던 선호 씨는 처음 하는 작업임에도 불구하고 안전모도, 안전교육도 받지 못했다. 상사는 작업

지시만 내리고 자리를 떴다. 안전비용을 아껴 수익을 내려는 구조는 그렇게 또 사람을 죽어 나가게 했다.

태안화력발전소 서부발전 관계자는 "사고가 갑작스럽게 일어나 미처 손을 쓰지 못했다"라고 했지만, 그게 정말 갑작스러운 사고라고 할 수 있을까? 앞을 구분하기조차 힘든, 어두운 곳에서 위험한 기계를 점검하라고 하는 일이, 2톤이나 되는 무거운 철재를 혼자 결박하게 하는 일이, 안전모도, 안전교육도 시행하지 않은 채 작업 현장에 사람을 들여보내는 일이 "죽을 수도 있겠다는 생각을 하면서도 폭행을 지속하는" 행위와 도대체 무엇이 다르다는 것일까?

한국 9.6명, 독일 1.11명.

10만 명당 산업재해로 죽어간 사망자 비율이다.

2020년 10월 26일 자 『동아일보』에는 중대재해기업처벌법이 경영을 위축시킬 것이라는 경영계의 의견이 기사화되었다. 한국경영자총협회경총는 "현행 산업안전보건법산안법에 규정된 사업주 처벌 형량이 이미 세계 최고 수준인데, 올해 1월 개정안을 시행한 지 얼마 되지 않아 중대재해기업처벌법을 도입하는 건 과잉 입법"이라고 밝혔다고 한다. 도대체 무엇이 '위축'이고 '과잉'인가?

자꾸자꾸 "때린 건 맞지만, 죽을 줄 몰랐다"라고 하지 마시라. 사람이 죽었는데, 아직도 계속 죽어 나가는데 갑작스러운 사고다, 그러지 마시라. 그건 사고가 아니라, 살인이니까.

살릴 수 있습니까?

예전에 모 정치인의 인터뷰 동영상을 본 적이 있다. 법을 만드는 일이, 사람들 생각처럼, 그냥 뚝딱뚝딱해서 되는 게 아니라는 이야기였다. 그의 말에 고개가 끄덕여졌다. 자신의 이익에 기반한 수많은 사람의 다양한 의견과 주장을 조율하고, 조정해 공공선에 부합한 결과물을 만들어 낸다는 것이 어디 쉬운 일이겠는가? 어떤 사안에 대한 다양한 의견들을 조율하고 설득하는 과정은 정말 복잡하고, 피곤하기도 한 일일 것이다. 시민 운동가로 활동하다 대통령이 된 버락 오바마 역시 설득과 조율이 쉽지 않았다고 토로한 적이 있다. 사실, 그가 백악관에 머무르면서 한 일의 대부분이 자기와 다른 의견을 가진 사람들을 설득하는 것 아니었을까 싶다.

민주주의 사회에서 사회 구성원들 간에 다양한 의견이 존재하는 건 너무나 당연한 일이다. 다만, 다양한 의견을 존중하고, 그 의견들을 조율하는 일에서 꼭 지켜져야 할 원칙과 예외적인 사항은 있다. 다양한 의견은 존중되어야 하지만, 그 의견이 인류애에 반하는 의견일 경우, 사람의 목숨을 좌지우지하는 일일 경우 단호하게 지켜내야 할 마지노선이라는 게 있지 않느냐는 이야기이다. 중대재해기업처벌법은 그 마지노선에 관한 이야기이다. 세금을 얼마 더 걷느냐 마느냐를 두고 다양한 계층의 의견을 듣고 조율해야 하는 일과는 차원이 다른, 사람의 목숨에 관한 이야기다.

2010년 충남 당진군 석문면 모 철강업체에서 일하던 스물아홉의 한 청년이 작업 도중 용광로에 빠져 숨진 사건이 있었다. 섭씨 1,600도가 넘는 쇳물이 담겨 있는, 2층 높이의 용광로 뚜껑 주변에는 별다른 안전장치가 없었다. 10년 전에만 이런 일이 일어난 것은 아니다. 산업화 이후 한 해도 거르지 않고 이런 일은 계속 일어났다.

2017년. 세계 최고 수준의 시설을 자랑한다는 S중공업 거제 조선소에서 대형 크레인 두 대가 충돌하면서 그곳에서 일하던 노동자들을 덮쳤다. 이 사고로 6명이 사망하고 25명이 다쳤다. 사망한 6명은 촉박한 작업 일정 때문에 노동절임에도 불구하고 쉬지 못하고 나와 일하던 비정규직 하청 노동자들이었다. 사고 이후 정부 의뢰로 작성된 국민참여위원회의 보고서에는 '안전을 위배한 무리한 공정 진행', '원, 하청 안전 관리 책임과 역할 불명확', '과도한 하청 노동자 증가'가 사고 원인으로 지적되었지만, 2년 뒤 법원의 판결은 달랐다. S중공업과 거제 조선소장에게 사고에 대한 직접적인 책임이 없다며, 점검 의무를 다하지 않은 것만을 인정해 벌금 300만 원을 선고했다. 여섯 사람

의 목숨이 벌금 300만 원으로 퉁쳐진 것이다.✦

　다시는 이런 판결이 나오지 않게 명확하고 강력한 법안을 만들어야 한다며 한 국회의원이 나섰다. 고故 노회찬 의원이었다. 그는 산업재해가 발생했을 때 경영자와 기업에게 책임을 묻는 선진국들의 중대재해처벌법을 주목해 한국 최초로 중대재해기업처벌법을 발의했지만, 거대 정당들의 무관심 속에 국회에서 제대로 논의도 되지 못한 채 폐기되었다.

　얼마 전 중대재해 기업 처벌에 관한 법안이 다시 발의되었다. 하지만, 이 법안은 가장 중요한 핵심이 빠져있었다. 중대재해가 발생하는 사업장의 80퍼센트가 50인 미만의 소규모 사업장이라는 사실을 간과한 것이다.

　언론 보도에 의하면, 중대재해기업처벌법이 시행된 이후에도 마찬가지였다. 시행 당일인 2022년 1월 27일. 경기도 김포에 있는 산업용 접착 테이프 제조 공장에서 노동자 1명이 사망했고, 그다음 날 28일 충남의 한 골재업체에서도 사망 사고가 발생했는데, 두 곳 다 10명, 20명이 근무하는 작은 사업장이었다.✦✦ 처벌법 시행 이후 일어난 사망 사고 35건 중 26건, 즉 80퍼센트가

✦　이 사건은 사고가 일어난 지 4년이 지난 2021년, 대법원이 안전관리를 제대로 하지 않은 회사의 책임이 인정된다고 판결을 내렸다.

✦✦　「사망사고 80%는 50인 미만 사업장」, MBC 〈스트레이트〉.

50인 미만 사업장에서 일어난 것이다. 작은 사업장의 안전 설치를 위한 정부의 컨설팅과 지원 그리고 감독과 법적 제재가 절대적으로 필요한 이유이다. 그러니 50인 미만의 사업장에 대한 법 적용을 4년 유예하고 징역 기준도 낮추는 안은 이런 현실에서 제대로 된 해결책이 될 수 없다.

일하다 죽어 가는 사람이 하루 평균 7명, 매년 2,000명이 넘는다. 안전장치 하나면 사람이 죽지 않을 수 있는데, 돈을 아끼기 위해 사람이 죽어 나가도 꿈쩍도 하지 않는다면 이게 인류애에 반하는 일이 아니고 무엇인가? 그리고 인류애에 반하는 일을 두고도 단호한 조치를 취하지 않는다면 우리가 말하는 '정치'란 도대체 무엇에 쓰는 것인가?

드라마 〈낭만닥터 김사부〉에는 이런 장면이 나온다.

아주 위급한 상황의 환자를 본 닥터 김 사부는 의사들이 보통 잘 하지 않는 특별한 치료법을 쓰려고 하는데, 병원 재단 이사장이 그를 제지하며 묻는다.

"일이 잘못되면 책임질 수 있습니까?"

그러자 닥터 김 사부는 이렇게 되묻는다.

"'살릴 수 있습니까?' 그렇게 먼저 물어야 하는 것 아닙니까?"

우리 사회는 지금 어떠한가. 목숨이 위급한 사람을 앞에 두고 어떤 질문을 먼저 던지고 있는가. 혹 책임질 수 있냐는 말부터 하고 있지는 않은가.

부모를 살리는 길이 아이를 살리는 길이다

독일에 온 지 얼마 안 되었을 때다. 동네 슈퍼마켓에 장을 보러 가던 중이었다. 장바구니를 들고 걸어가고 있는데, 같은 빌라에 사는 할아버지와 마주쳤다. 그는 나를 보자마자 놀란 눈으로 아기는 어디 있냐고 물었다. 남편이 집에서 아기를 돌보고 있다는 내 말에 그는 그제야 안도의 한숨을 쉬며 인사를 건넸다.

항상 아들을 유모차에 태워 데리고 다니던 내가 혼자 돌아다니고 있었으니 궁금했겠지만, 그게 그렇게까지 놀랄 일인가 싶어 의아했다. 그의 반응을 이해하게 된 것은 몇 년이 지나서였다. 독일에서는 어린아이를 혼자 집에 놔두는 것만으로도 아동학대에 해당하는 범죄라는 걸 알았다. 어린아이를 혼자 집에 두는 것이 아동학대에 해당되는 범죄라는 것, 한국 나이로 초등학교를 졸업하기 전까지 아이를 혼자 집에 둘 수 없게 아예 법으로 만들어 놓았다는 사실을. 그의 놀란 눈은 이유가 있었던 거다.

아이를 체벌하는 것도 이곳에서는 금지다. 몇 년 전 다른 도시에 살 때다. 옆 건물에 한 가족이 이사를 왔다. 그들은 난민이었다. 독일 정부 기관에서 파견된 공무원이 거의 매일 그 집을 드나들며 보살펴 주고 있었다. 그 가족에겐 아이가 셋이었는데, 아이들 엄마가 혼자 만삭의 몸으로 애들을 돌보고 있었다. 분명히 남편이 있었던 것 같은데 한동안 그가 보이지 않아, 남편이 바쁘냐고 조심스레 물어보았다. 그러자 뜻밖의 대답이 돌아왔다. 그들의 고향에서 하던 방식대로 훈계 차원에서 아이들을 체벌했는데 독일 정부에서 아이들에게서 남편을 격리조치했다는 것이다.

아동 보호에 철저해 보이는 독일도 처음부터 그런 것은 아니었다. 아이를 어른의 대체물 정도로 생각했던 시절이 이들에게도 엄연히 있었고, 그 시절 사고는 언어에 고스란히 배어 있다. 독일어 어학원 수업 시간에 들었던 독일어 명사의 성 구별에 관한 이야기는 무척 흥미로웠다.

독일어 명사는 문법적으로 여성, 남성, 중성으로 성을 구별하는데, 여자아이를 뜻하는 명사는 문법적으로 중성이다. 아이를 낳을 수 있는 것도 아니고, 힘든 농사일을 시킬 수도 없으니 아직 '쓸모 있는' 존재가 아니라는 사고에서 비롯된 것이다. 그 옛날 이곳에도 아동의 권리 같은 건 없었다는 말이다.

그러나 지금은 아동보호에 관한 한 깐깐하고 단호하게 대처한다. 지나온 역사 속에서 어떤 일들이 있었는지 다 알지 못하지만, 아동의 권리를 보호하는 일에 깐깐한 만큼 부모인 어른들의 삶도 깐깐하게 보호한다. 가족과 함께할 시간을 확보하기 위해 노동시간을 단축하고, 임금이 적은 사람도 기본적인 생활이 가능하도록 각종 수당을 지급한다. 혹 아이들의 부모가 일자리를 잃어도 당장 길거리로 쫓겨나지 않도록 정부가 지원한다. 어른들이 사회에서 소외되지 않아야 아이들의 보호도 가능해진다는 게 이들의 생각이다.

한국 역시 훈육성 체벌이 당연시되던 예전과 달리 가정에서 아이의 인권이 보호받아야 한다는 인식이 예전보다 높아졌고, 가정에서 뿐만이 아니라 학교와 정부에서도 아동을 보호하기 위해 많은 노력을 하고 있다. 그럼에도 불구하고 안타깝게도 친부모와 양부모에게서 학대받고 다치거나 죽는 아이들의 소식은 끊이지 않는다.[✦] 그런 소식이 전해질 때마다 가해자에 대한 처벌을 더 강화하도록 촉구하는 여론이 들끓고, 가해자를 향한 비난의 화살이 쏟아진다. 그런데, 강력한 처벌만으로 이런 일을 멈출 수 있을까?

생계가 어려워 어린아이를 혼자 두고 일을 나갈 수밖에 없는 한국의 수많은 부모, 자신을 돌볼 여유조차 없는 어린 부모 옆에서 아동의 권리를 이야기할 수 있을까? 학대받는 아이들

✦ 「실제 아동학대 사망, 통계의 최대 4.3배… '숨겨진 정인이' 있다」, 『한겨레』, 2021.5.17.

이야기를 들을 때마다 사회에서 아웃사이더로 살아가는 그들의 부모가 떠오른다. 훈계를 빙자한 처벌이 더는 용납될 수 없다는 인식이 필요한 것과 동시에 생계 문제로 삶에서 벗어나는 사람들이 없는 사회 시스템을 만들어야 하지 않을까?

아들이 초등학교에 다닐 때였다. 끝나는 시간에 맞춰 매일 학교 문 앞에서 기다렸는데, 함께 딸을 기다리던 친구 비올라가 낯선 아이에게 건네던 말을 잊지 못한다. 아마도 집에 가고 싶은 마음에 걸음을 재촉했을 한 아이가 코트를 제대로 여미지 못한 채 교실을 나왔다. 이름도, 성도 모르는 그 아이에게 다가간 비올라는 이렇게 말했다.

"아직 꽤 춥단다. 단추를 제대로 잠그고 가는 게 좋을 것 같구나. 바람이 코트 속으로 쑥 들어가면 감기에 걸리거든. 만약 네가 코트 단추를 제대로 잠그지 않은 채 집에 가다가 감기에 걸리면 아마도 나는 며칠 계속 후회를 하게 될 거야. '그때 내가 코트 단추를 잠그고 가라고 말해줄걸 그랬지?' 하고 말이야."

비올라의 말을 듣고 배시시 웃던 아이는 하나, 하나 단추를 단단히 잠근 뒤 집으로 갔다.

해묵은 문제들이 뒤엉켜 제일 약한 존재들에게 피해가 돌아가는 악순환을 볼 때마다 비올라의 말을 떠올린다. 우리의 첫 발걸음은 그저 저런 마음이면 되는 것 아닐까 싶은 것이다. 내가 아무 말도 하지 않아서, 내가 아무 행동도 하지 않아서 네가 아프게 되면 나는 아마 아주 오랫동안 후회를 하게 될 거야······ 하는, 그런 마음 말이다.

진정한 선택의 자유인가

식품규제에 관하여

2021년, 유력한 대선 후보가 한 말이 논란을 불러일으켰다.

"먹으면 병 걸리고 죽는 것이면 몰라도 없는 사람이라면 부정
식품 그 아래도 선택할 수 있게, 더 싸게 먹을 수 있게 해 줘야 한
다. 이거는 소비자의 선택의 자유를 제한하는 거다."

그는 이런 말도 덧붙였다. "이거 먹는다고 당장 어떻게 되
는 것도 아니다."

미국 경제학자 밀턴 프리드먼의 저서를 인용한 그의 발언
에 관한 기사를 보고 혹시나 가짜 뉴스 아닐까 싶어서 인터뷰
영상을 찾아보았다. 대권 주자로 나선 제1야당의 정치인의 입
에서 저런 말이 나올 리는 없다고 생각했기 때문이다. 기본소득
을 논하는 시대에 살고 있는 사람으로서 그의 발언을 어떻게 받
아들여야 할지 몹시도 당황스러웠다. 이건 진보나 보수의 문제
가 아니지 않은가.

십여 년째 독일에 살고 있다. 우리가 선진국이라고 부르는 서

구의 국가들이 다 완벽한 것은 아니지만, 최소한 그들이 사는 모습에서 놓치지 말고 눈여겨봐 두고 싶은 것들이 가끔 있긴 하다.

예를 들어, 식료품 가격 같은 것 말이다. 독일에 살면서 좋은 점 중 하나는 식료품 가격이 무척 저렴하다는 것이다. 아무리 가난해도 기본적인 먹거리를 걱정하지 않아도 된다. 이런 이야기를 하면 부정식품이 많겠지, 하고 추측할지도 모르겠지만, 독일 정부의 식품 관련 규제는 엄격하다. 일단 식품첨가물에 대한 표기를 명확하게 해야 한다. 대충 '향미증진제'와 같은 식으로 표기하면 안 된다. 인공감미료, 색소, 산화방지제, 유화제 등등에 대해 정확히 어떤 물질인지 적어야 한다. 독일 식품, 독일로 수입되는 모든 식품 포장지 뒷면에는 E로 시작되는, 마치 화학기호를 보는 듯한 E-number로 첨가물이 표시되어 있다. 기업은 소시지나 과자, 빵, 즉석식품 등 모든 식품에 사용된 첨가물을 하나도 빠트리지 않고 균일한 글씨로 적어야 한다. 심지어 방부제도 어떤 종류를 썼는지 상세히 적어야 한다.

식품 유해 물질 판단 기준 역시 엄격하다. 과학과 의학의 발달로 인해, 과거에는 문제가 되지 않았지만, 더 이상 인체에 안전한 것이 아니라는 판단이 내려지는 첨가물들이 많아지고 있지 않은가. 이곳에서는 시민이 먹는 음식에 사용하기에 적합하지 않다는 과학적 판단이 서면 기업의 눈치를 보지 않고 금지 조치를 내린다. 시민의 건강은 거래의 대상도, 타협의 대상도

될 수 없는 것이라고 생각하기 때문이다.✦

　가끔 한국 라면이 유럽에 수출되었다가 전량 회수 조치가 내려졌다는 기사를 접하는데, 유해물질 허용 기준이 다르기 때문이다. 이곳에서는 위험물질로 분류된 첨가물이 왜 한국에서는 위험하지 않다고 이야기되는 걸까? 어떻게 그런 판단이 내려진 것일까?

　아시아 가게에 가서 가끔 한국 라면을 사는데, 화학기호 같은 일련의 번호들이 가득한 포장지를 보면 이걸 아이에게 먹여도 되나? 하는 생각이 든다.

　식품의 첨가물에 대한 규제뿐만이 아니라, 가격에 관해서도 중앙 정부가 관여한다.✦✦ 먹거리에 관한 한 그 어떤 시민도 배제되거나 소외받지 않게 하기 위해 정부가 나서는 것이다. 따라서

✦　2021년부터 독일 정부는 화학조미료뿐만이 아니라 트랜스 지방, 나트륨, 당류 등의 첨가물 함량 규제도 강화하고 있다. 특히 생후 3년 이하의 영유아용 음료에는 설탕을 금지하고, 꿀, 과즙, 시럽, 농축 주스 등 단당류의 첨가가 금지된다. 식품 제조사는 음료 포장지에 설탕 등을 따로 첨가하지 않는 것을 권하는 문장을 따로 적어야 하고, 만약 이를 어길 시에는 형사 처벌(3년 이하의 징역이나 벌금)을 받게 된다. 「독일 수출 감치. 라면 등에 나트륨 함량 제한」, 『THE BUYER(더바이어)』, 2021.3.3.

✦✦　독일 국내총생산에서 농림어업 생산액이 차지하는 비중은 0.8퍼센트에 불과하지만, 밀·보리·감자 등 주요 식량 작물과 쇠고기, 닭고기, 돼지고기, 유제품의 자급률이 100퍼센트를 웃도는 농업강국이다. EU의 공동농업정책을 근간으로 한 독일 연발정부와 주 정부의 강력한 농업정책이 뒷받침되고 있기에 가능한 일이다. 「지속가능한 EU 농업? …절반은 맞고 절반은 틀렸다」, 『한국농어민신문』, 2019.6.4.
　이런 이유로 독일은 식량자급률이 높은데다 식재료에 대한 부가세가 낮게 책정되어 있어 독일 식료품 가격은 저렴하다.

D) **Zutaten**

Nudeln : Kartoffelstärke (Deutschland) 49%, Weizenmehl, Palmöl, Weizen gluten, Kartoffelpulver 3%, Salz, Säureregulator : E501, E339, E500, Tocopherol Flüssigkeit (Antioxidationsmittel : E3... Emulgator : E322 (enthält Soja)), Würzmittel (Maltodextrin, Knoblauch-Extrakt, Süßungsmittel : E420), Grüner Tee Extrakt (Oligosaccharides, Tee-Catechin), Farbstoff : E101.
Suppenpulver : Würzmittel (hydrolysiertes pflanzliches Eiweiß (Soja), Zwiebeln, Kohl, Maltodextrin, Salz, Hefeextrakt, Zucker, spinat), Salz, Würzmittel (Maltodextrin, Knoblauch, Salz, Chiliextrakt, schwarzer Pfeffer Oleoresin), Geschmacksverstärker : E621, E627, E631. Zucker, Tapiokastärke, Rapsöl.
Flecken : Kohl, bokchoy.
Allergiker-Information : Hergestellt in einem Betrieb, in dem auch Gerste, Krebstiere, Eier, Fisch, Erdnüsse, Milch, Sellerie, Senf, Sesam und Weichtiere verarbeitet werden.

nstant-Nudelsnack mit Hühnerfleischgeschmack
Zutaten: 89% Nudeln asiatischer Art (WEIZENMEHL, Palmöl, Speisesalz, nodifizierte Stärke, Zucker, Rapsöl, Curcumaextrakt), 11% Würzmischung Kochsalzersatz⁴, Aromen (mit EI), Zwiebeln³, Glukosesirup, Stärke, Zucker ,6% Gewürze (Knoblauch, Ingwer, Koriander, Curcuma, Cayennepfeffer), efeextrakt, Palmöl, Hühnerfett, Speisesalz, Sonnenblumenöl, Lauch³, emüsesaftkonzentrate³ (SELLERIE, Karotte, Lauch, Zwiebel), ntioxidationsmittel (Extrakt aus Rosmarin)). Kann andere glutenhaltige etreide, Milch, Soja und Senf enthalten. ³aus nachhaltigem Anbau gewonnen aus natürlichen Kaliummineralien

독일에서 흔히 볼 수 있는 한국 라면(위)과 독일 라면(아래)의 제품 포장지에 적힌 성분들이다. 한국 라면에는 산도 조절제, 토코페롤액, 향미증진제 등 E–number 가 표시된 화학 조미료가 다수 포함된 한편 독일 라면은 대부분 E–number가 없 는 것을 알 수 있다.

안전한 먹거리를 저렴한 가격에 시민들은 구할 수 있다. 이윤을 추구하는 자본주의 사회에서 기업들이 공동체 일원으로서 최소한 지켜야 할 것들을 지킬 수 있게 중재하는 일. 독일 사람들은 이런 일을 정부가 해야 하는 일이라 생각한다. 먹거리 문제를 시장의 자유로운 게임에 내맡길 수는 없다는 이야기이다.

돈이 없어서 어쩔 수 없이 품질 낮은 음식을 먹어야 하는 걸 두고 소비자의 정당한 권리라고 할 수는 없다. 달리 선택의 여지가 없어서 선택하는 것은 진짜 '선택'이 아니다. 그것은 가난하다는 이유로 사회로부터 강요받는 포기일 뿐이고, 그런 포기는 사회의 폭력에 다름 아니다.

기아 문제 연구가인 장 지글러의 책, 『왜 세계의 절반은 굶주리는가』에는 이런 말이 나온다.

소수가 누리는 자유와 복지의 대가로 다수가 절망하고 배고픈 세계는 존속할 희망과 의미가 없는 폭력적이고 불합리한 세계이다.

그의 글을 읽는 내내 나는 마음이 아팠다. 책의 마지막 부분에서 그가 한 말을 기억하려고 한다.

희망은 어디에 있는가? (…중략…) 다른 사람의 아픔을 내 아폼으로 느낄 줄 아는 유일한 생명체인 인간의 의식 변화에 희망이 있다.

우리에게 희망은 있는가? 정치의 시작은 공감이라는 말이 씁쓸하게 떠오른다.

태어나고 싶은 세상인가

2020년, 모 중고 거래 앱에 "20만 원에 아이를 입양 보낸다"는 글이 올라왔다. 20대 아기 엄마는 경제적 능력이 없는 데다 아이 아빠나 부모 역시 경제적으로 어려운 상태라 도움을 받을 수 없었다. 언론 보도에 의하면, 그는 출산 후 친권을 포기하고 합법적으로 입양 보내는 절차를 밟아 왔다. 하지만 입양 절차는 생각보다 까다롭고 오래 걸렸다. 아이의 아빠 없이 미혼모 센터에서 혼자 출산하고, 입양 절차를 밟아야 했던 그녀는 막막한 마음에 그런 글을 올렸다고 했다.

가족들의 축복과 지원 속에서 아이를 낳아도 출산 직후에는 몸이 힘들다. 산후조리가 끝난 뒤에도 육아는 쉽지 않다. 만약 그녀가 입양이 아니라 혼자서 아이를 키워 보겠다고 마음먹었다 한들 생명을 지키고 키우겠다는 그녀의 결심을 지켜 줄 만한 현실은 존재하는가?

백 번을 양보해서, 아주아주 긍정적인 상황, 그러니까 그녀가 직장을 구해 아이를 키울 만한 경제적 여건을 마련하고, 그녀가 일하는 동안 아이를 돌봐 줄 가족이나 친척이 있다고 해도 그녀가 맞닥뜨려야 할 편견과 차별은 사회에 널려 있다. 이웃의 따가운 시선 정도가 아니다. 결혼하지 않은 여성이 아이를 키울 경우 직장에서 권고사직을 강요받기도 한다는 조사 결과가 있다.

아이의 양육에 필요한 비용 역시 아이를 낳은 여자가 감당해야 하는 경우가 대부분이다. 미혼모 단체의 한 활동가의 말에 따르면, 법적으로 결혼하지 않은 상태에서 아이가 태어난 경우 아이 아빠가 자진해서 양육비를 지급하지 않는 이상 소송을 해야 하는데, 준비도 어렵지만, 남자가 연락을 끊고 양육비를 안 줘도 강제할 수 없다고 한다.✦ 이혼한 가정의 경우에도 남자가 양육비를 제대로 지급하지 않아도 강제할 수 있는 법적 근거가 없었다. 독일이나 프랑스의 경우 양육비 채무자가 양육비를 지급하지 않을 경우 징역형을 선고하는데, 한국은 2021년에서야 겨우 양육비 이행법이 개정되면서 정당한 사유 없이 양육비를 지급하지 않을 경우 명단을 공개하고 출국금지, 운전면허 정지 같은 처분을 내릴 수 있게 되었다.✦✦

30년 차, 16년 차의 두 남자 의사가 낙태죄에 관한 의견을 말하는 영상을 본 적이 있다. 결혼 전 임신한 여성에게 배 속 아이의 친부가 누군지를 묻고, 아이를 낳아도 양육비를 지급할 수 없다고 말하고, 자신의 어머니까지 동원해 책임을 회피하는 남

✦ 「당근마켓에 아기 올린 미혼모, 전적으로 그의 잘못일까?」, 『프레시안』, 2020.10.21.
✦✦ 「양육비미지급, 이제는 법적 책임 피할 수 없어」, 『BabyNews』, 2021.11.2.

자들의 모습을 숱하게 보아 온 의사는 말한다.

"사고는 왜 남자가 치고 왜 여자만 손해를 보는가? 낙태는 몸과 마음에 상처를 남겨요. 나라에서 지난 40년 동안 움직이지 않잖아요. '낙태죄 폐지만 헌재에서 결정해 달라'(그러고만 있잖아요.) 순서가 바뀌었잖아요 우선순위가. 할 건 아무것도 하지 않고 법만 바꿔요? 누가 키울 건데? (…중략…) 그걸 국가, 정부가 해결해 줘야 한단 말이에요. 남성이 이렇게 책임 회피할 때 국가가 공권력을 동원해서 '네가 책임져!' 이렇게. 국가, 남성의 책임 부분이 완벽히 되어 있으면 낙태는 지금의 5분의 1, 10분의 1로 줄 수 있어요……."✦

아이 엄마가 독립적인 인간으로서 당연히 가져야 할, 자기 몸에 대한 결정권은 무시하고, 생명은 소중하다며 모든 책임을 아이 엄마와 의사에게만 묻는 사회가 그 생명을 어떻게 지켜주고 있는지는 잘 모르겠다.

엄마가 일 나간 사이 불장난을 하던 8살 아이가 화상으로 죽었다. 평소처럼 책가방을 메고 학교에 가던 9살 여자아이는 술 취한 성인 남자에게 참혹하게 성폭행을 당하고 영구장애를 입었는데, 그 아이를 그렇게 만든 사람은 가벼운 형을 살고, 그

✦ 「낙태: 산부인과 의사들이 현장에서 바라본 낙태」, 『BBC News 코리아』, 2019.1.18.

의 출소를 앞두고 아이의 부모는 이사를 결정했다.

직업학교 훈련을 받던 아이들이 제대로 된 보호를 받지 못해 죽고, 수학여행 가던 아이들이 죽고, 음식 배달 아르바이트를 하다 죽는다. 너무 많이, 계속 일어나는 일이라, 이런 일이 있었다고 과거형으로 적지도 못한다. 생명은 소중하다며 큰소리를 내는 사회가, 태아도 인간과 다름없는 생명이라고 목소리 높여 외치는 사회가, 세상 밖으로 나와 '인간'이 된 아이들이 죽어가는 데는 아무런 책임을 지지 않는다. 하긴, 어른이 된 아이들에게도 여전히 생명과 삶을 보장해 주지 못하는 사회 아닌가. 사람은 물건 취급하면서 태아의 생명이 소중하다고 이야기하는 사회라니.

사노 요코의 동화가 생각난다.✦ 태어나고 싶지 않아서 태어나지 않았던 아이. 별에 부딪혀도 아프지 않고, 태양에 가까이 가도 뜨겁지 않고, 모기가 물어도 아프지 않고, 빵 냄새를 맡아도 아무렇지 않던 아이. 아직 태어나지 않아서 세상 모든 것이 아무 상관도 없던 아이. 그러던 아이가 태어나고 싶다고 결심을 하게 된 건 반창고 때문이다. 다친 걸 걱정하고 안아 주고, 상처에 반창고를 발라 주는 사람이 있다는 것. 상처에 공감하고 위로해 주는 누군가가 있다는 것. 그건 '태어나고 싶은' 이유가 되는 것이다.

✦ 사노 요코, 『태어난 아이』, 거북이북스, 2016.

우리가 사는 세상은 '태어나고 싶은' 생각이 드는 곳인가?
'태어나는 건 (정말) 피곤한 일'인데 말이다.

아직도, 여전한 일들

어느 모임에서였다. 대한민국은 물론이고, 나라를 막론하고 평생 살면서 성추행 한 번 당하지 않은 여성은 없을 것이라고 누군가 말하자 그 자리에 있던 여성들이 모두 고개를 끄덕였다. 나 역시 그의 말에 공감했다. 그런 일들은 내 인생에서도 일어났다.

초등학생이었던 어느 해였다. 수업이 끝나고 청소하는 시간, 학급일지를 적는 나를 담임은 자기 책상으로 불렀다. "글씨를 예쁘게 쓰네, 얼굴이 참하네" 하는 이야기를 하다, 머리를 쓰다듬던 그의 손이 점점 내려가더니 내 종아리에서 멈췄다. 그리고 머리를 쓰다듬듯 아무렇지도 않게 내 종아리를 쓰다듬었다. 교실에는 창문을 닦는 아이들, 교실 바닥을 닦는 아이들 그리고 학급일지를 쓰는 나와 담임이 있었다. 성교육을 받은 적은 없었지만, 그의 손이 내 종아리를 쓰다듬는 것이 뭔가 잘못된 일이라는 건 느낄 수 있었다. 수치심과 공포가 몰려왔다. 마음속에선 그의 손을 뿌리치고, 그만하라고 소리치고 있는데, 이상하게 목소리로 나오지는 않았다. 그저 온몸이 굳었다. 열두 살의 나는 그가 정말로 무서웠다.

담임에게 성추행을 당한 다음 날 나는 결석을 했다. 부모님께는 아프다고 말씀드렸다. 거짓말이 아니었다. 기침이 나거나 열이 나지는 않았지만, 나는 정말로 온몸이 아팠다. 문병 온 친구들이 전해 준 말에 의하면, 담임은 수업 도중 갑자기 내 이름을 거론하며 욕설을 퍼부었다고 했다. 아무리 생각해 봐도 그의 욕을 들어야 할 일은 한 적이 없었다. 왜 아무 짓도 하지 않은 열두 살의 나는 그에게 '나쁜 년'이 되었나? 지금도 모르겠다.

그런 일을 겪는 아이는 나뿐만이 아니었다. 여자아이들 대부분은 그의 이상한 '쓰다듬음'을 겪었고, 누구 할 것 없이 수치심과 공포를 느꼈다. 하지만, 나도 다른 친구들도 부모님께 이야기하지 못했다. 성에 관한 이야기를 꺼내는 것 자체가 금기시되던 시절이었다. 하면 큰일 날 것 같았다. 죄를 지은 것도 아닌데, 죄인처럼 움츠러들었다. 우리가 할 수 있는 일은 서로 이야기하는 것 뿐이었다. 그가 잘못한 것이지, 우리가 잘못한 것은 아니라는 것. 수치심과 공포를 세트로 겪은 열두 살 여자아이들에게는 서로의 이야기가 유일한 위안이었다.

40여 년 전 일인데, 요즘 종종 그때 일이 생각난다. 아직도 잊히지 않는다. 40여 년의 세월이 흐르는 동안 밥솥 크기만 하던 전화기가 손바닥만큼 작아졌는데, 아직도 내가 겪은 일들은 계속 일어나고 반복된다. 더 확대되고, 더 악랄하게.

성추행과 성폭행은 이제 소셜미디어 공간에서 계획적이고 조직적으로 일어난다. 평범한 시민으로 보이던 남자들이 다른 사람을 협박해 성 착취물을 만들고, 그걸로 돈을 번다. 그런 사람들을 처벌할 법이 느슨하다는 것도 화가 나는데, 더 화가 나는 일은 피해자에게 화살을 돌린다는 것이다.

'n번방' 사건 이후 많은 중년 남성들이 이렇게 말했다. "내게 딸이 있다면 n번방 근처에도 가지 않도록 평소에 가르치겠다", "내 딸이 n번방 피해자라면 내 딸의 행동과 내 교육을 반성하겠다".

그 이야기를 듣자 어릴때부터 귀에 딱지가 앉도록 들었던 말들이 떠올랐다.

"여자와 접시는 밖으로 내돌리면 깨어진다."

깨어질 수도 있는 물건과 사람이 같은 급으로 취급되던 시절이었다. 물건을 고를 때 흠집이 있나 없나를 검사하듯 여자의 순결을 이야기하던 시절에 남자들은 마음만 먹으면 여자를 '소유'할 수도 있다고 생각했다. 자기가 흠모하는 상대를 성폭력해서 '깨어지면' 자기의 것이 된다고 생각하던 시절이었다. 아버지들이 혼전의 딸을 감시하는 이유도 그 이유 때문이었다. 딸은 '깨어지면 안 되는' 물건이었다.

오랜 시간이 지났다고 생각했는데, 시간의 흐름만큼 사람들의 인식은 흐르지 않는 것 같다. '딸 같아서'라며 직장 후배들의 몸을 더듬는 '아버지'들이 아직도 많고, 언론에서는 젊은 여자 연예인들의 몸을 두고 '꿀벅지'라는 표현을 자연스럽게 쓰는 세상이니까.

이런 세상에서 n번방 사건을 두고 그런 곳에 간 딸의 행동과 자신의 교육을 탓하겠다는 남성들이 있다는 것이나 '정당한 성인 콘텐츠'를 본 것인데, 뭐가 죄가 되냐고 하소연하는 남자들이 많다는 사실도 그다지 놀랍지는 않다. 하지만, 틀린 말을 정정은 해야 하지 않겠는가?

'정당한'이라는 말을 쓰려면 이 성인 콘텐츠가 합법적으로 만들어진 것이어야 하는데, 이들은 합법적으로 영상을 만들지 않았다. 알바를 구하는 피해 여성들에게 신상정보를 알아낸 뒤 협박했다. 가족과 친구에게 알리겠다, 심지어는 죽이겠다는 협박도 서슴지 않았다. 여자와 접시가 동급으로 취급되던 시절에서 그렇게 많이 달라지지 않은 세상이니 그들의 협박이 피해 여성들에게 어떤 의미였을지 짐작이 가고도 남는다.

협박은 '남에게 어떤 일을 하도록 위협하는 행위로, 상대에게 공포심을 일으키기 위해서 생명, 신체, 자유, 명예, 재산 따위에 해를 가할 것을 통고하는 일'을 말한다. 범죄행위이다. 단순

협박죄도 징역 3년 이하에 처할 수 있다. 그러니 피해 여성들이 스스로 올린 영상이란 말은 틀린 말이지 않은가. 그 영상들은 협박이라는 범죄 위에서 만들어진 또 하나의 범죄이다. 더구나 피해 여성 중엔 미성년자들도 있다. 그들이 한 짓은 그냥 범죄 정도가 아니라 극악무도한 범죄가 아닌가.

노예제도가 폐지된 게 언제인데, 그들은 21세기인 지금 피해 여성들을 '노예'로 부르고, 인간이라면 할 수 없을 짓들을 했다. 인간이 다른 인간을 자신과 같은 동등한 존재로 보지 않는 사회에서 최첨단의 인터넷 기술이 무슨 소용이 있을까?

죄를 지은 사람들이 죄의 대가를 제대로 받게 하는 일이 이상하게도 참 어려운 대한민국이지만, 가해자를 처벌하지 않고 피해자에게 네가 제대로 하지 않은 탓이라는 소리를 하는 어른들이 있는 사회라니……. 이것보다 더한 재난 영화가 또 어디 있을까 싶다. 부끄럽지만, 나는 그동안 나와 같은 세대 남자들의 말과 행동에 문제를 느꼈음에도 불구하고 그 문제에 항의하고 싸우지 않았다. 내가 그렇게 보내 온 시간이 쌓여 '지금'을 만들었다는 생각이 들어 후회된다.

열두 살의 나와 내 친구들 옆에 있어 준 어른들은 없었다. '어른들에게 이야기 할 수 없다'는 생각이 들게 한 어른들만 있었다. 40년 전의 일을 되돌릴 수는 없지만, 지금 열두 살인 여자

아이들, 앞으로 열두 살이 될 여자아이들이 내가 겪었던 일들을 겪게 하고 싶지는 않다. 딸의 행동과 자신의 교육을 반성하겠다는 남성들에게 이 말을 전해 주고 싶다.

"내겐 아들이 있습니다. 내 아들이 제대로 된 인간으로 성장할 수 있도록 교육을 잘 하겠습니다. 인간이 다른 인간을 대하는 기본적인 예의가 뭔지 제대로 교육하겠습니다. 다른 누군가의 딸이 저런 일을 겪지 않도록 제가 할 수 있는 일은 다하겠습니다."

정치인을 지지하는 방식

정치인은 서비스직에 종사하는 사람들이다. 시민들을 위해서 자기의 사적인 시간을 줄이거나 포기하고 공공의 선과 이익을 위해 일하겠다고 나선 사람들이다. 그들은 시민을 대신해 법안을 마련하고 행정 업무를 맡아 처리하는 대리인이다. 이 방면에서 전문가인 그들에게 세금으로 월급을 주고 일을 시키는 것이다. 정치인이 펴는 정책이 시민을 안전하고 행복하게 살 수 있게 만드는 것이라는 확신이 들 때 시민들은 그의 행보를 응원하게 된다.

소셜 미디어 공간을 이용하다 보면 가끔 특정 정치인을 지지하는 인터넷 모임에 초대한다는 메시지를 받을 때가 있는데, 참여한 적도 없지만, 앞으로도 참여할 생각이 없다. 누군가 내게, 한국 사회의 여러 문화 중에서 지양되어야 할 것 하나를 꼽아 보라고 한다면 정치인을 지지하는 모임을 없애야 한다고 서슴지 않고 말하고 싶다. 정치에 중립은 있을 수 없지만, 정치인에 대한 중립은 지켜져야 한다고 생각하기 때문이다.

내가 생각하는 정치인에 대한 중립은, 한 정치인에게 무조건적인 지지를 보내지 않는 것을 의미한다. 자신이 지지하는 정치인이 제대로 된 정책을 펴지 않을 경우 그가 방향을 틀 수 있도록 목소리를 높이는 것, 이것이 내가 생각하는 정치인에 대한 중립이자, 그를 지지하는 올바른 방식이다. 정치인이 제시하는 정책이 올바르다고 생각되면 그 정책이 실현될 수 있도록 지지를 보내고, 개개인의 목소리를 모아 정책에 힘을 실어주고, 잘못된 방향으로 갈 때는 적절한 비판을 하는 것이 서로 윈윈win-win하는 지름길이라고 본다.

지지하고 싶은 정치인이 있다는 건 정말 멋진 일이고, 또 다행스러운 일이지만, 같이 점심을 먹거나 생일에 축하 메시지를 보내고, 일거수일투족에 환호하며 연예인 '덕질'하듯 정치인을 대하는 것은 중립에 필요한 안전거리를 획득하기 힘들게 만든다. 적절한 거리를 유지하며 객관적으로 지켜볼 때 정당한 비판을 하기 위한 바탕이 마련되고, 이런 바탕 위에서 정치인과 시민은 서로 윈윈하는 방법을 찾을 수 있게 된다. 무조건 '묻지 마 지지'를 보내며 정치인에 대한 중립을 지키지 못할 때, 의도했든 의도하지 않았든, 그의 정치적 생명을 단축시키는 지름길로 접어들게 된다는 것을 우리는 역사 속에서 수없이 보아 왔다.

정치인에 대한 '묻지 마 지지'만큼이나 지양되어야 할 것 중 하나는 과도한 비난 혹은 동정이다. 정치인이 공인으로서 해야 할 일을 제대로 못 하거나 잘못을 저질렀을 때 쏟아지는 과도한 비난이나 문제에 대한 비판이 실종된 동정은 받는 쪽이나 하는 쪽이나 이득이 될 게 없는 일이다. 사적인 공간에 대한 이야기를 제외한, 공적인 공간에서 한 일들을 정확하고, 건조하게 평가하고 비판할 때 정치인으로서의 그가 정치인으로서 성장할 수 있게 되고, 그런 그를 대리인으로 둔 국민들 역시 그 혜택을 받게 된다.

정치인에 대한 지지나 올바른 비판은 그들을 위해서 필요한 게 아니다. 그들이 정신을 차려서 훌륭한 정치인으로 거듭나게 하기 위해서가 아니라, 우리를 위해서다. 그가 시민의 대리인으로서 제대로 일을 해내는 것은 그의 개인적인 성취 부분을 떠나 시민인 내 삶이 안전하고 행복해지는 길과 직결되기 때문이다.

시민의 감시와 비판이 사라진 정치권력은 혼자만 부패하지 않는다. 사회 전체를 썩게 만든다. 동등하게 배분되어야 할 권력이 한 곳에 몰리고, 권력을 독차지한 곳은 자정능력을 상실하게 되고, 사실과 진실은 사라지고, 권력이 원하는 것만 남게 된다. 그런 사회 속에서 사는 게 어떤지 우리는 이미 오랜 시간 경험했다. 대한민국 현대사에서, 늘 그랬듯이, 정치가 썩으면 정치와 가장 거리가 멀어 보이는 평범한 시민들의 삶이 제일 먼저 타격을 받는다.

정치인을 사랑할 필요도, 미워할 필요도 없다. 그들은 연예인도, 우리의 가족도, 친구도 아니다. 정치인들과의 관계를 '계약 관계'로 보지 않고 '묻지 마 지지'를 보낼 때 정치와 종교가 하나였던 시대로 역행하게 되지 않을까. 정치인, 상류층은 어딜 가나 비슷하다는 말이 있다. 선거를 앞두고 말과 행동이 다른 정치인들을 보는 일은 몹시도 피곤하다. 하지만, 이 피곤함 속에서 문득 옛말을 떠올리게 된다. 정치에 무관심할 때 우리의 의도와는 다르게 가장 멍청한 인간에게 지배당하게 된다는 말, 한 번 더 생각해 볼 필요는 있지 않을까 싶어서다.

거꾸로 가는 한국 사회의 시계

공직에 나서는 사람을 검증하는 일은 어느 국가를 막론하고 중요한 사안이다. 오죽하면, 미국 같은 경우 FBI까지 동원해 7,8년 전 의혹도 조사하지 않는가. 정치인과 그의 직계가족이 편법 혹은 위법 행위를 저질렀는지 철저히 조사하는 것은 꼭 필요한 일이다. 문제는 검증의 질문이 어디를 향하고 있는가 하는 것이다.

한국 사회에서 공직자에 대한 검증은, 유감스럽게도, 편법과 위법행위에 대한 조사 이외의 다른 것에 방점이 찍힌다. 대선 후보의 부인이 과거 유흥업소 접객원이었는지 아닌지에 관한 루머와 또 다른 후보의 불륜설 같은 일들이 중요한 일들을 제치고 연일 화제에 오른다. 대통령이 될 사람과 직계가족이기 때문에 엄격한 검증을 거쳐야 하는데, 과거의 사생활에 관한 이야기에 세간의 시선이 더 집중되었다. 위법이나 편법 행위가 없었는지 살펴봐야 할 검증 단계는 실종되고, 부부 사이의 일이 검증이라는 이름으로 도마에 오른 것이다. 그리고 이 과정에서 영혼 없는 어른들의 검증 놀이에 아이의 인권이 짓밟히는 일이 일어나기도 한다. 굳이 알고 싶지도 않고, 알 필요도 없는 일들이 국민의 알 권리와 검증이라는 이름으로 무분별하게 파헤쳐

진다. 공직자에 대한 검증을 고작 그들의 사생활에 초점을 맞추는 것이야말로 정치를 전근대로 후퇴하게 만드는 일인데, 이 일에 언론이 앞장서고 있는 셈이다.

위법 행위의 여부 말고도 공직자 후보로 나선 사람들의 세계관 역시 검증되어야 한다. 무엇을 우선 순위에 두고 결정할 사람인가를 알 수 있는 바로미터이기 때문이다.

얼마 전 전두환의 사망에 대한 정치인들의 입장 표명은 그들의 세계관을 적나라하게 보여 주었다. 전직 대통령에 대한 예우를 해 줘야 한다는 사람, 시민을 학살한 독재자인 전두환의 명복을 빌 수 없다는 사람 그리고 침묵을 선택한 사람도 있었다. 5·18광주민주화운동에 관한 입장은 정치적 입장까지도 필요 없는 것이다. 자신의 안위를 위해 무고한 시민들을 죽이고 짓밟은 행위는 보수, 진보 그 어느 진영도 진영의 논리를 들이댈 수 없는 사안이다. 타인의 목숨을 자신의 안위와 바꾸는 것은 명백한 범죄이다. 그런 범죄자가 죗값을 제대로 치루지 않고 천수를 누리다 세상을 떠났는데, 아무런 말도 하지 않다니.

제대로 된 민주 사회였다면, 통합이라는 말이 수많은 사람의 목숨과 바꿀 수 있는 게 아니라는 걸 아는 사회였다면 학살자가 자신의 집에서 자연사하는 일은 없었을 것이다. "드릴 말씀이 없다"는 정치인의 말은 범죄 행위에 대한 침묵이다. 이런 침묵이 전하는 메시지는 다른 게 아니다. 돈과 권력을 가진 깡패들이 무고한 시민의 목숨을 빼앗는 일이 없도록 하는 것, 아니 최소한 그런 일이 일어났을 때 그걸 고발하고 저항하는 것이 정치라는 것을 정면에서 부정하는 일이다. 이런 사람에게 행정부 수반을 맡길 수 있을 것인가? 공직자의 언어는 한 마디, 한 마디가 뜻을 가진다. 의미를 가진다. "아무런 뜻을 갖지 못한 말의 잔해, 그 의미가 파괴되어 버린 말의 파편"✦은 공직자로서의 자격 실격을 의미한다.

대통령이 되겠다고 나선 사람들의 세계관 하나 제대로 검증하지 못하는, 이름뿐인 '검증'. 공직자들의 위법 행위보다 그들의 사생활에 대한 루머로 도배되는, 이상한 검증. 언론과 정치가 의미 없는 말만을 내뱉고, 그 의미 없는 말들 속에서 혼란하기만 한 시대. 쏟아지는 황색 기사에 화가 나서 씩씩거리다 우연히 보게 된 신문 기사 앞에서 멈칫했다. '가세연'유튜브 채널 '가로세로연구소' 출연진들이 사이버 명예훼손과 모욕 혐의로 경찰에 체포될 당시, 가세연에 1,200만원 넘는 후원금이 쏟아졌다는 기사였다.

"시민은 자기 수준만큼의 언론을 갖는다"✦✦는 어느 학자의 말이 떠올랐다. 너무 당연한 말이어서 두려움과 슬픔이 동시에 밀려왔다.

✦　존 버거, 『모든 것을 소중히 하라』, 열화당, 2008.

✦✦　남재일, 「시민은 자기 수준만큼의 언론을 갖는다」, 『경향신문』, 2016.7.14.

무엇을 위한 자동화인가

한국은 모든 시스템이 빠르게 자동화가 되는 것 같다. 기차표를 스마트폰으로 예매하는 수준을 넘어 이제 식당에는 무인 주문기가 있다. 한번씩 고향을 방문할 때마다 깜짝깜짝 놀라게 된다. 아직 대부분의 집이 구식 열쇠를 사용하고 있는 독일의 생활 방식에 익숙해 있는 나는 가게나 식당의 자동문에도 감탄을 자아내며 이리저리 둘러보게 된다.

독일은 요 근래 들어 조금씩 사회 시스템의 디지털화가 이루어지고 있지만, 아직도 예전의 아날로그 방식으로 운영되는 시스템이 많다. 기차표를 사기 위해 역에 가면 기차 시간뿐만이 아니라 어느 시간대에 좀 더 싼 기차표가 있는지 알아보고 이야기해 주는 직원들이 있고, 기차를 타면 표를 검사하는 사람들이 있다. 스마트폰으로 표를 예매한 사람들도 있고, 종이로 된 기차표를 사는 사람들도 있지만, 이들의 표를 검사하는 건 기계가 아니라 사람의 몫이다.

독일 정부도 4차 산업혁명에 대한 대비를 하고 있다. '독일의 4차 산업혁명'이라 불리우는 인더스트리 4.0 정책인데, 제조

업과 같은 전통 산업에 IT시스템을 결합하는 것이다. 간단하게 말하면 스마트 공장 시스템이라고 할 수 있는데, 처음 이 정책에 관한 이야기를 듣던 사람들은 이제 일자리가 없어질 거라고 다들 걱정했다. 하지만 독일의 스마트 공장에는 아직 '사람'이 있다.

"일하는 패턴은 달라졌"지만, "독일의 스마트 공장에는 40년 전 근무하던 사람들이 아직도 일을 하고 있"는 것이다. "사람들의 일자리를 로봇이나 기계가 대신하는 것이 아니라 협동 로봇을 사용해 사람과 로봇이 함께 일하는 구조로 공장의 디지털 혁명을 이루었기 때문이다."✦

신문 기사에 의하면, 독일은 인력을 감축하지 않고 일자리를 유지하면서 4차 산업혁명 시대에 맞는 디지털 전략을 세웠다. 독일 정부가 추진하는 디지털 산업정책은 단순히 모든 시설을 자동화하는 것에 초점이 맞춰져 있지 않다. 대중교통이나 공장 설비 등의 자동화 그리고 그에 따른 모든 이익추구가 향하는 곳에 '사람'이 있다는 이야기이다.

얼마 전 나는 신문에서 한 장의 사진을 보게 되었다.✦✦ 한국

✦　배경환, "민간협동스마트공장추진단 부단장, '사람 중심', 독일의 스마트 공장", *The Science Times*, 2019.9.10.

✦✦　「톨게이트 요금 수납원들이 옥상에 오른 이유」, 『한겨레』, 2019.3.14.

도로공사 본사를 찾아갔던 톨게이트 요금 수납 여성 노동자들을 도로공사 정규직 직원들로 구성된 구사대와 경찰이 폭력으로 진압하는 모습이었다. 경찰의 강제 해산 시도에 대한 저항으로 상의를 탈의한 채 농성을 계속하는 여성 노동자들에게는 욕설과 조롱이 퍼부어졌다. 한 달 180만 원 정도를 받는 이들이 본사를 찾아가 하고 싶었던 이야기는 임금 인상이 아니었다. 직접 고용으로 불안정한 처우를 개선해 달라는 이야기였다. 이건 이들만의 주장이 아니라 법원의 판결이기도 했다.

한국도로공사의 정규직이었던 이들은 1997년 IMF 이후 도로공사가 요금소 수납 업무를 민간에 위탁하면서 비정규직 비율이 늘어났고, 이명박 정부부터 요금 수납원 전원이 계약직으로 전환되었다. 민간업체 사장은 도로공사의 명예 퇴직자들로 5, 6년마다 교체되었고, 노동자들은 도로공사의 지휘와 명령에 의해 요금 수납 업무를 수행했다고 한다.

한국도로공사를 상대로 노동자들이 근로자지위확인 소송을 제기했고, 원고 승소 판결을 받았다. "요금 수납원들이 외주 운영자에게 고용된 후 고용관계를 유지했지만 도로공사 사업장 영업소의 지휘, 명령을 받아 도로공사를 위한 근로에 종사했다"며 노동자들을 직접 고용하라고 법원이 판결을 내렸다. 하지만 이는 간단히 무시되었다. 하이패스, 스마트톨링 같은 자동 요금 수납 시스템이 도입되면 요금 수납 업무는 없어질 가능성이 크니 직접고용은 어렵다는 게 도로공사의 입장이었다.

공공기관의 존재 이유를 우리는 사회적 가치의 실현에서 찾는다. 우리에게 '사회적 가치'란 무엇인가? 우리는 무엇을 위해 최첨단 시스템 자동화를 도입하려고 하는가? 웃옷을 벗고 도로공사 본사 복도에 앉은 그녀들을 생각하며 오래된 열쇠로 집 문을 열며 나는 혼자 중얼거린다.

학벌 없는 사회

NO 교수존에 관한 단상

○○ 선생님께[＊]

일전에 선생님과 나누었던 대화가 문득 생각나 노트북 앞에 앉았습니다. 그때 시간 관계상 선생님과의 대화를 제대로 마무리하지 못했다는 아쉬움이 남아서요. 학벌 없는 사회에 대한 제 의견에 대해 선생님께서는 우려를 표하셨지요. 학력의 하향 평준화가 일어날 거라고 말입니다.

선생님!

제가 말씀드린 '학벌 없는 사회'는 다 같이 공부를 하지 말자든가 지식인은 쓸모없다는 이야기가 아닙니다. 제가 같이 사는 남자도 공부를 더 하기 위해 독일에 왔고, 저는 그의 결심을 지지해 준 사람입니다. 그러니 공부를 하는 일이 무용지물이라고 생각하는 사람은 아닙니다.

제가 공부를 별로 많이 한 사람이 아니라서, 공부를 많이 한 분들을 보면 대단하다는 생각이 먼저 들고, 그분들이 가지고

[＊] 이 글은 SNS상에서 지인과 댓글로 주고받던 이야기를 확장해 편지 형식으로 작성한 것이다.

있는 풍부한 지식들에 감탄을 하고 또 배웁니다. 달달한 초콜릿을 먹을 때 느끼는 기쁨에 비할 바가 아니다 싶을 만큼 이분들이 쓰는 글들을 읽으며 배우는 기쁨이 큽니다. 누군가 공부를 더 하고 싶다고 한다면 저는 반대하고 싶은 생각이 전혀 없습니다. 공부를 많이 하고, 자신이 배운 바를 공공의 선으로 돌릴 수 있다면 정말 아름다운 일 아니겠습니까? 제가 한국사회에 대해 문제를 제기하고 싶은 부분은 이런 부분이 아닙니다.

세상에는 참으로 다양한 사람들이 살고 있습니다. 이 세상이 아름다운 이유이지요. 다행히도 신은 사람을 여러 모습으로 만들었습니다. 피부색도, 생김새도, 생각도, 각자 잘할 수 있는 일도 다 다릅니다. 그래서 세상엔 다양한 생김새만큼이나 다양한 직업들이 존재합니다. 제가 묻고 싶은 건 이 다양한 직업들이 제대로 대우받고 있는가 하는 것입니다.

책상머리에 앉아서 하는 일만으로는 세상이 돌아가지 않는다는 걸 우리는 잘 압니다. 다양한 일들이 세상엔 필요하고, 그 일들이 자기 할 일을 제대로 해낼 때 세상은 돌아갑니다. 모든 직업이 소중할 수밖에 없는 이유입니다. 그런데 이런 인식이 우리 사회에 제대로 자리 잡고 있느냐고 묻는다면 저는 무척 회의적인 대답밖에 할 수 없을 것 같습니다.

유명한 대학을 나오지 않거나 혹은 대학 자체를 나오지 않은 사람들이 최소한 인간으로서 존중받으며 살아갈 수 있는 사회인가? 대학을 나오지 않은 사람이 일용할 양식을 구하는 일에 목숨을 걸지 않고 살아갈 수 있는 사회인가? 이건 하향평준화에 관한 이야기가 아닙니다. 직업학교 학생들이 현장실습을 하다가 죽고, 쪽잠을 자고 하루 종일 일해야 겨우 일용할 양식을 구하는 사람들이 많은 사회, 겨우 몇만 원에 불과한 안전장치 하나 때문에 일하다 사람이 죽어야 하는 사회에 관한 문제제기입니다.

여러 번 말씀드렸지만, 이 세상에 차별과 차등이 없을 수는 없습니다. 박사 학위를 가진 사람과 건물 청소를 하는 사람의 월급은 독일에서도 차이가 납니다. 다만, 차별과 차등이 없을 수 없는 세상에서 우리 모두가 인간으로서 최소한 지켜 내야 할 부분이 있지 않을까 싶습니다.

참, 제가 아는 분이 들려주신 이야기를 잠깐 전해 드리고 싶어요. 이분의 남편이 독일 대학에서 교수로 재직 중이신데, 한번은 이 분이 제게 이렇게 말씀하시더군요.

"아니, 우리 남편이 받는 월급하고 하우스 마이스터건물관리인가 받는 월급하고 뭐 그렇게 차이가 나는 것도 아니고…… 하우스 마이스터는 휴가도 떠나고 즐기면서 사는데, 우리 남편은 연구실에 처박혀서 휴가도 없어요……."

하고 싶은 공부를 계속하고 연구자로, 학자로 사는 사람들에게 독일 사회는 존경을 표합니다. 하지만, 그게 다른 사람들을 짓밟는 권력이 되거나 엄청난 부를 축적하게 하지는 않습니다. 제가 주목하고 싶은 부분은 그저 이것입니다.

　　그럼 이만 총총

기도와 기대의 차이
우리 사회에서 종교가 가지는 의미

독일어 어학원을 다닐 때였다. 빨리 독일어를 배우고 싶은 마음에 매일 독일어로 일기를 썼다. 가끔 맞게 쓴 것인지 자신이 없을 때는 선생님께 수정할 부분이 없는지 봐 달라고 부탁했는데, 한번은 내 일기를 살펴보던 선생님이 잠시 고개를 갸우뚱하며 한 문장을 손으로 가리켰다. 아들이 다닐 유치원을 알아보던 일에 관해 쓴 글이었다.

오늘 둘러본 유치원은 많이 넓지는 않았으나 선생님들이 친절해 보였다. 아들이 이 유치원에 다닐 수 있게 해 달라고 기도했다.

선생님은 "기도했다"는 단어를 손으로 짚으며 말했다.

"이런 걸 두고 '기도한다'는 표현은 쓰지 않아요. 이럴 땐 '바란다', '기대한다'라고 하지요."

망치로 머리를 한대 얻어맞는 느낌이었다. 모태신앙이었던 나는 '기도한다', '기도드린다'라는 표현을 쓰는 것에 대해 단 한 번도 의문을 가져 본 적이 없었다. 숨 쉬는 것처럼 내게는 자연스러운 말이었다. 인간이 스스로 노력해서 그 결과를 기대할 수 있는 영역과 신에게 부탁할 수 있는 영역은 어떻게 다른가? 그날 이후 "기도한다"는 말은 내게 더 이상 숨 쉬는 것처럼 당연하거나 자연스러운 일이 되지 않았다.

그러고 보면, 독일에 온 이후 한국과 많이 다르다고 느꼈던 것 중 하나가 종교생활이었다. 우리가 흔히 말하는 "독실한 신자"라는 표현을 예로 들자면, 그 독실함의 의미가 확연히 달랐다. 독일 남서부에 위치한, 독일에서 가장 오래된 도시에서 살 때 만났던 친구들은 모두 가톨릭 신자였다. 교적만 있고 신앙생활은 거의 하지 않는 대부분의 사람들과 달리 이 친구들은 종교활동을 하는 '독실한' 신자들이었다. 내가 알고 있던 독실한 신자는 주일에는 물론이고 평일에도 성당에 자주 나가는 사람을 일컫는 말이었지만, 이 친구들의 '독실함'은 내가 아는 '독실함'과는 너무나 거리가 멀어 보였다. 달랐다. 1년에 두 번, 부활절과 성탄절에 성당에 갔다. 최소한 주일 미사는 꼬박꼬박 나가야 하는 것 아닌가 싶어 친구들에게 얘기했더니, 친구들은 오히려 그런 나를 신기하게 생각하는 것 같았다. 나는 친구에게 한국에 가면 볼 수 있는 '스카이라인'에 대해 이야기해 주었다. 높은 빌딩들 사이에 빼곡히 들어서 있는 빨간 네온사인의 십자가가, 일주일에 한 번 미사나 예배에 참여하지 않으면 죄를 짓는 게 되는 교회와 성당의 룰, 세금을 안 내는 교회들…….

내 이야기를 듣던 친구가 살짝 놀란 표정으로 내게 했던 말을 나는 아직도 기억한다.

"우리도 그랬던 적이 있었어, 중세 때."

디지털화가 상대적으로 느린 독일에 비해 첨단 기술로 가득한 한국에 올 때마다 늘 놀란다. 온라인으로 모든 게 해결되는 생활방식에는 그저 놀라움의 감탄사를 연발하게 된다. 그런데 여전한 풍경과도 마주친다. 밤하늘을 빨갛게 수놓는 십자가와 허리를 굽혀야 들어갈 수 있을 것 같은 낮은 집과 목이 아플 만큼 고개를 들어야 끝이 보이는 높은 아파트 사이의 거리도 여전하다. 인터넷 속도로 세계 1위를 차지하고 온라인으로 뭐든 다 처리할 수 있는 최첨단의 나라에서 왜 아직 많은 사람들이 자신의 삶에서 종교를 최우선 순위로 두고, 적지 않은 사람들이 사이비 종교에 빠져드는 것일까?

나는 가끔 해와 달에게 소원을 빌던 옛사람들의 모습을 떠올린다. 인간이 기대하고 바라는 것들이 인간의 힘으로 불가능할 때 사람들은 막강한 힘을 가진 자연의 신에게 소원을 빌었다. 열심히 일해도 신분 상승을 꿈꿀 수 없는 신분제, 계급 사회, 권력을 가진 자가 말 한 마디로 누군가의 목숨을 좌지우지하던 시대. 그런 세상에서 인간은 인간 스스로 해내야 할 영역과 신에게 빌어야 하는 영역을 구분할 수 없었다. 지금 우리 사회는 어떠한가? 평범한 '기대'와 '바람'조차 기도의 힘에 기대지 않으면 안 될 만큼 모든 출구가 막혀 있지는 않은가?

영생을 바라며 교주에게 모든 것을 헌납하고, 무릎을 꿇고 머리를 조아린 S교 사람들의 사진을 보다 문득 달력의 숫자를 눈 부릅뜨고 쳐다본다.

제2부

당신,

안녕하신지요?

아름다운 세상

오늘 전세 계약을 갱신하고 왔다.

바로 얼마 전 하늘 높은 줄 모르고 뛴 시집 전세자금을 올려드리느라 잔뜩 융자를 내다 쓴 터였다. 시부모님은 평생 두 분이 벌었지만, 그리고 누구보다 열심히 사셨지만 대구 시내에 당신들 이름으로 된 집 한 채 없다. 구구절절 사연이야 왜 없겠느냐만 언제나 모은 돈보다 집값이 앞장서서 뛰었기 때문이다. 융자를 내면 되지 않겠느냐고 쉽게 말하지 않았으면 좋겠다. 은행의 힘을 빌릴 수 있다는 건 다 그만큼의 신용이 되는 사람들 이야기이다. 사는 집을 담보로 모자라는 집값만큼 융자를 얻으면 되지 않느냐고 쉽게 말하지만 그것 역시 그 돈을 갚을 수 있을 만큼의 벌이가 되는 사람들한테 적용되는 말이다. 능력이 모자란다고 머리도 딸리는 게 아니라는 말이다. 그렇게 말하는 사람들만큼 생각을 못 해서 여지껏 집을 못 샀을 거라 여기고 가르치려 드는 태도에 더 멍이 들 뿐이다.

아무튼 금융권의 신용도가 꽤 높다고 할 수 있는 나조차 이번에 시부모님 전세 보증금 올려 드리느라 은행에서 빌릴 수 있는 능력의 한계만큼 빌렸다. 그러나 막상 이번에는 내가 사는 집의 전세금을 올려 줘야 하는 상황이다. 만약 주인 쪽에서 주변 시세대로 우리 집 전세 보증금을 올리겠노라 선언한다면 정작 움치고 뛸 방법이 없는 터였다. 마음속으로는 이사 가야 할지도 모른다고, 어느 정도는 포기하고 있었다. 그러나 인생이란 숨 쉴 구멍은 남겨 두고 몰아붙이는 법인지 이번 집주인은 법대로(막상 '법대로' 하는 사람이 우리 사회에서 얼마나 희귀한 존재인지 모른다) 딱 5% 오른 금액으로 전세 재계약을 하자고 연락이 왔다. 물론 이 돈을 구하기 위해 다시 은행 문을 밟아야 했지만, 그 정도는 그래도 감당 가능한 금액이었다. 게다가 다시 전세 보증금이 싼 곳을 찾아 이사 가지 않아도 된다는 건 얼마나 다행인가.

부동산에서 재계약한 문서에 도장을 찍고, 잔금을 치른 영수증을 받고, 그제야 현재 우리가 살고 있는 집의 전세 보증금 시세가 얼마나 되는지 알아보았다. 그런데 세상에, 작년과 올해에만 보증금이 3억이 올라 있었다. 딱 2년 만이다. 그나마도 집주인들이 그 시세보다 더 받으려고 계약 직전에 도장 안 찍겠다고 하는 경우가 다반사라고 했다. 물론 집값은 우리가 이 집에 들어오던 때보다 6억이 올랐으니 벌어진 입은 좀체 다물어지지 않았다. 2년 사이에 3억이니 6억이니 하는 게 실감이 나질 않아서 좀 멍했다.

"왜 그런 건가요? 이리 미친 듯이 오르는 이유가 도대체 뭔가요?"

"법으로 4년을 못 박으니까, 거기다가 집주인 실거주 아니면 살던 사람 내보내지도 못하게 하니까, 아예 이번 기회에 왕창 올려 받으려고 하는 거지."

"그럼 집값은 또 왜 그래요?"

"전세를 미친 듯이 올리니까 사람들이 전세를 사느니 융자를 최대한 내서라도 그냥 집을 사는 게 낫다고 생각하는 거지. 일단 물건이 나오기만 하면 달려들어. 심지어 지방에서도 전화가 와. 그리고는 동, 호수만 듣고 바로 계약 걸어. 볼 필요도 없다고 하면서. 어차피 지방의 돈 있는 사람들도 서울에 집 사 놓는 게 돈이 된다고 생각을 하니까."

"서울에 거주할 것도 아니면서……."

"돈 있는 사람들이야 전국에 깔렸으니까."

그러고 보니 얼마 전 어느 모임에서, 갓 서른 된 분이 했던 이야기가 떠올랐다. 지방에 계시는 부모님이 혼자 사는 자신에게 집을 한 채 사 주셨다는데, 자신의 거주와 상관없이 서울에 사 주셨다고 했다. 증여세니 하는 걸 피하기 위해 형식상으로 자식한테 돈을 빌려주는 '차용증'도 쓰고, 공증까지 받으면서 말이다. 거실 창으로 한강이 보이는 강북의 10억도 넘는 아파트를 사 주었다는데, 자신이 낸 건 2억에 불과하고 나머지는 부모님이 내셨단다. 나와는 거리가 먼 이야기라 그냥 귓등으로 흘렸다. '가슴에 담아 봐야 내 속만 상하지 뭐' 하면서 쿨내 진동하게 말이다.

그런데 오늘 부동산에서 이런저런 이야기를 더 듣고 있다 보니 '미친 집값'의 원인을 조금은 알 것도 같았다. 그래, 애들 학교만 마치면 굳이 이 동네 있을 이유가 없으니 더, 더, 더 바깥으로 나가자. 서울에서 멀어지면 좀 낫겠지. 물론 이미 거기도 다락같이 올랐겠지만 최소한 전세라도 편하게 얻겠지, 생각했다. 그리 나 자신을 달래며, 한편 어르며, 달리 도닥이며 부동산 사장님의 이야기를 듣고 있는데, 갑자기 그때 서른이 갓 넘은 그가 덧붙인 말이 떠올랐다.

"솔직히 강남도 아니고, 앞으로 전망(?)을 보면 좀 그래요. 기왕 강남이었으면 더 좋았을 텐데."

자신의 돈도 아니고 순전히 부모 덕분에 거실 창으로 한강이 보이는 10억이 넘어가는 아파트를 받고도 강남 타령이 나오는 게 지금 현실이다. 욕망과 욕망의 중첩 속에 누군가는 다락처럼 높아지는 전세 보증금에 휘몰려 살던 곳을 다시 떠나는데 말이다. 아, 아름다운 세상이다. 참으로 아름다운 세상.

텍스트가 죽은 시대라고요?

텍스트가 죽은 시대라고 합니다. 정확히 글이라는 '문자 텍스트'가 죽었다는 거지요. 요즘 누가 '글'을 읽느냐고 되묻습니다. 포스트 문자 텍스트 시대가 온 지는 한참, 영상으로 대체되다 이미지의 시대로 넘어간 지 오래라고 합니다. 소셜미디어에서도 초등학생부터 어르신들까지 유튜브Youtube로 감성과 지식을 얻는 게 대세입니다.

책은 안 팔리고, 긴 글은 읽지 않는 시대를 마주하고 있습니다. 문화체육관광부가 발표한 국민 독서실태 조사2018에 따르면 성인의 25%는 책을 1년에 단 한 권도 읽지 않는다네요. 연간 독서율은 2015년에 비해 성인 5.4%, 학생 3.2%가 감소했구요. 독서시간은 점점 줄어드는데 유튜브 이용시간은 점점 늘어납니다.

이런 상황에 기름을 들이붓듯 2019년 11월 28일 교육부는 '대입 공정성개선안'을 발표하면서 대입에서 독서 활동을 반영하지 않겠다고 했습니다. 부모 배경 등 외부 요인을 차단하기 위해서라고 합니다. 아, 물론 어떤 형태로든 독서교육은 이루어질 거고 문해력을 기르기 위한 학교 현장의 노력은 계속되겠지요. 하지만 대입에서 나름 가산점처럼 작동했던 독서 활동을 반영하지 않게 되면 그렇지 않아도 독서량이 절대적으로 부족한 고등학생들의 독서 활동은 분명히 줄어들 겁니다. 이에 더해 꽤 긴 시간에 걸쳐 학교 현장에서 확산되어 왔던 읽기, 쓰기 관련 수업들마저 상당 부분 위축될 수밖에 없습니다.

우리나라는 그래도 경제협력개발기구OECD 국가 중에서 문맹률이 현저히 낮은 편에 속하지 않느냐고요?

한글이 쉽다 보니 문맹률은 낮지요. 대신에 글을 제대로 읽고 이해하는 능력인 문해력으로 따지고 들어가면 좀 심각합니다. 아예 1년에 책 한 권조차 안 읽는 사람도 많지만, 글이 좀 길어지면 바로 읽는 걸 포기하는 경우도 많습니다. 기껏 글을 읽고 나서도 엉뚱하게 반응하는 경우도 있구요. 잘못 읽은 거지요.

온라인 이용이 활발한 한국의 문해력 수준이 심각하다는 건 이미 2013년 실시한 OECD 국제 성인역량 조사PIAAC에서도 알 수 있습니다. 16~65세의 언어능력 수준은 평균3수준 276~325점, 500점 만점 이하가 91.5%로 나타났습니다. PIAAC2013에서 드러난 한국의 성인 문해력은 더 심각합니다. 25세를 기점으로 내리막길을 타서 35~44세 이후 평균 아래로 내려가고, 45세 이후부터는 하위권으로 떨어집니다.

결국 이런 문해력 부족은 학교뿐 아니라 직장에서의 의사소통 문제까지 발생시킵니다. 실제로 성인 중 상당수가 문서 파악뿐 아니라 기본 독해능력이 떨어져 문서를 오독하거나 분석을 잘못하는 경우도 많다고 합니다. 문해력 저하로 인한 실수가 사회적 문제로 대두될 수 있다는 우려까지 나옵니다.

문자 텍스트는 여전히 중요합니다. 맛집을 찾아 인터넷을 헤매던 사람들은 소셜미디어에 올라온 음식 사진을 보고도 굳이 문자로 된 후기까지 찾아 읽고 나서야 예약을 합니다. 제품 사용 설명서나 약관도 문자 텍스트로 되어 있습니다. 이미지와 동영상이 대세라고 하지만 사람들은 여전히 문자를 놓지 않습니다. 또한 문자 텍스트를 제대로 읽어 내는 훈련이 돼 있어야만 영상 텍스트를 비롯한 확장된 텍스트들을 읽어 내는 힘이 생깁니다.

문제는 문해력이라는 게 성인이 되고 나서는 독서 등을 통해 교육하고 훈련해도 쉽게 나아지지 않는다는 점입니다. 많은 전문가가 학교 정상화의 조건으로 독서 중심 교육을 주장하는 이유는 수능 때문이 아니라 문해력이야말로 현대인에게 요구되는 필수 능력이기 때문입니다.

그러니까 일정 시기의 아이들에게 어느 정도 강제적으로 이루어지는 독서교육, 특히 공교육 내에서 이루어지는 독서교육은 절대적으로 필요합니다. 아무리 부모의 영향력을 배제하려는 의도라고 해도 독서 활동을 대입에 반영하지 않겠다는 교육부의 조처에 우려를 거둘 수가 없는 건 이 때문입니다.

나는 당신의 명복을 빌어 줄 수가 없다

2021년 10월 26일, 노태우의 죽음에 부쳐

사람은 누구나 불완전하다. 시시때때로 실수하고, 자주 잘못을 저지르며, 가끔 뻔뻔하고, 때로 후회를 한다. 대체로 욕망에 시달리면서 다른 이를 시기 질투하거나, 자신의 욕심을 채우기 위해 불법을 저지르기도 한다. 그러다 어느 순간 소스라쳐 그런 자신을 되돌아보고는 아주 드물게 반성이라는 걸 하는 경우도 있다. 그런 게 인간이다.

돌이켜 보면 나라는 인간도 얼마나 많은 잘못을 저지르며 살아왔나. 적지 않은 이들에게 상처를 줬고, 꽤나 매몰차게 타인을 대했으며, 인지하지 못하는 실수를 셀 수도 없이 저질렀다. 어쩌면 지금 어딘가에서 누군가는 이를 갈며 나를 미워하고 있을지도 모른다.

그래서 나는 사람들이 누군가를 심하게 욕할 때 적극적으로 동조하지 않는 편이다. 욕하는 사람의 아픔이나 상처에는 공감하고 보듬어야겠다고 생각할망정, 욕먹는 인간을 정말 인간 말종이라고 평가하거나 아예 상종하지 않겠다고 여기지는 않는다. 이건 전적으로 '나'나 '너'나 크게 다를 바 없이 '거기서 거기'이자, 인간은 모두 불완전한 존재라는 걸 전제로 깔고 대하는 나의 시니컬한 사고에 기인한다.

이런 생각으로 살다 보니 주변에서 보통 꺼리거나 피하는 사람들까지 내 주변으로 몰려들어 나의 인간관계는 꽤나 복잡한 편이다. 부정적으로 평가되는 사람한테까지 어중간하고 어정쩡한 자세를 취하는 나를, 내 절친들은 좀 모자라게 보거나 답답하게 여기는 편이다. 심지어 어떤 친구는 많은 사람들을 포용하다 못해 성향도 정치 색깔도 완전히 다른 사람조차 어영부영 데리고 있는 나한테 화를 내며 '회색분자'라고 욕을 한 적도 있다.

하지만 이런 나조차 용납하지 못하는 유형이 있다. 자신의 욕망 혹은 욕심을 위해 타인을 희생시키는 사람이다. 그것도 일부러 그러는 사람. 가끔 주변에서 아주 드물게 발견하는 경우가 있는데, 그럴 때는 가차 없이 관계를 끊는다. 두고 볼 필요가 없기 때문이다. 하물며 희생시키는 게 생명이라고 한다면 더 말해 무엇하랴.

하나의 생명을 끊어 내는 건 사실 매우 끔찍한 일이다. 언젠가 출근길 로드킬당한 고양이를 본 이후, 혹시라도 내 차가 무고한 생명을 해하는 경우가 생길까 봐 운전 속도를 줄이게 되었다. 우연히 내 차에 탔던 사람들이 농담 삼아 카레이서가 되었다면 성공했을 거라고 말할 정도로 누구보다 속도를 즐기던 나였는데 말이다. 지금은 운전을 할 때마다 나도 모르게 길을 건너던 쥐나 고양이, 혹은 낮게 날아가던 새를 치게 될까 봐 두려워한다. 그렇게 되면 꽤 오랫동안 충격에서 못 벗어날 거라는 공포에 미리 지질리기까지 한다.

그런데 만약 무고한 생명을 죽이고 죽여 자신의 욕망을 구현한 사람이 있다면, 더구나 죽인 생명이 자신이 추구한 욕망의 궁극적 섬김의 대상이었다면 그 모순의 정점에 서 있는 자를 어떻게 이해해야 하는가. 지지를 끌어내야 할 대상을 죽임으로써 욕망을 실현한 자를, 삶의 끄트머리에 다다랐으니 이제 그만 화해하고 용서해야 한다는 논리는 이해 가능한가. 화해하고 용서하지 않으면 속이 좁고 예의 없는 존재가 되는가.

그가 죽었다고 한다. 박정희가 죽은 날과 같은 10월 26일이다. 두 사람은 닮지 않은 듯 닮았다. 자신의 욕망을 위해 자신들이 섬겨야 할 대상을 수도 없이 죽였고, 그 피 위에서 자신들의 욕망을 구현했다. 그리고 같은 날 죽었다. 우연히 겹친 숫자가 무슨 의미가 있겠느냐만, 죽은 날이 같으니 기억하기는 편할 것이다.

민주주의 국가에서 '선거'를 거치지 않고 총과 칼을 앞세워 대통령이 되었으며 자신의 욕망을 실현하기 위해 무고한 생명을 수없이 해한 당신들. 더군다나 당신들이 해한 생명은 당신들이 섬겨야 할 '국민'이었다.

그래서 나는 당신의 명복을 빌어 줄 수가 없다. 빌어 줄 마음 따위, 내겐 없다.

덧붙여, 광주시의 품위 있는 입장 표명을 지지한다.
광주시의 성명은 다음과 같다.

노태우 전 대통령 국가장 관련 광주시 입장
광주시는 故 노태우 前대통령 국가장 기간에 국기의 조기 게양 및 분향소 설치를 하지 않을 것이다.
우리 시는 故 노태우 前대통령의 장례를 '국가장'으로 치르기로 한 정부 결정을 존중한다. 그러나 우리 시는 광주에 주어진 역사적 책무를 다하고 오월 영령과 광주시민의 뜻을 받들어 국기의 조기 게양 및 분향소를 설치하지 않기로 결정하였다.
고인은 우리나라 대통령이었고, 우리의 정서상 돌아가신 분을 애도하는 것이 도리이지만 우리 광주는 그럴 수가 없다.
고인은 5·18 광주학살의 주역이었으며, 발포 명령 등 그날의 진실을 알고 있었음에도 생전에 진정어린 반성과 사죄, 그리고 5·18 진상규명에 어떠한 협조도 없이 눈을 감았다.
고인은 국가 폭력으로 목숨을 잃은 무고한 시민들, 하루아침에 사랑하는 가족을 잃고 40년이 넘는 세월을 울분과 분노 속에 밤잠 이루지 못하는 오월 가족들, 아직까지 생사가 확인되지 않은 수많은 행불자들을 끝내 외면했다.

우리 광주는 이에 대해 매우 안타깝고 유감스럽게 생각한다.

국가 지도자들의 역사적 책임은 생사를 초월하여 영원한 것이다.

또한 역사는 올바르게 기록되고 기억될 때 교훈을 줄 수 있고, 강한 힘을 갖는다.

항상 시대를 선도해 온 의향 광주만이라도 역사를 올바르게 세우고 지키는 길을 갈 것이다.

그리하여 전두환 등 5·18 책임자들의 진정어린 반성과 사죄를 이끌어내고 그날의 진실을 명명백백 밝혀 우리에게 주어진 시대적 책무를 다할 것이다.

2021.10.27

광주광역시장 이용섭

광주광역시의회 의장 김용집

줄 세우는 사회

지금이 어떤 세상인데

"자네, 아직도 그 지역에서 근무하고 있나?"

얼마 전 고위직에서 은퇴한 지인이 오랜만의 전화 통화 끝에 안타까워하며 한 말이다. 속에 담긴 의미가 무엇인지를 익히 알고는 있으나 마땅히 대답할 말을 찾지 못해 잠시 머뭇거리는 사이 끝내 다음 말까지 덧붙이고는 끊는다.

"어지간하면 좋은 지역으로 나와. 언제까지 외곽으로만 돌 거야. 이제 자네 나이도 있는데 인정받아야지. 교장·교감 선생님한테 잘 보여서라도 좋은 지역으로 옮겨 봐."

사실 그 말 속에는 아주 많은 사회적 담론이 숨어 있다. 하나하나 짚어서 이야기하자면 토론 주제만 해도 서너 가지는 된다. 그러나 일단 다른 논쟁거리는 모두 차치하더라도 한 가지만큼은 짚고 넘어갔으면 싶어졌다. 선거 국면을 맞아 모 국회의원이 특정 교육특구에서 주최했다는 교육 세미나가 떠올라서다. 세미나 포스터에는 교육혁신, 행복, 무상교육, 기초학력 보장과 같이 교육과 관련해 듣기 좋은 말들은 모두 나와 있었다. 그러나 세미나에 참석하는 사람들 면면을 살펴보다 적잖게 당황스러웠다. '학교 교육'을 논하는 자리임에도 불구하고 참석한 사람들 중 현장 교사는 단 한 명도 없었고, 심지어 자리한 학부모들조차 각 지역을 대표할 만한 사람들로 구성된 게 아니라 특정 지역 학부모들만으로 이루어져 있었기 때문이다.

앞에서 지인이 언급한 '좋은 지역' 학부모들과 대형 입시학원 '일타 강사' 출신을 그 자리에 부른 해당 정치인은 아마 '교육' 하면 '대입'을 떠올렸을 것이다. 쉽게 말해 '내 자식 좋은 대학 가는 게 곧 교육'이라는 사고가 부동不動이었을 것이다. 그러니 입시 문제에서 교육특구의 여론을 무시할 수 없다고 여겼을 것이고. 쉽게 전 국민의 눈길을 끌 수 있는 교육 문제를 논하는 자리임에도 불구하고 구태여 특정 지역을 명시했을 것이다.

재미있는 것은 교육 이야기만 나오면 모두들 "우리 사회는 경쟁교육이 문제"라고 외친다. 지금과 같은 경쟁교육만으로는 앞으로 다가올 4차 산업혁명 시대와 인공지능 시대에 적합한 인재를 양성할 수 없다고 너도나도 시끄럽다. 하지만 정작 수능 절대평가 내지 등급화, 혹은 대학 평준화나 고교 내신 절대평가제 등이 언급되기 시작하면 격렬하게 반대하는 사람들의 목소리가 더 크게 들려온다. 사람들은 여전히 세상을 한 줄로 세우고 싶은 게 아닌가 의구심이 드는 건 그래서다.

사실 한국 사회가 출신 대학으로 줄을 세우고, 사는 지역으로 계급을 구분하고, 직업으로, 연봉으로 서열을 매겨야만 직성이 풀리는 사회라는 데 다들 어느 정도 동의하지 않는가. 최소한 겉으로 보기에는 매우 공정해 보이는 임용고시를 거쳐 들어온 교사들마저도 근무지에 따라 서열이 있다는 듯 순서를 매겨 줄을 세우는 걸 보면 말이다. 이런 현실과 맞닥뜨릴 때마다 가끔 기도 막히고 코도 막힌다. 이런 상황에서 성취평가 개념인 수능 절대평가제나 고교 내신 절대평가제의 도입 등은 갈 길이 멀어도 한참 멀어 보인다. 하다못해 대학 평준화는커녕 막상 본교와 분교 통폐합 이야기만 나와도 그 대학에서는 난리가 난다.

그러다 보니 교육 현안을 논의한다는 공식적인 자리에서조차 여전히 경쟁을 기반으로 하는 대학입시 위주로 특정 지역, 특정 계층에만 치우쳐 귀를 열어 두는 것이다. 하지만 일류대학을 갈 수 있는 학생들은 정해져 있고, 아무리 넓게 잡아도 서울 소재 대학을 가는 아이는 전체 수험생의 일부일 텐데 말이다. 게다가 입시에 관심 없이 제도권의 궤도 밖으로 빠져나간 아이들도 분명 존재하는데 최소한 그 세미나 자리에서만큼은 그들은 '없는 존재'가 되고 있었다.

정말로 학교 현장의 문제와 교육 현실을 파악하고 싶다면 다양한 학교와 다양한 지역을 대표하는 교사들의 목소리가 반드시 필요하다. 산간벽지 학교가 처하고 있는 현실과 대도시 과

밀학급의 상황은 다르다. 공립과 사립의 처지가 같지 않으며, 초등과 중등 아이들의 발달 과정은 완전히 다른 각도에서 접근해야 한다. 특정 지역, 특정 계층의 목소리가 쉽게 눈길을 끌고 논점을 장악하는 데는 유리하겠지만 그러면 그럴수록 정작 현장과는 더 멀어질 뿐이다.

아 참, 전화를 끊고 나서야 비로소 지금의 학교가 1지망이었다는 사실이 생각났다. 사실 이제까지 내가 근무한 학교들은 지금 이 학교와 조금도 다를 바 없는 외곽 지역의 어려운 학교들이었다. 구태여 비슷한 학교들을 찾아가며 근무지를 선택한 것은 아니지만 모두 1지망으로 선택한 학교였던 건 맞다. 오로지 내가 근무하고 싶어했던 현장 여건이라는 게 좀 더 보람을 느끼면서 할 수 있는 일이 많은 학교였는데, 아무래도 교육특구의 학교보다는 외곽의 학교들이 이 조건에 부합하는 경우가 많았기 때문이다. 게다가 이제까지 내가 겪은 교육청의 인사 정책은 투명하고 공정해 교장·교감 선생님의 총애(?)와는 아무 상관도 없었다. 이런 사실들을 깨닫고 나자 비로소 뒤늦은 구시렁거림이 입 밖으로 튀어나왔다.

지금이 어떤 세상인데.

교육이 다 끝났으니 걱정 없으시겠어요

모두가 교육 전문가인 시대

몇 년 전 연년생 아이 둘이 모두 대학에 합격했을 때 축하와 함께 돌아온 주변의 반응이다. 그 말에 다소 어안이 벙벙했던 기억이 있다. 교육이란 평생에 걸쳐 이루어지는 것일 텐데 교육이 다 끝났다는 것은 무슨 의미인가. 혹시 그분들이 말하는 교육은 '대학 입학을 위한 교육'을 의미하는 것이었을까?

누구나 쉽게 교육을 말한다. 자녀가 초등학교에 들어가기 전 학군 좋은 지역으로 이사한다던 지인도 아이의 '교육' 때문이라고 했다. 말끝마다 인성교육이 우선이라던 친구는 자녀 고등학교 진학 전에 꽤 비싼 사교육 비용을 들여 미적분과 기하 과목의 선행만 세 바퀴(?) 이상 돌렸노라 고백했다. 역시 아이의 교육을 위해서라고 했다. 혁신학교를 지정하려던 교육청도, 그 혁신학교를 반대하며 플래카드를 내걸었던 지역의 학부모들도 모두 '교육'이라는 말을 앞에 내세웠다.

가끔 우리 사회에서 교육이라는 말은 어쩌면 천 개의 의미로 사용되고 있고, 각자의 입장과 이해관계에 따라 다르게 쓰이고 있는 게 아닌지 헷갈릴 정도다.

이런 상황에서 학교 현장과 교육과정과 교육정책을 두고 여기저기서 훈계와 참견과 평계가 탁구공처럼 날아다니는 건 새삼스러운 일이 아니다. 무슨 일만 터지면 학교교육이 문제고, 학교에서 가르쳐 주지 않아서 이 지경에 이른 거라고 힐난한다. 근본적으로 바깥에서 구해야 할 해결책을 급한 대로 우선 학교 현장 안으로 던져 놓고 보는 것 역시 익숙한 풍경이다.

이는 요 몇 년 동안 고등학교 교육 현장에 야금야금 의무교육을 끼워 넣는 걸 보면서 더 절감한다. 최근 교육의 흐름은 수요자를 강조하면서 학생들의 선택을 중시하는 방향으로 가고 있는데, 공통 교과까지만 이수하면 나머지는 학생의 자유로운 선택에 맡기자는 고교학점제가 그것이다. 그런데 분명 겉으로는 이렇게 표방하면서 이와 달리 해가 갈수록 의무교육이 늘어나고 있다는 게 문제다. 세월호 사건 이후 안전교육을 연간 51시간으로 의무화한 게 대표적이다. 이뿐 아니다. 연간 15시간 성평등 의무교육도 있다. 심지어 재난안전 교육도 해야 하고 약물 사이버중독 예방 교육도 해야 한다. 폭력 예방 교육도 하라고 한다. 그런데도 국회 일각에서 환경 교과를 필수로 하자는 주장도 나오고, 민주시민 교육을 교과로 만들자는 주장도 있다는 말이 들린다.

하지만 이미 초중고 교육과정을 살펴보면 각 교과에서 대부분 다루고 있는 주제들이다. 특히나 얼마 전 모 단체 위원장이 "태어나서 죽을 때까지 배우지 않는다"고 했던 노동의 가치나 권리에 대해서는 아름다운 청년 전태일, 노동법의 역사, 근로기준법, 노조 설립의 역사, 근로계약서, 부당노동행위 신고 등등의 내용으로 다양한 교과서에 실려 있다. 성평등 및 환경 관련 내용도 사회, 역사, 과학, 기술·가정 등 기존의 모든 교과에서 다루고 있다. 교육과정 안에서 우리 사회가 요구하는 시민교육, 환경교육, 성교육, 노동교육이 이미 포괄적으로 이루어지고 있는 셈이다.

바깥에서 보면 학교는 국어, 영어, 수학 문제 풀이나 하는 공간으로 보이기 쉽다. 특히나 지금 우리 사회를 이끌어 가는 연령대는 몇십 년 전 자신들의 경험을 근거로 학교를 판단하는 경향이 있다. 그러나 지금의 초·중·고 12년 교육과정을 한 번만 읽어 본다면 최소한 자신들이 학교를 다니던 시대에서 세 번쯤 강산이 바뀌었고, 교육과정 역시 그 이상으로 치열하게 변화해 왔다는 것을 알 수 있을 것이다.

누구나 교육 전문가를 자처하는 시대다. 하지만 교육은 전문적인 영역이다. 쉽게 건드리면 건드릴수록 정작 '진짜 배워야 할 것'을 배우는 시간이 줄어든다는 것이다.

제발 초중고 교육과정에 대해 어설프게 아는 국회나 시민단체 등이 왈가왈부하거나 건드리지 않았으면 좋겠다고, 강제

된 의무교육 시간을 국어 교과 진도표 안에 억지로 욱여넣으면서 이런 생각을 해 보는 것이다.

수능 유감有感

대학수학능력시험의 '공정한 경쟁'을 위해 고등학교 현장은 한 달 이상 전쟁터를 방불케 한다. 몇 주 전부터 수도 없이 공문이 내려오고, 수십 개의 관련 기안을 해야 한다. 수차례 모든 교실의 방송 상태를 점검하며 수시로 교육청에 보고한다. 수능 시험장을 만들기 위해 교실의 거울과 액자는 모조리 떼어 내고 TV 모니터는 커다란 전지로 뒤집어씌운다. 교실 벽의 낙서는 지우다 안 되면 흰 종이를 붙여 가린다. 대부분의 교사가 감독관으로 차출되고 난 후, 준비가 끝난 교실은 흡사 병동 같다. 그래, 완벽하게 '공정'하기란 쉽지 않은 법이다.

그러나 막상 수능 수험표를 배부하는 날 아침. 전날의 이런 법석과 달리 우리 반 B는 30분이 지나도 나타나지 않았다. 코로나 상황으로 학교 정문 앞에서 덜덜 떨며 수험표를 나눠 주던 중이었다. 열 번도 넘는 통화 시도 끝에 다른 방에서 주무시던 B의 어머니가 대신 전화를 받는다. 밤새 게임을 하다 아침 7시가 넘어서야 잠이 들었다고 전한다. 접수는 했지만 어차피 처음부터 시험 보러 갈 생각은 없었으니 수험표는 버리라 한다.

역시 느지막이 나타난 J는 수시에서 1차 합격한 대학이 두 군데나 된다. 수시 지원 대학은 모두 수능 최저학력 기준을 요구하지 않아서 수능 성적은 필요 없다. B와 마찬가지로 시험은 보러 가지 않겠다고 한다. 수험표는 수험생 할인 혜택 때문에 필요할 뿐이다. 그러자 지원한 6개 대학 모두 수능 최저학력 기준이 필요한 S가 옆에서 나지막하게 중얼거린다. "이렇게 시험 안 보는 애들이 많아지면 나 같은 애가 등급 얻기는 더 어려워질 텐데." 수능은 누군가가 낮은 성적을 받아야만 '내'가 비로소 높은 등급을 받을 수 있는 구조이기 때문이다.

오후엔 수능 감독관 회의를 나갔다. 두 시간 가까이 회의가 진행되는 동안 강단 스피커에서는 감독관들이 주의할 사항이 끊임없이 흘러나온다. 해마다 민원이 늘어나고 있기 때문이다. 감독관들은 냄새가 나는 향수나 화장품은 사용해서는 안 된다. 소리 나는 신발을 신거나 화려한 옷, 짧은 치마도 입으면 안 된다. 패딩 점퍼도 움직일 때 소리가 날 수 있어 주의해야 한다. 코를 골며 자는 학생이 있어 깨웠는데 오히려 학생으로부터 민원이 제기된 사례도 있으니 그것도 고려하면서 깨워야 한다. 그러나 감독관이 지나치게 한 자리에 반듯하게 서 있어 심적 부담으로 수능을 망쳤다는 민원마저 있다는 소리에는 벌린 입이 다물어지지 않는다. 민원이 참 다채롭다.

민원은 그나마 다행이다. 지난해 어느 시험장에서는 4교시

시험 종료 종이 2분가량 일찍 울리는 일이 있었다. 감독관들은 시험지를 걷었다가 오류를 깨닫고 다시 배포해 문제를 풀게 했다. 이후 학생들은 이 때문에 시험을 망쳤다며 감독관을 고소했다. 2014년에는 한 수험생이 영어 듣기평가 때 감독관 휴대전화의 진동 소리 때문에 시험을 망쳤다며 자살을 예고하는 소동도 있었다. 하긴 시계 초침 소리가 신경 쓰인다는 민원 덕에 시계마저 떼어 내는 판국이다. 이번에도 나는 하루 종일 퉁퉁 부어 오른 다리를 절룩거리며, 수능 감독하는 내내 숨 한번 크게 쉬지 못했다.

수능 감독을 마치고 휴대전화를 켜자 바로 전화가 울린다. 작년에 졸업한 A다. 펑펑 운다. 재수하면서도 여름방학 때 따로 입시 상담을 받으러 왔던 아이다. "이건 정말 너무해요. 6월도, 9월 모의평가 때도 이렇게 망한 적은 없어요. 그런데 매번 수능만 망해요. 한 번으로 3년, 아니 4년이 날아갔어요." A는 재수종합학원을 다니며 1년 학원비로 대학 등록금의 2배를 썼다.

대입 공정성을 이유로 지난 대선에서 대부분의 대통령 후보들이 수능을 기반으로 하는 정시 확대를 교육 공약으로 들고 나왔다고 한다. 그러나 정작 무엇을 위한, 누구를 위한 공정인지는 모르겠다고 구시렁거리며 주섬주섬 짐을 챙겨 건물을 나서는데, 이마에 선득하니 빗방울이 떨어진다. 본격적으로 비가 오시려나 고개를 드는데, 교문 앞에서 추위에 떨며 기다리고 있는 부모들이 눈에 들어온다. 세상 공정한 시험인 수능이 이렇게나 대단하다. 참 유감有感이다.

악마는 디테일에 있다

2020년 3월, 코로나19로 인해 개학이 3차에 걸쳐 연기되었을 때다. 사상 초유의 일이었다. 한국전쟁 중 임시로 천막을 치고 수업했다는 말을 들은 바는 있지만, 한 번도 초·중·고의 개학을 연기한 적 없던 우리 세대로서는 준 전시 상황이었던 셈이다. 결국 교육부는 3월 31일, 등교를 포기하고 온라인 개학을 공식화했다.

하지만 교육부가 정식으로 온라인 개학을 발표하기 전부터 이미 교육 현장은 온라인 수업이 화두가 되어 숨 가쁘게 달려왔다. 어차피 온라인 개학은 피할 수 없는 대세라 여기는 분위기가 지배적이었기 때문이다. 그러나 '온라인 개학'이라고 현장에 말을 툭 던져 놓는 건 쉽지만, 막상 현장에서 맞닥뜨리는 문제는 한두 개가 아니었다. 결코 녹록치 않았다.

우선 교사마다 가지고 있는 디지털 리터러시가 모두 달랐다. 교사 간 세대 격차도 컸다. 게다가 이제껏 학교는 여러 규제와 행정적인 문제로 교내 와이파이망마저 제대로 갖추고 있지 않은 상황이었다. 심지어 그때까지 교사들의 개인 메일은 모두 막아 놓고 있었으며, 카카오톡마저도 못 하게 되어 있었다. 온라인 수업을 하는 경우 화면에 노출되는 인터넷 제공 자료에 교과서를 비롯한 교육 자료의 저작권 문제는 어떻게 되는 건지에 대해서도 우왕좌왕이었다. 저작권 문제에 걸리지 않을지 자신할 수 없는 상황에서 함부로 수업자료를 만들기란 쉽지 않은 문제였다.

온라인 개학 발표 이후 교육부가 안내한 각종 온라인 서버들이 동시 접속으로 인해 다운되기도 했다. 그러니 과연 온라인 학습에 활용될 EBS를 비롯한 각종 온라인 도구가 안정성을 갖추었는지도 의문이었다. 더하여 단순히 형편이 어려운 학생들에게 온라인 기자재를 지원하는 것만 가지고는 온라인 학습이 가능하다고 보이지도 않았다. 맞벌이 가정, 조손 가정 등의 어린 학생의 경우 인터넷 도구 사용의 문제로 원활한 학습이 이루어지기 어려울 수 있었다. 학생들의 온라인 접근성은 곧 학습기회의 불평등으로 이어진다는 점에서 한숨이 나오는 상황이었다.

더 세부적으로 파고들면 학급 조회, 종례를 오픈 채팅방에서 하자는 의견과 줌으로 하자는 의견이 갈리고 있었는데 이것 역시 출결 처리를 어떻게 할 것인가 하는 문제와 연관되어 쉽지 않은 문제였다. 과제형 수행평가를 지양한다는 방침 때문에 온라인 수업에서는 수행평가가 어렵다는 의견이 나오고 있었는데 고3의 경우 1학기 수행평가 및 이를 통한 '과목별세부능력 특기사항' 입력은 입시와 직결되기 때문에 참 난감한 상황이었다.

그럼에도 불구하고 모든 해결의 출발점은 다시 현장이었다. 우리 학교의 경우 이미 온라인 개학 2주 전에 학교 플랫폼을 구축하고 전 교사 및 학생 가입을 완료한 상황이었다. 개학 전 주 전체 교사 연수를 실시하면서 격렬한 토론이 벌어졌고, 위에서 말한 다양한 우려에 대한 의견과 대안이 쏟아져 나왔다. 회의 다음 날 출근해 보니 이미 그동안 여러 경로로 공부한 지식들을 토대로 교사들 각자 맡은 수업을 구상하고 만들었다가 지우고 다시 만들고 있는 광경이 펼쳐지고 있었다. 교사가 되어 시험 가동해 봤다가 서로 역할을 바꾸어 학생으로 들어가서 다른 이의 수업을 확인해 보며 피드백까지 끝내고 있었다. 발 빠르게 사비로 몇 배 오른 기자재를 구입하는 교사까지 천태만상의 모습을 보이며 시끌시끌했다. 난리도 아니었지만, 이게 현장이라는 생각이 들었다.

밖에서 보는 것보다 현장은 훨씬 더 역동적이며 능동적이다. 이 많은 인원들이 교육부에서 달랑 몇 페이지의 글로 내려보낸 일들을 몸으로 부딪혀 가며 만들어 내고 있는 것이다. 한 번도 경험해 보지 못한 상황을, 오로지 '맨땅에 헤딩'하는 정신으로 부딪히고 있는 것이다. 그것도 엄청나게 빠른 속도로.

코로나19로 개학이 한 차례 연기되기 시작했을 때 당국이, 그리고 교육부가 좀 더 장기적인 시각으로 구체적인 기준을 마련하여 각각의 상황 전개 추이에 따라 언제쯤 개학을 하게 될지에 대해 고민하고 지침을 마련해 주었더라면 현장의 혼란은 좀 줄지 않았을까 하는 아쉬움은 지금도 남아 있다.

2020년 그 당시는 코로나19가 언제 종식될지 모르는 상태였고, 수업시수는 채워야 하는데, 가정이나 학교는 온라인 학습 준비가 여전히 미비한 상황이었다. 그러나 그 상황에서도 '온라인 개학', 이 한마디에 딸려 나오는 오조오억만 개의 디테일한 문제들을 현장 교사들이 어깨에 고스란히 걸머지고 학교 현장을 숨 가쁘게 끌고 왔다는 걸, 누가 얼마나 기억할지 모르겠다. 항상 악마는 디테일에 있는데 말이다.

천재보다 전문가

　로마 바티칸시市 성시스티나 성당의 천장에는 미켈란젤로 부오나로티가 그린 〈천지창조〉가 있다. 처음 그 거대한 천장화를 보기 위해 목을 한껏 뒤로 꺾으며 몸을 젖히던 순간을 지금도 잊지 못한다. 마주하는 온몸에 전율이 일었다. 신음이 흘러나왔다. 과연 천재란 무엇인가.

　천재天才라는 단어를 한자 그대로 풀면 하늘이 내린 재주를 뜻한다. 상당히 매력적인 말이다. 자신이 천재라면 혹은 내 자식이 천재라면, 그 생각은 생각만으로도 가슴 두근거리게 만든다. 그래서인가 우리 사회에서는 한번씩 천재 소동이 일어나고, 그 천재가 가짜인지 아닌지 논쟁이 벌어지기도 한다. 결국 일각에서 우리의 교육 시스템이 천재를 죽이고 있다는 한탄마저 나오고, 천재까지는 못 돼도 어린 자녀가 혹시 그에 버금가는 영재는 아닐까 기대하는 부모들의 심정을 발판 삼아 영재 사교육 시장이 형성되기도 한다.

　그러나 미술사에 길이 남을 미켈란젤로의 업적은 단순히

타고난 재능에 기댄 것만은 아니었다.『미켈란젤로의 생애』를 쓴 로맹 롤랑의 말을 들어 보자. "약간의 빵과 포도주를 먹고 나면 일에 파묻혀 잠도 몇 시간밖에 자지 않았다"고 그를 묘사한다. 롤랑의 말대로 미켈란젤로는 볼로냐에서 율리우스 2세의 동상을 만들 때, 몇 날 며칠을 옷도 갈아입지 않고 장화도 벗지 않은 채 잤다고 한다. 그래서 막상 장화를 벗을 때 장화 속 내피가 살에 들러붙어 살점도 같이 뜯겨 나갔다는 일화가 전해진다. 지독한 일벌레였던 셈이다. 심지어 조각이 전문이라 이전까지 천장화는 그려 본 적이 없다는 자가 하나씩 배워 가며 남긴 그림이 앞서 말한 〈천지창조〉다.

주목할 부분은 이 대목이다. 미켈란젤로의 예처럼 제대로 된 천재란 단순히 어린 시절 남들보다 두드러진 재주를 보인 사람이 아니라, 타고난 재능을 길고 긴 세월 동안 갈고 닦으면서 감히 누구도 범접할 수 없는 세계를 이룩한 사람을 일컫는다. 그러자면 얼마나 혹독하게 삶을 일구어야 할까. 이전에도 그렇지만 복잡한 현대 사회에서 천재가 나오기 더 어려워진 이유다.

그러니 오히려 현대 사회가 요구하는 건 천재보다는 차라리 전문가가 아닐까 싶다. 지금 우리가 살아가는 복잡한 세상을 지탱하고 있는 건 천재가 아닌 각 분야의 전문가이기 때문이다. 당장 수은주가 영하 20도를 내리꽂는 날씨에 우리 집 보일러가 갑자기 멈춰 섰던 때만 해도 그랬다. 집 전체가 냉골이 된 상황인데 전화를 받고 바로 달려와 준 보일러 수리 '전문가' 덕분에 그 밤을 무사히 따뜻하게 보낼 수 있었다. 단 하루라고 해도 그 엄동의 겨울밤을 어찌 보냈을지 지금 생각해도 등골 마디가 서늘하다. 비단 가정집의 보일러만 그럴까. 재활용 전문가들이 사라져 쓰레기 처리 시스템에 문제만 생겨도 도시 전체는 몸살을 앓게 된다. 전기, 상하수도, 교통 등등 모두 마찬가지다.

문제는 전문가가 되는 것 역시 만만치 않다는 거다. 한 분야에서 '잔뼈가 굵은', '고수'가 되기까지는 상당한 시간이 필요하다. 천재적인 두뇌로 어린 나이에 의사자격증을 획득했다고 해서 몇십 년 임상 경험을 지닌 전문의와 동일하게 보기는 어렵다. 어쩌면 어린 천재 의사가 늙은 의사보다 최신 의료 지식과 '판독'에서 더 뛰어날지 모른다. 하지만 응급 시 환자를 빠르게 진단하거나 개복수술을 해야 하는 상황에서까지 우위를 차지할 것이라 기대할 수는 없을 것이다.

그러니 이제는 안다. 우리 교육도 천재를 발굴하고 키우는 게 아니라 사회 각 분야에서 요구하는 전문가를 양성하는 게 우선적인 목표가 돼야 한다는 걸 말이다. 이러한 예비 전문가들을 격려하고 대우하는 사회적 분위기를 만들어 나가면서 그에 합당한 처우를 보장해 주는 제도 개선을 위해 노력하는 것은 구성원 모두의 몫일 테고 말이다.

아 참, 미켈란젤로는 90세에 죽으면서 "이제야 조각을 좀 알 것 같은데"라는 유언을 남겼다고 한다. 확실히 천재란 마지막까지 평범한 사람 기죽이는 뭔가가 있다는 생각이 든다.

이상한 나비 효과

2019년 1학기 중간에 교육부에서 공문이 내려왔다. 그때까지도 개개의 교사가 학교생활기록부 계정에 로그인 하려면 교육부가 발급한 인증서가 있어야만 가능했다. 그런데 2학기부터는 한발 더 나아가 휴대폰 문자든 ARS든 인증을 한 번 더 거치는, 이른바 2차 인증을 의무로 하라는 내용이었다. 당연히 교사들이 반발했다. 이미 학교생활기록부는 교육부로부터 발급받은 인증서가 없으면 접근 불가였다. 한데 거기서 번거롭게 인증을 한 번 더 거치라는 건, 아무리 좋게 봐 줘도 학교생활기록부에 대한 대국민 불안감을 '눈 가리고 아웅'식으로 달래 보자는 것에 불과하기 때문이었다. 2차 인증제가 도입된다고 해도 당사자 아닌 누군가가 불법으로 학교생활기록부에 접근하는 것을 원천봉쇄할 수 있는 것도 아니다. 인증서를 뚫는 자가 2차 인증을 못 뚫을 리 없다. 업무의 불편함만 가중시키는 조치였고, 때문에 대부분의 교원단체가 반발했다. 그제야 2학기를 앞두고 다시 공문이 내려왔다. 대입과 직접 연관이 없는 초등학교와 중학교는 2차 인증을 거치지 않는 상태로 모두 원위치, 고등학교만 '교과별 세부능력 및 특기사항' 입력 시 2차 인증을 거치는 걸로 말이다.

맞다. 학교생활기록부^{이하 생기부}는 중요하다. 꼭 대입의 전형 요소이기 때문만은 아니다. 개인 정보의 중요성이 무엇보다 강조되는 현대 사회에서 한 개인의 가장 민감한 정보들이 무더기로 실려 있는 게 바로 생기부다. 주민번호, 살고 있는 집 주소, 성적, 성적 관련 특기사항, 각 교과 교사가 수업 시간에 관찰한 학생에 대해 기록한 특기사항까지 한 아이의 학교생활 전체가 기록되어 있는 공문서다. 그렇기에 보안과 관련해서 해마다 현장의 교사와 교직원을 조이는 지침이 끊임없이 새로 생기고 하달된다.

그럼 현장에서는 어떤 식으로 보안을 책임지는가. 우선 담임을 제외한 개개의 교사는 일부 영역에만 접근 가능하다. 예를 들어 동아리 관련 사항을 기록하려면 자신이 맡고 있는 동아리만 열리고, 그 외에는 열람조차 허용되지 않는다. 생기부를 출력하는 경우에도 보안과 관련하여 절차가 나뉜다. 외부 제출용의 경우 행정실에 정식으로 발급 신청을 해야 한다. 이때 반드시 본인이 직접 신청해야만 한다. 검토, 확인용의 경우에만 담임교사가 출력할 수 있는데 그 경우 외부 유출은 불가하고 그 자리에서 검토, 확인한 후 바로 분쇄기에 넣어 파기하게 되어 있다.

나 역시 어느 날 우리 반 학생이 생기부를 출력해 달라고 왔길래, 행정실 가서 정식으로 신청하라고 했다. 알려 주고도 개인정보가 모두 담겨 있는 거니 보안에 신경 쓰라고 당부에 당부를 하고도 꼭 물가에 어린애 내놓은 심정이라 결국 어디 흘리지 말라고 뒤통수에 대고 한 번 더 잔소리를 하고야 말았다.

그런데 깜짝 놀랐다. 정치적인 사건에 휘말려 있다고는 하지만, 졸업한 사람의 생기부가 중인환시리衆人環視裡에 마구 공개되고 있는 게 아닌가. 졸업생의 생기부는 학교 내 어떤 교사도 접근 불가다. 딱 두 명만 예외다. 행정실의 생기부 출력 담당자와 나이스 업무 담당 교사만 열람 및 출력 권한이 있다. 그런데 이렇게 쉽게 구멍이 뚫릴 수 있단 말인가. 누군가 거부할 수 없는 압력을 행사하여 유출을 지시한 건지 정의감에 불타는 한 개인이 저지른 범법행위였는지 아직까지도 밝혀진 것은 없다.

그러나 이런 식이면 법이고 뭐고 우습다. 생각해 보자. 졸업했는데도 내 아이의 생기부가 본인 동의 없이 누군가에 의해 낱낱이 털리고 있는 상황을 말이다. '개인정보보호법'이 있다 해도 선량한 다수의 사람들은 언제든 자신의 개인정보가 낱낱이 털릴 가능성을 염두에 두고 늘 불안에 떤다. 게다가 학교 현장에서는 그 사태와 관련하여 또 무슨 엉뚱한 조치가 내려올까 두렵다는 생각마저 들었다. 잘못은 엉뚱한 놈이 했는데 뒷수습은 나머지 모든 사람들이 해야 하는 상황, 이미 우리는 이런 '이상한 나비 효과'를 수십 년째 겪고 있기 때문이다.

당신과 내가 다르지 않은데

어쩌다 보니 운전을 해서 출퇴근하고 있다. 대중교통을 이용하면 좋으련만 그러면 편도로만 두 시간 가까이 걸리기에 하는 수 없이 선택한 결과다. 매일 집에서 나와 서울 서쪽 외곽을 빙 돌아 동북부 끝자락인 내 직장까지 차를 몬다. 차를 이용해도 출근길만 꼬박 한 시간 십 분이니 가뜩이나 바쁜 아침, 전쟁을 치르는듯하다.

그런데 이른 아침 서울 외곽의 구舊 도로를 운전하면서 발견한 사실이 하나 있다. 새벽이고 차량이 현저히 적은 탓인지 신호를 무시하는 차들이 꽤 된다는 거다. 분명 신호가 바뀌어 정지선에 멈췄는데 훨씬 뒤에서 오던 차가 급하게 차선을 변경하면서 내 차를 아슬아슬하게 스치고 달려가는 걸 본 게 한두 번이 아니다. 그럴 때마다 가슴을 쓸어내린다. 여명黎明 무렵 길을 나서는 사정이야 다들 목숨 줄 걸린 밥벌이 때문이라는 걸 누가 모르겠는가. 그러나 신호를 지키지 않는 건 또 다른 문제 아닌가 싶어 번번이 화가 좀 났다.

어느 날 아침 벌어진 일이다. 내 차는 신호대기에 걸려 정지선에 서 있었다. 편도 2차선이었으나 1차선은 좌회전 전용 차선이다. 그러니 모든 직진 차량은 대기해야만 하는 상황. 갑자기 뒤에서 신경질적인 경적소리가 울렸다. 후사경back mirror으로 보니 트럭이다. 다시 '빠방 빠바바방 빠바바바바방' 하고 귀청이 나갈 정도로 크게 경적이 울린다. 위협적인 경적소리는 비키라는 신호가 분명했다. 그러나 혹시 하고 눈을 들어 살핀 신호는 여전히 붉은빛으로 번쩍거리는 중이다.

뭘 어쩌라는 건가. 신호고 뭐고 무시하라는 말인가. 주변에 달리는 차가 없으니 그냥 가라는 말인가. 하지만 신호는 지키라고 있는 거지, 때에 따라 안 지켜도 되는 게 교통법규는 아니지 않은가.

기분이 상한 나는, 새벽녘 도로에 울려 퍼지는 요란한 경적소리를 무시하고 신호가 바뀌기만 기다렸다. 그러자 급하게 차선을 변경하느라 자동차 바퀴가 아스팔트를 긁어 대는 기분 나쁜 소리가 들려왔다. 그러고는 바로 뒤에서 경적을 울려 대던 트럭이 좌회전 전용차선으로 들어와 내 차의 왼쪽, 내가 앉은 운전석 바로 옆으로 바싹 다가왔다. 상대 차량의 운전석 창문이 내려왔다. 다시 경적을 요란하게 울리면서.

하는 수 없이 운전석의 창문을 천천히 내렸다. 내 또래의 중년 남자가 트럭 운전석에서 일그러질 대로 일그러진 표정으로 나를 내려다봤다. 곧바로 그의 욕설이 날아들었다.

　　"야, 이 개 같은 년아. 왜 안 가고 길을 막고 서 있는 거야. 이
　　씨발 년아."

지금 정지 신호라는 말은 의미가 없을 것 같았다. 이미 그도 눈이 있어 알고 있는 사실일 테니. 사실 내가 말을 하려고 호흡을 고를 시간도 없었다. 그 전에 다시 심한 욕들이 폭포수처럼 쏟아져 내렸기 때문이다.

　　"이 병신 같은 년아. 집에서 밥이나 하지 이른 새벽에 왜 쓸데
　　없이 남의 밥벌이하러 가는 길을 막고 지랄이야? 엉? 요즘은 너
　　같은 년들이 많아서 문제야. 기집년들이 집에나 처박혀 있지 심
　　심하다고 차 끌고 나와서 돌아다니고, 아주 세상 말세야, 말세."

그 말에 대꾸할 겨를은 없었다. 속사포처럼 욕을 마친 그의 트럭이 '좌회전 전용차선'에서 그대로 액셀을 밟아, 쌩하며 무시무시한 속도로 직진해 버렸기 때문이다. 그러는 사이 신호는 이미 바뀌어 있었다. 다시 기어 변속을 하고 차를 출발시키면서, 이 아침 내가 도대체 무슨 이유로 어떤 잘못으로 욕을 먹은 건지, 철학적으로 깊이 생각할 수밖에 없었다. 약간의 슬픔과 다소의 쓸쓸함과 좀 많은 분노를 머금은 채.

신호 준수의 중요성이나 어떤 경우에도 욕을 하면 안 된다거나 예의를 다해야 한다거나 하는, 누구나 인정하는 뻔한 이유로 화가 났던 건 아니다. 그가 내게 퍼부어 댄 욕설에는 여성이라고 하는 사회적 약자에 대한 편견과 혐오가 명백했기 때문이다.

2021년 9월, 국가인권위원회의 설문 조사에서 국민 10명 중 8명이 혐오표현 문제가 심각하다고 생각하고, 10명 중 7명은 온·오프라인에서 혐오표현을 경험했다는 결과가 나왔다고 한다. 혐오는 중독성이 있다. 전염력도 강하다. 그래서인가 '인터넷 개인방송'마저 여성 혐오발언이 등장하면 후원 수익금이 107% 증가하고, 발언의 공격성이 높아지면 수익률마저 높아진다는 연구 결과도 있다.✦

그래, 안다. 먹고살기 힘들어서 그렇다. 지금은 월급을 받고 있지만 언제 잘릴지 모른다. 정규직으로 일하지만 비정규직으로 밀려나는 건 한순간이다. 자기 자신은 어찌어찌 운이 좋아 자수성가했는지 모르지만 자식새끼 얼굴 보면 한숨 나온다. 자식이 못나서 그럴 수도 있지만 꼭 그런 것만도 아니다. 명문대를 나와도 제대로 된 일자리 얻기란 '하늘의 별 따기'인 세상이다. 최소한 부모 정도의 사회적 지위는 바라지도 않는다. 제 밥벌이

✦ 김지수, 「인터넷 개인방송에서 혐오발언은 어떻게 비즈니스가 되는가? – 유튜브 및 아프리카TV 토크/캠방 방송에서의 여성 혐오발언을 중심으로」, 『한국방송학보』 제33권 제3호, 2019.

나 한다면 족할 텐데 그것마저 불안하다. 어찌 된 게 예전에는 몸만 성하면 그리고 성실하기만 하면 먹고살 수 있었던 것 같은데, 국가가 세계 최고의 경제대국으로 들어섰다는 지금이 살기는 더 팍팍한 것 같다.

그래서 그도 화가 났을 것이다. 특히나 이른 새벽부터 트럭을 몰고 나온 그의 삶도 팍팍했을 게다. 텅텅 빈 도로에서 신호에 걸린 걸 핑계(?)로 여유 부리며(?) 서 있는 차를 보고 화가 치밀었을 것이다. 그러나 한 가지 분명한 건 그의 화를 돋운 차의 운전자가 남자였다면 그는 이 아침, 내게 퍼부었던 욕설을 결코, 절대로 퍼붓지 못했을 것이라는 사실이다. 불안한 사회를 살아가면서 늘 화가 차 있던 그가, 결국 자신의 고통과 분노를 쏟아부을 대상으로 선택한 건 또 다른 '사회적 약자'인 '여성'이었다.

생각해 보면 그가 오늘 아침 내게 보인 혐오는 낯설지 않다. 독일의 나치도 그랬고 한국의 군사정권도 그랬다. 언제나 혐오는 사회를 통제하고 여론을 호도할 때 강력하면서도 유리한 수단이었다. 제1차 세계대전 이후 패전한 독일은 사회적 약자인 유대인에게 혐오를 돌렸고, 나치는 이에 불을 붙여 집단학살까지 자행했다. 그 나치 수용소에 비유대인인 동성애자, 흑인, 장애인, 집시와 사회주의자까지 있었다는 사실은 혐오가 어떻게 확대되고 생산되는지 시사해 주는 바가 크다. 한국의 군사

정권 역시 특정 지역을 혐오하라고 부추겼고, 증거 없이도 '빨 갱이'라고 낙인찍어 서로 이를 갈도록 만들었다.

　그런데 말이다. 살기 힘든 팍팍한 사회, 앞이 보이지 않아 불안이 영혼을 잠식하는 이 시대에, 당신과 나, 우리의 삶을 고통스럽게 만든 원인을 과연 사회적 약자의 탓으로 돌리는 게 맞느냐는 거다. 당신이 쉽게 표적으로 삼아 그들에게 폭력을 휘두른다고 당신의 문제, 나아가 우리의 문제는 해결되지 않는다. 그래서 묻고 싶어졌다. 출근하는 아침, 당신의 분노는 아줌마인 나를 향해야 했을까?

　우리는 쉽게 상대를 타자화하고 너무 쉽게 혐오하지만, 사실 대부분의 분노는 잘못 쏘아올린 화살처럼 틀린 과녁을 찾아가는 경우가 더 많다. 알고 보면 당신도, 그리고 나도, 오로지 먹고살기 위해 이 새벽 운전대를 잡고 여기 함께 있는 게 아닌가. 그러니 같은 노동자끼리, 우리 서로가 서로를 긍휼히 여기면 안 될까?

　당신과 내가 다르지 않은데 말이다.

완벽하지 않을 용기

다시 시작하는 마음으로

코로나로 확진자가 만 명을 넘길 거라는 기사가 연일 쏟아져 나오던 2021년 12월, 우리 학교 졸업식이 있었다. 인근 학교 대부분은 졸업식을 온라인으로 치르겠다고 발표했지만, 강당 졸업식은 못 해도 아이들 보내는 마당에 교실에서 담임이 마지막으로 종례는 해야 하지 않겠느냐는 3학년 선생님들 의견이 대세렸다. 결국 '교실 졸업식'으로 진행되었다.

어쩌다 보니 13년을 연속 고3 담임을 하고 있다. 22년 교직 생활에서 절반이 넘는 세월이다. 정든 아이들을 보내고 나면 다시 새로운 아이들로 채워지고, 다시 그 아이들을 떠나보내면서 흘러간 세월. 그 세월을 걸어오면서 나는 얼마나 성장했는가에 생각이 미쳤다. 만감이 교차하면서 첫 발령받았던 학교, 그때의 아이들이 떠올랐다. 서울에서도 가장 외진 곳, 산자락 아래 자리한 전형적인 서민 동네, 학급 아이들 중 절반 가까이가 교육비든 급식비든 지원을 받아야 했던 학교.

지금도 기억나는 날이 있다. 나는 울고 있었다. 20년 정도 선배였던 부서 부장선생님을 붙들고 서운하다고 울었다. 아니

사실 억울했다. 담임하던 녀석 하나가 가출을 했는데, 처음이
아니었다. 몇 번째인지 기억도 나지 않을 만큼 여러 번이었는
데, 녀석의 이번 가출은 이전보다 훨씬 더 안 좋았다. 가출하고
나서 어찌어찌 연락이 닿은 녀석이 내 가슴에 대못을 박았기 때
문이다.

통속적인 삼류 드라마처럼 녀석에게는 하루걸러 한번 씩
술을 마시고 자신을 두들겨 패는 아버지가 있었다. 어머니는 가
사 도우미로 집안 생계를 몽땅 책임지면서도 막상 아버지의 폭
력에는 속수무책이었다. 그래서 녀석의 잦은 가출은 이해가 되
었다. 짠한 마음도 마음이었지만 초임 교사가 흔히 보이는 다소
지나친 책임감으로 평소 수업이 끝나면 운동장을 돌면서 녀석
과 많은 이야기를 나누고는 했다. 알게 모르게 경제적인 지원도
해 주던 참이었다. 덕분에 녀석이 가출하면 나와는 바로 연락이
닿을 수 있었고, 어디에 있든 찾아내 하루 이틀 만에 집으로 돌
아가게 할 수도 있었다. 그런데 이번에 연락이 닿은 녀석은 전화
기 너머로 악을 썼다.

솔직히 샘이 제일 재수 없어요. 나한테 해 주는 게 뭐가 있어요?

그날 울면서 말했다. 다를 게 뭐냐고. 열심히 담임을 하고,
아이들 상담을 하고, 수업 준비를 하는 선생이나 적당히 대충대
충 하는 선생이나 무슨 차이가 있느냐고. 오히려 아이들은 적당

히 무관심하게 넘어가 주는 선생을 더 편하게 여긴다고 악을 썼다. 그분은 콧등으로 내려간 안경을 고쳐 쓰며 천천히, 작지만 또박또박 말했다.

"아이가 가져가요."

흘러내리는 콧물을 들이마시며 고개를 들었다.

"선생님이 그 아이에게 주었던 관심, 사랑, 정성, 이것들은 오롯이 그 아이가 가져갈 거잖아요. 그럼 된 거예요."

순간 뒤통수에 벼락을 맞은 듯 번쩍하고 정신이 났다. 그때까지 인정을 구걸하던 어린아이가 교사가 되어서도 자라지 않은 채 내 안에 오도카니 웅크리고 있었다는 걸 깨달았다. 아마 그때부터일 거다. 무언가 선생으로서 새로운 자각이 들었던 건. 그 자각은 동시에 내 안의 웅크리고 있던 어린아이도 함께 성장시켰다.

세월은 흘러 부끄러운 줄도 모르고 엉엉 울던 신규 교사를 어느덧 중견 교사로 만들어 주었다. 그때 깨달음을 얻어 내던 열정만으로 이후에도 선생 노릇을 계속 훌륭하게 할 수 있었으면 좋았으련만 지금의 세상은 훨씬 더 복잡하고 정신없고 어지럽게 돌아간다. 매일 펼쳐 드는 신문과 방송은 한숨부터 나오게 만든다.

교육부는 코로나19 상황이 길어지자 새 학기 등교와 관련한 '학교자체 조사기준'을 발표했다. '오미크론 대응 2022학년도 1학기 방역 및 학사 운영 방안'에 따라 수정된 지침이라고 했는데, 그 복잡한 내용은 아무리 읽어 봐도 뭔 소리인지 알아듣기 어려웠다. 단지 '방역? 학교가 알아서 하면 되는 거지?'라는 건 알아들을 수 있었다. 늘 그렇듯 교육부만 빠져나가는 방침이었다.

한 신문에 나온 기사는 불편한 심기에 기름을 부었다. "욕이 일상이 된 초등 고학년, 교실에서 자기 시작하는 중학교, 대놓고 자는 고교생, 이들을 어떻게 케어해야 할지 쉽지 않은 교사. 교사 양성을 어떻게 바꾸면 해결이 될까요?"라는 제목 때문이었다. 교사 양성 과정만 바꾸면 지금 교실에서 겪고 있는 상황들이 모두 해결된다는 말일까? 그 모든 교육적 난제들을 교사가 떠안으면 된다고 생각하는 사고의 안이함에 가슴이 답답하다.

교실은 우리 사회의 축소판일 수밖에 없다. 적당히 교사 개개인의 노력과 헌신만 갈아 넣으면 문제가 쉽게 해결될 거라는 생각은 지극히 순진하고 천진난만하다. 특히나 교실은 단순히 교사와 학생이 만나는 공간만은 아니다. 눈에 보이지 않지만 이미 교실 안에는 학부모도 들어와 있고, 학교 안 교사와 교사의 관계도 영향을 미친다. 심지어 학교 밖에서 이루어지는 각종 이익단체들의 압력도 보이지 않게 존재하고, 국가의 교육시책은 교육과정이라는 명목으로 버젓이 교실 중앙에 자리 잡고 있는 형편이다.

이 모든 요소들이 화합하기란 쉽지 않다. 다 다른 배경과 서로 어긋나기 쉬운 시선과 각자 나름대로 가지고 있는 사고와 가치관이, 교실이라는 한 공간에서 역동적으로 움직이며 교사의 리더십을 시험한다. 게다가 교육정책이 조변석개朝變夕改하고 교권이 어디 있는지 가끔 헷갈리는 시절에는 어디다 중심을 잡아야 하는지 일개 교사는 그저 막막해질 뿐이다.

그런데 요즘같이 학교와 교사가 모든 교육적 난제들을 풀어 확실한 결과를 만들어 줄 것이라는 안이하고 성급한 압력이 일상인 환경에서 어쩌면 지금 우리에게 필요한 것은 '곧바로 답이 주어지지 않는 상태'를 견뎌 내는 힘이 아닐까 한다. 우치다 타츠루의 책 제목처럼 '완벽하지 않을 용기' 말이다.

그럼에도 현재의 학교에서는 '확실하게 결과가 나오는 곳'이라는 슬로건을 내걸고 한정된 자원을 경사傾斜 배분해야 한다는 선택과 집중 이론을 마치 과학적 진리인 양 떠받드는 듯합니다.

— 우치다 타츠루, 『완벽하지 않을 용기』, 에듀니티, 2020

그러면서 오래전 신규 때의 내 모습이 떠올랐다. 그때도 난 한 녀석을 변화시키는 데 실패했다. 거꾸로 욕을 먹었고, 원망을 들었다. 나의 노력과 열정이 녀석의 앞날에 조금이라도 도움이 되었는지 확인하기는 어려웠다. 하지만 관계 역학으로 복잡하게 뒤엉킨 교실이 역설적으로는 그래서 교사와 아이가 함께 성장하는 공간이 된다는 걸 깨달았던 순간을 불러와 본다. 다시 완벽하지 않아도 그걸 그대로 인정하고 노력하고자 하던 '그때 그 마음'으로 돌아가 보자고 결심한다.

그러면서 동료 교사분들을 돌아본다. 교실에서 실망하고, 때로는 민원 전화 한 통에 하루 종일 우울해하며, 현장을 알려고 하지 않는 교육정책 앞에서 아주 자주 좌절하는 모든 선생님들을 마주 본다. 척박한 교육현장에서 '그럼에도 불구하고' '여전히 노력하는 교사'가 되려는 꿈을 꾸고 있는 모든 동료 선생님들에게, '완벽하지 않을 용기'로 함께 가자고 응원한다.

다시 시작하는 마음으로.

만남 없는 시대, 벌어지는 학습 격차

2020년, 코로나로 인해 등교개학은 다섯 번 연기됐다. 그나마 개학도 온라인으로 먼저 했다. 이후 등교개학이 이루어졌지만 초중고 전 학년이 학교에 머무르는 일이 없도록 하라는 지침에 따라 각 학년이 격주로 등교를 조정하면서 한 학기를 마쳤다.

그러는 동안 맞벌이 부부인 내 오랜 친구 P는 지난 학기 내내 거의 매일 우울해했다. 올해 고등학생이 된 아들 때문이다. 중학교 때부터 아침마다 등교 문제로 실랑이를 벌이던 P의 아들은 고등학교 입학 이후 온라인으로만 수업하는 사이 게임으로 낮과 밤이 완전히 바뀌었다. 막상 등교개학이 되자 온라인 수업에 익숙해진 아들은 등교를 버거워하다 결국 남은 수업일수의 절반을 결석했다. 이대로 가면 학습 결손은 물론 고등학교 졸업마저 어렵다는 친구의 한숨 소리가 전화기 안을 울렸다.

반면 또 다른 지인은 학교가 방역까지 병행하느라 어수선한데 차라리 한 학기를 그냥 온라인으로만 수업하는 편이 더 좋겠다며 불만을 토로했다. 학원만 다섯 개를 다니는 자신의 딸은 등교 수업 때보다 온라인 수업이 시간 활용 측면에서 훨씬 효율

적이라고 했다. 평소 자기주도학습이 잘 돼 있어서 1.5배속으로 온라인 수업을 듣고 남는 시간에는 학원에서 내 준 과제나 교과 심화학습에 치중함으로써 등교 수업 때보다 더 알차게 국·영·수 등 주요 과목의 선행학습을 마칠 수 있었다고 자랑했다. 학습에서 이미 부익부 빈익빈이 나타나고 있는 셈이다.

사실 교사인 나 역시 처음 온라인 수업 연수에서 매우 기분 좋은 충격을 받기는 했다. 단순히 콘텐츠를 만들어 학급방과 교과방에 올려놓는 차원이 아닌 조별 수업이나 협업 수업, 학생들과의 피드백 등을 시간 제약 없이 스마트폰만으로 실행할 수 있는 새로운 패러다임을 목도했기 때문이다. 코로나19라는 전대미문의 침입자가 강제한 건 맞지만 이와는 무관하게 타임워프해서 살짝 미래로 건너뛴 느낌도 받았다.

그러나 온라인 수업이 계속되면서 현실적인 문제에 직면했다. 처음부터 대면 수업에 비해 어느 정도의 학습 공백을 우려하기는 했다. 쌍방향 실시간 수업이 아닌 이상 수행평가를 인정할 수 없다는 교육청 지침도 불만이다. 예상치 못한 문제들이 여기저기서 튀어나왔다. 쌍방향 실시간 수업을 해도 화면에 보이는 얼굴이 워낙 작아 대면 수업만큼 아이들 반응을 살피는 게 불가능했다. 당연히 수업 반응을 통한 학습 독려는 불가능할 수밖에 없었다. 진도만 빨라졌다. 그 결과 지난 학기 중간고사에서는 상위권과 중하위권 학생들의 성적 격차가 더 심해졌다.

온라인 수업 이후 나타난 성취도의 양극화가 우리 학교만의 문제는 아니라고 들었다. 만남이 비워진 교육이 어떤 방식으로 교육의 불평등을 가속화시키는지, 이제까지 우리 사회가 당연하게 여겨 왔던 '학교'라는 공간이 가지고 있던 기능이 무엇인지 코로나로 뒤숭숭하게 온라인 수업이 이루어지던 한 학기 동안 역설적으로 증명된 셈이다.

　코로나19는 학교와 학생들의 학습 환경을 변화시켰다. 코로나는 금방 사라지지도 않을 기세다. 그렇다면 앞으로도 온라인과 대면 수업이 병행될 가능성은 크다. 이는 같은 해 이광재 더불어민주당 의원의 교육·사회·문화 대정부 질의에 대한 유은혜 장관의 국회 본회의 답변7월 24일 자에서도 확인할 수 있다.

　온라인 수업으로 학교와 지역 간에 교육 격차가 발생한다는 지적이 끊임없이 나오지만, 교육부와 교육청은 쌍방향 원격수업을 확대하고 강화하는 방안만을 밀어붙이려 하고 있다. 그런다고 모든 문제가 단박에 해결될까. 글쎄다. 여태까지 온라인 수업에 대한 모든 논의는 등교 수업을 대체할 수 있는 형식적인 문제에만 집중돼 왔다. 이제는 각각 다른 학습 환경과 공간 속에 놓인 학생들 간에 벌어지는 학습격차에 시선을 돌리고, 어떤 방식으로 극복해 나갈지 고민해야 할 시점이다. 그리고 그 고민의 중심에는 형식이 아니라 제대로 된 교육적 '만남'이 놓여야 한다.

내가 누구인지 말할 수 있는 자는 누구인가

처음 만나는 자리에서 명함을 받는 경우가 종종 있다. 받아 보면 대부분 비슷하다. '어느 집단에 소속되어 있고 어느 직위를 가지고 있음, 혹은 무엇을 하고 있음'이라고 박혀 있다. 아마도 초면에 자신을 알릴 다른 무엇이 마땅치 않기 때문일 것이다. 명함에 박힌 글자들이 결코 한 인간을 말해 주기에는 턱없이 부족하지만 말이다.

그런데 자신이 '무엇'인지를 말하면서 현재 가지고 있는 사회적 지위나 계급을 자기 정체성으로 착각하는 사람들이 생각보다 많다. 굳이 명함을 내미는 거야 초면에 자신을 알릴 방법이 없기 때문이겠지만 입만 열면 어디 회장이고 전무고 이사다. 대표이거나 위원장인 사람들이 차고 넘친다. 한자리 안 하는 사람이 없고 유명인 아닌 사람도 없다. 세상이 원체 그렇게 돌아가는지라 나이 먹어 가면서 그러려니 하며 산다.

내가 말이야, ○○ 단체 알지? 내가 거기 대표야. 모른다고?
아니 거 있잖아, 왜 요즘 가장 잘나가는 ○○ 단체 몰라?

하며 고개를 뒤로 젖히고 어깨에 콘크리트 치는 사람을 만나면 입가에 미소를 띠고 '제가 학교 안에만 있어서 좀 무식해요'라고 생글생글 웃으며 '순진 무지'한 표정 짓는 거야 별로 어렵지 않다. 어차피 그 순간 지나면 다시 보지 않을 거라고 뱃속 깊이 새기기 때문이다. 나야말로 '사회 짬밥'이 하루 이틀이 아니지 않은가. 회사 생활부터 해서 지금의 학교생활까지 조직 생활만 30년이 다 되어 간다. 구태여 시시비비是是非非를 왈가왈부할 필요가 없다. 다시 안 보면 그만이다.

그런데 과연 자기 자신 외에 '내가 누구인지' 말할 수 있는 사람이 있을까. 사실 사람들은 자기 자신이 누구인지 모르고 산다. 어느 날 정신 차리고 보니 이 세상에 나와 있다. 누가 태어날 것인지 말 것인지를 물어본 적은 결단코 없었을 것이다. 대답한 적도 없는데 이 세상에 던져진 셈이다. 자기 자신의 근원과 본질을 알기 위해서는 평생에 걸쳐 상당한 노력과 성찰이 필요한데 이러한 과정은 무진장 힘이 든다. 그러니 과감하게 생략하고 만다. 그리고는 자기의 사회적 역할을 '자신'과 동일시하다가 명함에 새겨진 직위든 역할이든 수식어가 떨어져 나가는 순간 어리둥절해하며 갑자기 변해버린 주변의 태도와 대접에 급기야 분노를 느끼게 된다. 그러면서 일갈한다. 어떻게 세상이 나한테 이럴 수 있지?

"니 내 누군지 아나? 마, 느그 사장 고등학교 으데 나왔는지 아나? 내랑 동기 동창이다 이 말이다, 으잉? 지난달에 느그 사장이랑 내캉 어깨동무하고 술 마셨다 아이가."

더 심한 경우다. 생판 자신과 아무 관계도 없는 곳에서 생뚱맞게 내지르는 '내가 누구인지 아느냐'는 일갈은 그 자리에서 열심히 자기 역할을 수행하고 있는 사람의 진을 뺀다. 그런데 말이다. '내가 누군지 아느냐'는 질문은 타인에게 던질 게 아니라 평생에 걸쳐 자기 스스로에게 해야 하는 질문이다. 늙어서 주변에 놀아 주는 사람이 아무도 없어서 퇴직하고는 '혼자 산에 다닌다는 어떤 교장 선생님'과 같은 불행을 미연에 막으려면 말이다.

자신이라는 존재의 본질을 성찰하다 보면 알게 된다. 사실 우리 모두는 서로의 관계망 안에서만 의미를 가지는 '무엇'이었을 뿐, 홀로 있을 때 아무것도 아니라는 걸. 자신의 진정한 '힘'이라고 믿었던 것이 기실 조직이 자기에게 잠시 빌려주었던 '권한'에 불과하다는 걸 깨닫고 겸손해질 때에야 비로소 자신이 누구인지를 알게 된다.

왜 이런 글을 쓰고 있느냐고? 아주 오래전, 그러니까 내가 막 페이스북을 시작해서 완전 '듣보잡'이던 시절에 어느 모르는 분이 뜬금없이 내게 보냈던 페이스북 메시지가 떠올라서다. 자신이 얼마나 많은 직함을 가졌는지를 느자구^{싹수} 없이 주욱 늘

어놓았다. 그분은 마지막으로 이렇게 덧붙였다. 자기를 알아 두면 많은 도움이 될 거라고. 난 그저 다음과 같은 딱 한 마디를 답변으로 보냈을 뿐이다.

"그래서요?"

이후 어떤 말도 다시 돌아오지 않는 페이스북 메시지 팝업 창을 보며 그가 왜 더 말이 없을까 잠시 궁금해하기는 했다.

"인간은 자꾸 누구인지 말해야 하는 순간에 무엇인지를 말하고 싶어 한다." 한나 아렌트는 『인간의 조건』이진우 역, 한길사, 2019이라는 책에서 말했다. 하지만 우리 모두는 그 무엇도 아니다. 평생 성찰을 통해 자신을 탐구해야 할 숙명을 지니고 태어난 존재들일 뿐이다. 씨실과 날실처럼 서로를 얽어맨 관계 속에서 그 힘을 받지만 '내가 누구인지 말할 수 있는 자'는 오로지 나뿐이라는 사실을 명심해야 한다.

학교는 없다

예전 근무하던 학교에서 야간과 주말에 학교 운동장과 체육관 강당을 인근 주민들에게 개방한 적이 있다. 시작은 주민들 민원 때문이었으나, 당시 구의원인지 시의원인지의 선거 공약과도 연관 있었던 것으로 기억한다. 토요일에 일이 있어 출근하면 조기 축구회분들이 붉고 푸른 유니폼을 입고 뛰는 모습을 볼 수 있었다. 얼핏 그 광경은 '주민과 함께하는 학교'라는 기치에 어울렸고 사뭇 평화롭게 보였다.

그러나 얼마 지나지 않아 크고 작은 문제들이 터져 나왔다. 체육관 강당에서는 야간에 배드민턴을 치던 분들이 남기고 간 쓰레기, 담배꽁초 등이 일찍 등교한 학생들 눈에 띄었다. 월요일 학교 운동장도 마찬가지였다. 한쪽 구석의 깨진 소주병과 담배꽁초는 불편한 장면만 제공하는 게 아니라 학생들의 안전까지도 위협했다.

아마도 많은 이가 학교 공간은 세금으로 운영되니 야간이나 주말에 학교를 개방하는 건 당연하다고 생각했을 것이다. 이런 주민들의 요구에 학교 공간 개방을 공약으로 내세운 의원님들 역시 자신들의 정치적인 판단이 옳다고 믿었을 것이다. 그러나 비록 야간과 주말에만 개방한다고 해도 학교 안에서 낯선 사람들이 학생들과 함께 움직이면 언제든 예기치 못한 사고의 위험이 있다. 결국 얼마 후 대낮 초등학교 운동장에서 여자 어린이가 납치될 뻔한 사고가 일어났고, 그때서야 언론은 '빼앗긴 운동장'MBC 〈뉴스데스크〉 보도, 2010이라고 떠들었다. 이후 많은 학교가 다시 학교 문을 걸어 잠그기 시작했다. 하지만 학교 공간을 개방하라는 주민들의 요구는 십여 년이 지난 지금도 여전하다.

사실 사회가 변하면서 점점 더 많은 역할이 학교에 주어지고 있다. 생활지도, 복지 영역이 확대되면서 학교 안으로 방과후 수업과 돌봄이 들어왔다. 학교는 이미 학생 교육의 책임을 넘어 학부모 교육, 지역사회 교육까지 하고 있다. 나아가 학생들의 생활교육만이 아닌 학교폭력에 대한 준사법적 대처까지도 학교가 맡는 실정이다. 이렇게 많은 것이 학교로 넘어오는 동안 정작 교육 과정에 따라 학교에서 무엇을 교육해야 하는지, 혹은 교육활동의 본질이 무엇인지에 대한 논의는 조용히 묻히고 있다.

이뿐이 아니다. 학교운영위원회를 비롯해 다양한 제도 역시 꾸준히 만들어지고 있고, 이 때문에 생겨나는 업무 대부분은 교사들에게 떠넘겨진다. 정보화 추진으로 컴퓨터와 프린터, 와이파이 기기 등 새로운 기자재를 구입하게 되면 교사가 기안을 하고 이후 들어온 기자재를 또 교사들이 관리한다. CCTV를 설치하라고 하면 이번에도 교사들이 나서서 학교 구성원들을 대상으로 설문조사를 하고, 기자재 선정 회의를 몇 차에 걸쳐 진행한다. 이런 행정업무들이 수업에 집중해야 할 교사들에게 누적되는 동안에 교사들이 업무를 맡지 않으려고 한다는 비난만 세간에 떠돈다.

제도 도입 시에도, 그저 '땜빵'하듯 새로운 일들을 밀어 넣을 때도, 학교가 무엇을 해야 하는 곳인지에 대한 고민은 보이지 않는다. 교육을 말하면서 정작 학교는 보지 않는 것이다. 말과 정책 안에 '학교'는 없다.

아마 그래서였을 것이다. 지난번 대선에 나오고자 하는 어느 분의 말은. 주택 문제가 갈수록 심해지는데, 도심지 학교를 고층 건물로 지어 5층까지는 학교로, 6층부터는 주택으로 활용하겠다고 선언했다. '어차피 학생 수는 줄었고 교실은 남아돌 것이다. 그러니 학교 건물 위의 텅 빈 공간을 무용無用으로 남겨 둘 필요가 있는가'라는 발상은 쉬웠을 것이다. 십여 년 전이나 지금이나 어쩌면 이렇게 변함없이 여야, 보수·진보를 따지지 않고 같은 생각, 같은 잣대로 학교를 바라보는지 놀라울 정도다.

지난 대선 레이스가 시작되려고 했을 때, 기사마다 빠지지 않고 정치인들의 교육정책에 대한 언급이 실리는 걸 혹시나 하는 기대감으로 훑던 걸 기억한다. 그러나 여기저기서 나오는 말들의 향연이 어찌나 화려하기만 한지 현장에 있는 평범한 교사는 어지럽기만 했을 뿐이다. 어지럼증에 시달리며 단지 바랐던 건 딱 하나, 교육정책 안에 '진짜 학교'가 있었으면 좋겠다는 거였지만, 대선 이후 들려온 건 '대통령직 인수위원회'에 교육 관련 전문가는 한 명도, 단 한 명도 포함되지 않았다는 소식이었다.

본질만 가지고 말하면 안 될까요

손자병법 36계計의 마지막 계책은 주위상계走爲上計

1

직장에서 악명을 떨치던 상사가 있었다. 일을 못하거나 무능한 건 아닌데, 잡을 거든 안 잡을 거든, 있는 트집 없는 트집 다 잡아서 한 사람을 아예 바보로 만드는 데는 일가견이 있었다. 그 상사 이야기만 나오면 다들 몸서리를 쳤다. 어차피 직장 생활이고 사회 생활이니 다들 면전에서야 고개 주억거리며 예, 예, 했지만 돌아서면 머리를 절레절레 흔들며 욕을 했다.

어느 날, 점심 식사 후 여직원 휴게실에서 이런저런 잡담을 나누던 중이었다. 원래 직장 사람들하고 나누는 잡담이라는 게 대부분 상사들 흉보는 게 열이면 열인지라 결국 그날 잡담의 끝자락도 그 상사 욕으로 흘러갔다. 그 인간이 언젠가 이랬다고 하더라 또 언젠가는 이런 일도 있었다더라, 서로 자신들이 아는 기가 막힌 이야기들을 경쟁적으로 끄집어내느라 시끄러웠는데 갑자기 한 명이 이런 말을 꺼냈다.

"그 인간, 검정고시 출신이잖아."

사실 그분의 이력에 대해서는 이미 좀 알고 있었다. 가난한 집 막내로 태어나 도저히 집안의 지원을 받기 어려워 일찌감치 생계 유지를 위한 생활전선에 뛰어들었다고 했다. 그러다 보니 중학교 진학부터 포기하게 되어, 중·고등학교 과정을 검정고시로 마쳤다고 한다. 이후 지금은 국립 4년제 대학으로 바뀐 지방의 어느 교대에 들어갔다가 다시 4년제 야간 대학으로 편입해서 학사 학위를 얻고, 거기에서 멈추지 않고 다시 각고刻苦의 노력을 통해 석사와 박사까지 마친 사람이었다. 물론 그의 입지전적인 이야기를 알고 싶어 알게 된 건 아니었다. 늦게까지 함께 야근하던 어느 날, 피곤해서 차 한잔 같이 끓여 마시다가 어쩐 심산인지 본인의 입으로 순순히 말해 준 사연이었다. 지금까지도 그가 왜 한참 아랫것에 불과한 내게, 자신의 전사前史를 다 말했는지 알 수는 없다. 그러나 당시 비록 어린 나이였지만 개인의 사적인 부분에 해당하는 이야기라 듣고도 다른 이에게 옮기지 않고 입을 다물고 있는 터였다. 하지만 그녀도 알고 있는 걸 보면 어쩌면 나 말고도 직장 내에 아는 사람들은 다 알고 있는 사연이었는지도 모른다.

"검정고시 출신이라 그 열등감 때문에 그러는 거야."

순간 뱃속에서 후욱 뭔가 치밀어 올랐다. 지금도 그렇지만 나는 늘 반응이 한 박자 느린 사람이다. 무언가 말을 하려고 생각하고 있는 도중에 좌중의 화제가 다른 걸로 넘어가 버렸다.

어찌어찌 점심시간이 끝나고 오후 일과가 시작되었지만, 직전에 느낀 기분 나쁜 찜찜함과 끈적끈적한 불쾌함은 오래도록 등짝에 눌어붙어 떨어지지 않았다.

검정고시 출신, 검정고시 출신, 검정고시 출신……. 그냥 열등감 덩어리라고만 했다면 나도 고개를 주억거렸을 게다. 그렇게 보이는 측면이 분명히 있었다. 그런데 그녀의 말에는 다분히 상대의 약점을 잡아 세상 모든 상황을 자기 유리한 쪽으로 끌고 오는 잔인하고 편파적인 오만이 들러붙어 있었다.

이후 그녀는 내 머리와 마음속에서 영원히 쫓겨났다. 그 상사가 사람들을 대하는 태도가 옳다고 여기거나, 그의 성품이 그럭저럭 괜찮다고 생각한 적은 없었다. 일의 측면에서는 존경스러웠으나 기본적으로 사람을 믿지 못하고 끊임없이 계략을 꾸미는 인성이 나 역시 달갑지 않았기 때문이다. 그러나 그녀의 말, 바로 '검정고시 출신' 운운하던 그녀의 말은 그녀의 인성 역시 얼마나 밑바닥에 닿아 있는가를 발가벗은 그대로 보여 주는 것인지라 마음 깊은 곳에서 그녀에 대한 반발심이 똬리를 틀어 버린 거다.

2

언젠가 유명 작가가 또 다른 유명 논객을 비판하는데 그가 근무하는 학교를 언급하면서 '참 먼 곳에 있는 학교'라는 표현을 사용하는 걸 봤다. 그 말속에서 지방 대학에 대한 무시와 편견, 그리고 오만이 날것 그대로 느껴져서 다시 오래전에 겪었던 그 일을 떠올리게 했다.

나 역시 그 논객은 별로였다. 하나 유명 작가가 언급한 그런 식의 비난에는 본질과는 전혀 상관없는, 이상한 편견과 우월감이 보였고, 그걸 토대로 상대를 깔아뭉개고 싶어 하는 속셈이 엿보여서 기분이 나빴다. 더하여 그 말을 하는 사람에 대한 신뢰마저 바닥을 쳤다.

그런데 반전은 더 남아 있었다. 이후 그 유명 작가의 말을 비판 혹은 비난하면서 이루어진 다른 이들의 언급에 다시 한번 기함을 하는 일이 생긴 것이다. '이혼' 경력 운운하는 거다. "여자가 그러니 이혼"을 어쩌고 하는 말들이 쏟아져 나오고 "그런 주제에 다른 사람을 모욕했다"며, 언제적 공자왈맹자왈孔子曰孟子曰인지 '수신제가 치국평천하修身齊家 治國平天下'까지 비엔나소시지 엮이듯 줄줄이 따라 나왔다. 심지어 댓글 난에는 더더욱 그윽하지 못한 말들의 향연이 펼쳐졌다. 머리가 띵했다.

왜들 그러는 걸까? 상대를 비판하고 싶으면 그가 한 말이나 행동, 혹은 그가 보여 준 가치관이나 사고방식을 가지고 전개하는 게 맞지 않을까? 논리적으로까지는 아니더라도 말이다. 어쩌자고 학벌이나 사생활, 아니면 출신 지역, 혹은 계급, 사는 동네 등등 본질과는 아무 상관도 없는 것들을 끌어들이면서, 그것도 자신의 알량한 선입견과 편견을 보란 듯이 내밀면서 비난을 해대는 걸까? 막상 듣는 나는 그런 말을 하는 사람의 얼굴을 다시 한번 쳐다보게 된다. 이렇게 중얼거리면서 말이다.

당신은 어찌하여 본질이 아닌 걸 들고 나와서 정작 본질을 흐리시는 건가요? 그런 말씀을 하시는 걸 보니 당신의 꼬인 심사와 심통이 엿보여서 제 가슴이 금즉합니다.✦ 아무래도 앞으로 당신과는 놀지 말아야겠군요.

손자병법의 36계計 마지막은 주위상계走爲上計로 되어 있다. 때로는 전략상 후퇴도 필요하니, 여의치 않으면 피하라는 말이다. 흔히 '36계計 줄행랑'으로 잘못 알고 있는 바로 그 36번째 계책이다. 그런 사람들과는 놀지 않는 것이 상책이고, 우연히 엮이게 되더라도 뒤도 돌아보지 말고 도망치는 것이 현명하다.

✦ 금즉하다 : '끔찍하다', '섬뜩하다'의 고어(古語)

너무 많이 상처받지는 말아라

내가 고등학교 다니던 시절, 야간자율학습은 강제였다.

말 그대로 '강제' 자율학습이었다. 아니, '자율'이라는 말과 '강제'라는 말이 어떻게 함께할 수 있느냐고 물어보는 사람이 있다면, 그 사람은 적어도 80년대 이후에 태어난 복 받은 세대일 것이다.

그러니까 그 시절, 야간자율학습이라고 명명된 강제 자율학습(쓰면서도 좀 이상하다. 자율과 강제의 혼종이라니)을 한 번이라도 빠지려면 반드시 증명해야만 했다. 죽도록 아프다거나, 집안에 무언가 진짜로 큰일이 있다거나 하는 걸 말이다. 천재지변급에 해당하는 무엇이 있어야만 빠질 수 있는 게 당시 인문계 고등학교의 자율학습이었던 셈이다.

공부는 제법 잘했으나 모범생만은 아니었던 나에게 매일매일 아침 7시부터 밤 10시까지 주구장창 공부만 하라는 건 애초에 완수가 불가능한 미션이었다. 그렇다고 대놓고 날라리가 되기에는 간이 좀 작았다. 엄혹한 시절이기는 했지만 야자에 빠지는 아이가 아예 없었을 리 없었다. 한 반에 몇 명 정도는 담임 진을 다 빼고 머리를 절레절레 흔들게 만들어 아예 내놓은 자식이 되어 당당하게 야자를 빠져나갔다. 그도 아니면 부모님을 동원해 치명적인 지병이나 여타 그럴듯한 이유를 핑계 대고 읍소작전까지 동원해 빠지기도 했다. 그러나 나 같은 경우는 이쪽저쪽 어디에도 끼지 못했다. 대놓고 개기기에는 지나치게 소심했고, 부모님까지 동원하기에는 우리 부모님 자체가 자식 어리광을 들어줄 분들이 결코 아니었기 때문이다.

하지만 나는 야간자율학습과 진짜로 궁합이 안 맞았다. 싫었다, 싫었다, 정말 싫었다. 숨이 막혔다. 푸르딩딩한 형광등 불빛과 몇 시간씩 사각거리는 펜 소리만 들리는 기괴한 정적 속에 잠겨 있다 보면, 당장이라도 소리를 지르고 머리를 흔들며 뛰쳐나가고만 싶은 충동이 일었다. 그 충동을 억누르느라 몸에는 미세한 경련이 일었다. 물론 그 시절 어지간하면 다들 잘 견뎠고 잘 버텼다. 그러나 가끔 산소가 부족해 다 죽어 가는 금붕어처럼 입을 뻐끔거리면서 죽을 것 같다고 몸서리를 치는 인간도 있는 법이다.

차라리 야간자율학습시간에 책이라도 읽게 해 주었더라면 좋았을 텐데 그렇지도 않았다. 혹시라도 입시와 관련 없는 책을 읽다가 감독하는 선생님께 걸리기라도 하면, 그 또한 교무실로 호출당하던 시절이다. 그렇지 않아도 타고나길 '혈관에 미친 개한 마리가 뛰어다니는' 인간이 나였는데, 매일매일을 그 강제에 맞춰 성실하게 버틴다는 건 애초에 글러 버린 일이었다. 시시때 때로 눈치 봐 가며 야자시간에 도망가는 것만이 유일한 낙이었고, 그러다 걸리면 죽도록 혼이 났고, 공부 잘하는 게 뺀질거린다는 이유로 미움도 꽤 받았다. 그래서 그때 그 시절은 지금도 지독히 춥고 어둡고 서러웠던 시간으로 기억된다.

고2 어느 날, 그날 감독 선생이 3학년 담임 중 가장 불성실한 '아네모네'였던 건 행운이었다. 얼굴이 네모지고 커서 그런 별명이 붙었던 그는 그날도 복도를 돌지 않고 교무실 의자에서 눈을 감고 있었다. 아네모네의 직무유기는 내게 있어 산소호흡기와 같았다. 유유히 교실 뒷문으로 빠져나가 충무로 대한극장에서 상영하던 영화 〈백야〉를 보러 혼자 갔다. 평일 저녁, 거의 비어 있는 영화관, 누가 봐도 고등학생이라는 느낌을 주는 행색으로 홀로 앉아 화면에서 펼쳐지는 화려한 춤을 보고 있었다. 그러나 지금 나의 기억 저장고에 남아 있는 건, 미하일 바르시니코프의 멋진 몸과 춤이 아니다. 영화에 삽입된 후 공전의 히트를 기록했다는 라이오넬 리치의 노래 〈Say You Say Me〉도 아니다. 관객도 별로 없는 평일 저녁 영화관에서, 영화가 상영되는 내내 서럽게 울고 있던 여고생, 바로 '그 시절의 나'가 떠오른다.

그때의 나는 뭐가 그렇게 서럽고 힘들었을까. 무엇이 18살밖에 안 된 계집아이를 짓누르고 있었던 걸까.

며칠 전 한밤중에 우연히 물을 마시러 거실로 나왔다가 고등학생인 딸애가 잠을 이루지 못하고 서럽게 울고 있는 모습을 봤다. 딸애는 어설픈 반항아였던 나와는 다르게 모범생이다. 그 모범생이 입시 스트레스에 짓눌려 울고 있었다. 물어보지 않아도 알 수 있었다. 딸은 얼마 전 본 모의고사 성적 때문에 며칠을 속상해하고 있던 참이었다. 해 주고 싶은 많은 말들이 어두운 거실 안을 은하계의 별 무리처럼 빙글빙글 돌았으나 정작 입 밖으로 나오지 못했다. 그저, 이렇게라도 말하고 싶었으나 그 말들도 끝내 하지 못했다.

살아 보면 인생에서 이토록 가슴 찢을 듯이 울 일이 별로 없다는 걸 알게 될 게다. 지금은 견뎌야 하는 밤이 죽도록 길고 어둡게 느껴지겠지만, 시간이 지나면 새로운 아침을 맞이하게 되는 법이란다. 끝이 보이지 않는다고 믿었던 힘든 터널도 어쩌면 모퉁이만 돌아서면 바로 햇살 쏟아지는 입구가 나타날지도 모르고 말이다.

어쩌면 그 말은 아주 오래전, 평일 영화관에 홀로 앉아 서럽게 울고 있던 그 시절의 18살 여고생에게 해 주고 싶은 말이었는지도 모른다.

울고 싶을 때는 울어라.

그러나 너무 많이 상처받지는 말아라.

흔들리는 고3 교실

고3 담임을 연속으로 10년 정도 했다. 그사이 아이 둘을 대학에 보냈다. 서울시교육청 교육연구정보원 산하 대학진학지원단에서 6년째 대입정보 제공 및 수시·정시 상담을 통해 일선학교를 지원하고 있다. 공교육에 들어오기 전에도 사교육 현장에서 10년 이상 대학입시와 씨름하며 지냈으니, 아마도 살아온 내 생의 절반이 대입과 밀착되어 있었다 해도 과언은 아닐 것이다.

입시 현장에서 긴 세월 몸으로 부딪히며 살아오는 동안 가장 많이 든 생각이 바로 공교육이 '개인의 욕망'을 어디까지 반영하고 조절할 것인가였다. '교육은 도대체 무엇이고, 이 사회에서 필요로 하는 것은 어떤 인재이며, 인재를 어떻게 선발하고 길러 내야 하는가'라는 근원적인 질문에 대한 고민은 공교육 종사자라면 당연히 품고 있는 화두다. 이러한 고민들이 한 아이의 인생 방향을 설계하는 진학지도에서 당연히 반영되어야 할 테고 말이다.

우리 사회에서 '교육현장'은 욕망으로 펄펄 끓어오르는 용광로다. 교육을 받는 목적이 부모세대보다 좀 더 나은 삶을 얻기 위해 벌이는 투쟁이라기보다 혹시나 중산층이라는 담장 밖으로 밀려나면 어쩌나 하는 절박한 공포에서 비롯되기 때문이다. 우리의 자녀세대가 부모세대가 누린 사회·경제적 지위만큼이라도 누리게 될 수 있는 확률은 상대적으로 희박하다. 나눠 가질 수 있는 파이의 크기는 더 이상 커지지 않을 것이고, 그나마 남은 파이를 한 조각이라도 선점하기 위해서는 일찍부터 눈물겨운 노력이 필요하다. 아직까지 교육이 사회적 지위 획득, 계층 이동, 그리고 일자리 문제를 해결해 줄 수 있는 유일한 '사다리'라고 믿기 때문에 교육이 가지고 있는 근본적인 역할에 대한 담론은 쉽게 무력화된다. 교육을 욕망 실현의 도구로만 보는 관점에 대한 경계의 목소리가 '현실'을 모르는 '고상한 헛소리'가 되는 것은 이 때문이다. 이런 욕망과 공포는 대입으로 귀결된다.

학교 현장의 대입지도 현실로 들어와 보자. 우리 반에는 25명의 아이들이 있다. 학기 초 상담을 해 보면 상위권 대학을 지망하는 아이도 있고, 대학 진학은 마음에서 지우고 취업을 생각하는 아이도 있다. 또 아무 대학이든 갈 수만 있으면 가겠다고 말하는 아이도 있다.

자신의 장래희망이 어느 정도 정해져 전공을 결정한 경우도 있지만, 전공은 상관없으니 무조건 서울 소재 대학에 진학하고 싶다고 밝히는 경우가 더 많다. 이렇듯 고등학교 3학년이 된 아이들이 대학 진학을 앞두고 처해 있는 상황이나 취하고 있는 입장의 스펙트럼은 매우 폭넓고 다양하다. 그러나 이들이 이구동성으로 말하는 고민과 걱정이 있다. 첫 번째가 과연 대학을 나오고 나서 제대로 취업할 수 있겠느냐는 것이다. 두 번째는 그래도 남들보다 혹은 자신이 가지고 있는 조건보다 상위 대학을 가고 싶다는 욕망이다. 성적이 좋은 아이는 아이대로, 성적이 중하위권에 속하는 아이는 그 아이대로 이 두 가지 욕망 사이에서 줄타기를 한다.

어느 날 한 아이가 묻는다. 대학을 안 갈 건데 그럼 뭐 하고 살아야 하느냐고. 그러나 막상 대학에 가지 않겠다고 결심하고 나니 앞으로 무엇을 할지 더 막막해진다는 것이다. 이런 경우 인문계 고등학교에서는 시원한 답을 얻기가 어렵다. 가장 원론적인 대답만이 가능할 것이다. '세상에는 일등이거나 일류에 속하거나 뛰어난 사람보다 그렇지 않은 사람들이 훨씬 더 많고 그들 역시 사회 구성원으로 잘 살아가고 있다는 사실을 우리는 종종 망각한다. 그러니 지금 당장 어떤 직업을 정해야겠다는 초조함을 버리고 할 수 있는 일부터 찾아라.' 그 아이가 듣고 싶어 하는 대답은 아니었겠지만, 이렇게 말하는 게 최선의 대답이 될수밖에 없다.

어느 날 또 다른 아이가 묻는다. 자신이 하고 싶은 건 미디어와 관련된 일인데 부모님은 취업 생각해서 자신의 적성과는 무관하게 무조건 간호학과에 들어가라고 한단다. 자신의 적성과 소질을 생각해 보면 정말 간호학과에서 버텨 낼 자신이 없는데 간호학과를 가지 않는다면 학비 지원은 없다고 하는 부모님 앞에서 선택을 어찌해야 좋을지 모르겠다고 하소연한다. 부모님과 더 많은 대화를 해 보라고 권하지만 난관이 쉽게 해결될 것 같지는 않다. 취업을 걱정하는 부모님과 자신의 꿈을 생각하는 아이의 결정이 어디쯤에서 합의점을 찾을지 알 수 없다.

수시상담 중에 아이가 다니는 학교를 난생 처음 방문했다는 아버지가 있었다. 이 대학 정도는 갈 수 있느냐고 서울 소재 상위 10개 대학에 포함되는 어느 학교를 지목한다. 그 대학은 상위 4~5 퍼센트의 학생들이 가는 곳이며, 정시에서는 전 과목에서 틀리는 문제가 최소한 10개 이하여야만 갈 수 있다고 알려주고 있는데, 아이가 대뜸 큰 소리로 "아빠, 난 한 과목에서만 10개 넘게 틀려요"라며 평소 해맑은 성격 그대로 대담하게 자기 고백을 한다. 얼굴이 붉어진 아버지는 "이제까지 공부를 어떻게 한 거냐"며 불같이 화를 내다 결국 이번 입시는 시험 삼아 치를 테니 무조건 그 대학 이상으로 잡고 합격선이 가장 낮은 전공을 찾아 달라고 한다. 이런 경우 진학지도는 의미를 잃게 된다. 아이는 오로지 부모의 욕망에 맞춰 불합격이 예상되는 곳에 원서를 접수했다.

이미 우리 사회는 학력 인플레이션 시대로 접어들었다. 대학에 진학하려는 수요 자체가 적었고, 대학 숫자가 지금보다 적었기에 대학 졸업장이 좀 더 빛나던 부모세대와는 다르다. 일류 대 졸업장이 취업을 담보해 주지 못하며, 학벌의 힘이라는 것도 예전 같지 않다. 그럼에도 불구하고 아직도 부모세대의 사고 속에 학벌은 하나의 커다란 진실처럼 자리 잡고 있다. 거기에 더해 대학은 취업을 준비하는 기관이라는 잘못된 전제까지 더해진다. 교육정책은 결국 각기 다른 이해와 욕구 충돌을 중재하는 기술쯤으로 여기며, 이해욕구의 당사자들은 자기편에 유리한 정책이 공정하다며 목소리를 높인다. 그러니 대학 진학을 고려하면서 이전보다 더 복잡한 욕망의 메커니즘 속을 헤맨다. 결국 교육과정이 개편되어도, 입시제도가 개혁되어도 의도한 목적을 달성하기 전에 이리저리 뒤틀려 종국에는 기이한 모양으로 변한다. 2015 개정 교육과정이 그러했고, 수능 개편안이 방향을 잃고 헤매는 것이 그렇다.

문제는 학교 현장이다. 큰 방향을 잡고 가던 2015 개정 교육과정의 완전한 정착이 뒤로 밀리고, 수능 절대평가가 미적거리고 있는 동안 아이들은 혼란스럽고, 부모들은 자신들의 입시만 기억하며 여전히 학벌에 집착한다. 교사는 그 욕망의 소용돌이 속에서 진학지도의 방향을 잃는다.

정부도 마찬가지다. 미래 사회에 필요한 인재 양성이라는 비전을 내걸고 학교 현장의 개혁과 혁신을 이끌어야 하지만 근본적인 문제에 대한 고민 없이 오히려 대입문제만 거론하다가 결과적으로 학교 현장에 다시금 무기력을 심어 놓았다. 그러는 사이 교사들은 오늘도 그 결과를 담보할 수 없는, 형체와 목적이 불분명한 욕망과 씨름하고 있다. 그것도 결코 개개인의 책임으로만 묻기에는 어려운 욕망과 말이다.

나중에 온 일꾼에게도 품삯을 주시오

어느 날 포도밭 주인이 밭에서 일할 일꾼들을 사려고 이른 아침 집을 나선다. 그는 일꾼들과 하루 1데나리온으로 합의하고 자기 포도밭으로 보낸다. 다시 아홉 시쯤에 나가 역시 하는 일 없이 장터에 서 있는 사람들에게 "정당한 삯을 주겠소" 하고는 포도밭으로 보낸다. 열두 시와 오후 세 시쯤에도 나가서 같은 일을 한다.

그런데 오후 다섯 시쯤에 나가 보니 여전히 하는 일 없이 서 있는 한 무리의 사람들이 있었다. "당신들은 왜 온종일 여기 서 있소?" 묻자 그들이 말한다. "아무도 우리를 사지 않았기 때문입니다." 주인은 다른 이들에게 한 것과 마찬가지로 "당신들도 포도밭으로 가시오"라고 말한다.

저녁때가 되자 주인은 관리인에게 '품삯을 내주라'고 지시한다. 오후 다섯 시쯤부터 일한 이들이 와서 1데나리온씩 받았으니, 맨 먼저 온 이들은 자신들이 더 받을 것으로 기대한다. 그런데 이게 웬일인가? 그들에게도 1데나리온씩만 주어졌다. 당연히 투덜거릴 수밖에.

"맨 나중에 온 저자들은 한 시간만 일했는데도, 뙤약볕 아래에서 온종일 고생한 우리와 똑같이 받는군요."

성경에 나오는 포도밭 주인과 일꾼들의 이야기다. 젊은 날엔 이 이야기를 읽으면서 발끈했다. 무슨 소리인가, 어떻게 이른 아침부터 일한 사람과 오후 늦게 일을 시작한 자가 똑같은 임금을 받을 수 있단 말인가, 공정하지 못하다고 분개했다. 그런데 차차 '오후 다섯 시'까지 '일을 얻지 못하고 서 있던 자'들이 어떤 사람들인가에 생각이 닿았다.

하루 종일 '아무도 사 가지 않은 자', 오늘날로 치자면 노동력을 상실했거나 혹은 다른 이들보다 부족하다고 여겨지는 사람들이었을 것이다. 신체가 불편하거나, 나이가 많거나, 너무 어리거나, 아이가 딸린 여성이었거나. 해가 지기 직전까지 아무도 '사 가지 않던 자'들에게 기계적으로 주어지는 노동시장의 평등한 기회는 정말 공정한 기회였을까?

많은 이들이 공평하게 교육받고 각자 최선을 다해 경쟁하는 사회를 가장 공정하다고 생각한다. 그리고 그 경쟁의 결과로 얻게 된 불평등은 오롯이 무능하고 게으른 개인이 감수해야 할 몫이라고 암묵적으로 전제한다. 공정한 경쟁을 통해 높은 성적을 얻을 수 있고 모두가 좋은 대학에 진학할 수 있다는 믿음은 얼마나 달콤한가. 모든 것이 오로지 '너'의 무능함 때문이라고 하면 마음은 또 얼마나 편안한가. 그러나 자기 방을 가진 아이와 반지하 셋집에서 공부방은커녕 머물 공간 하나 확보하지 못한 아이가, 학원가가 형성된 도시에서 공부하는 아이와 벽촌의 아이가, 장애가 있는 아이와 건강한 아이가, 정규직 부모를 가진 아이와 비정규직 부모 밑에서 아르바이트를 해야만 공부할 수 있는 아이가 처음부터 공정한 경쟁을 하기는 어렵다.

출발선부터 차이가 날 수밖에 없는 현실을 인정한다면 기회의 평등이 곧 공정으로 이어진다고 쉽게 말하지 못한다.『21세기 자본』글항아리, 2014에서 토마 피케티는 "과거가 미래를 잡아먹는다"고 했다. 심지어 눈에 보이는 경제적 부, 계급, 학력, 지역 격차만이 아니라 학습능력에 결정적 영향을 미치는 문화자본의 차이가 점점 벌어지는 사회에서 기회의 평등이란 '눈 가리고 아웅'이기 쉽다.

우리 사회가 인간다운 삶을 지향해야 한다고 쉽게 말하지만 정작 중요한 걸 잊고 있다. 모두에게 출발선이 같을 수는 없겠지만, 도착 지점은 비슷하거나 최소한 차이가 적은 사회로 나아가야 한다는 걸 말이다. 지금의 격차가 단지 한 개인의 노력 부족을 탓할 문제만은 아님을 우리는 알고 있다. 나중에 온 일꾼에게 얼마의 품삯을 주어야 하는지에 대한 사회적 고민과 합의는 우리 사회가 더 나은 미래를 향해 움직이게 하는 중요한 동력이 될 것이다. 이것이야말로 초·중·고를 거치는 12년 동안 공교육 현장에서 교육 과정과 토론을 통해 고민하고 발전시켜야 할 시민사회의 핵심 과제다.

사흘이 死흘이 되는 것보다 더 슬픈 것

아이들이 제법 걸음마를 하기 시작할 무렵부터 특별한 일정이 없는 주말이면 광화문 대형서점에 갔다. 경기도 동북부 위성도시에 살던 시절이었다. 주말이면 배차 간격이 12~3분 간격인 국철을 타고 가다 회기역에서 한 번 환승하고도 꽤 가야 했다. 그동안 연년생인 두 아이는 번갈아 가며 안아 달라 칭얼댔고, 옆지기와 난 두 아이를 안았다가 걷게 했다가 업었다가를 반복했다.

특별히 고집을 부릴 만한 교육관을 가지고 있어서 그랬던 것 같지는 않다. 당시 우리 부부에게 딱히 취미라고 할 만한 것이 없었고, 주말이라고 여행을 자주 다닐 만한 경제적 여유도 없었다. 남들처럼 캠핑을 즐기거나 놀이동산으로 아이들을 끌고 가기에는 주중에 이미 바닥을 드러낸 체력이 허락하지 않았다. 부부 모두 책을 읽고 싶은 욕심도 좀 있었다. 뿐만 아니라 그곳에서 오전부터 이런저런 책을 둘러보다가 점심을 먹고 다시 책을 고르다 보면 그 순간만큼은 가사노동을 비롯한 일상에서 벗어나 해방된 기분을 맛볼 수 있었다.

유아·아동 도서 매대에서 두 아이 마음대로 오랜 시간 천천히 책을 고르게 했는데, 아이들답게 여러 권의 책을 사고 싶어 욕심을 부리기도 했다. 그러나 언제나 원칙은 같았다. 하나의 책만 고르게 했다. 아무리 마음에 들어 하는 책이 많아도 반드시 한 권의 책만 고르게 했고, 일주일 동안 그 책을 다 읽어야만 돌아오는 주말에 다시 다른 책을 고를 기회를 주었다. 두 아이는 쉽게 수긍했다. 엄마가 얼마나 짠돌이인지 알고 있었기 때문이다. 욕심나는 책 가운데 용케 하나의 책을 골라내는 법을 익혔고, 많은 책 가운데 자신이 정말 원하는 책이 무엇인지를 알아냈다. 그러면서 돈을 주고 무언가를 구입하는 게 어떤 의미인지를 익혀 나갔는지도 모른다. 저녁 무렵 식구가 각자 품 안에 책 한 권씩 끌어안고, 남양주로 가는 국철을 갈아타기 위해 회기 역사에 서서 노을을 바라보던 풍광은 아늑하고 평화로운 기억으로 남아 있다. 아마 아이들이 초등학교를 졸업할 때까지 그토록 낙낙한 주말은 꽤 오래 계속되던 걸로 기억한다.

오늘 저녁 오랜만에 가족 모두 광화문 대형서점에 들렀다. 그동안은 가족들이 자신들의 일정에 맞춰 각자 알아서 다녔을 뿐이다. 신간 매대를 돌다가 에세이 코너로, 다시 소설 쪽으로, 그러다가 홍보비를 거하게 쓴 게 분명해 보이는 중앙 매대 쪽으로 가서 새로 출간된 책들을 훑었다. 광화문 교보문고처럼 큰 서점에서 어슬렁거리다 보면 종이책은 어느 곳에선가 끝도 없는 샘처럼 솟아 나와 대형서점을 채우고 넘쳐 언제까지든 세상으로 흘러 나갈 것만 같다. 그러나 막상 출판계 말을 들어 보면

사흘이 死흘이 되는 것보다 더 슬픈 것 **169**

또 영 딴판이다. 코로나 이후 모두 다 어렵다고 하지만, 출판계는 훨씬 더 심각하다고 들었다.

얼마 전 '사흘'이란 어휘 자체를 이해하지 못해 온라인상에서 난리가 났다는 말을 들었을 때만 해도 속으로 설마 했다. 그러나 댓글을 보다 목덜미가 서늘해졌다. '사흘'을 '4흘'로 이해하고 있었다. 생각보다 많은 이들이 그렇다고 했다. 그러니까 아예 '사흘', '나흘' 이런 말들을 모르고 있었다. 그 말들은 이미 죽어서 유령처럼 종이와 화면을 배회하고 있을 뿐이었다. 사실 새삼스러운 건 아니다. 많은 말들이 태어나고 변화하고 죽는다. 시대가 변하고 사람들의 생각이 달라지고 문화가 요동을 치며 문물은 경계를 넘나들며 왔다 갔다 한다. '말'이라고 하는 것도 어디 산꼭대기에서 홀로 독야청청獨也靑靑 존재하는 게 아니라면 세상의 흐름에 따라 휘둘리다 구부러지고 형태를 달리 갖추거나 아예 사라져 버리기도 한다. 당연하다. 그러나 문제는 단순히 '요즘 젊은것들'이 '사흘'이라는 어휘조차 모른다는 것으로 치부하고 말 것이 아니라는 점이다.

'사흘'이라는 어휘를 모른다고 개탄하는 기사에 달린 댓글 중 '학교 교육' 운운하는 댓글이 있었다. 언제부터인가 댓글 논쟁이 부질없다고 여기기 시작한 데다가 쓸모없이 논쟁이 길어질 것도 같아서 못 본 척 슬쩍 넘어갔지만, 어휘 능력의 문제가 정말 우리나라 학교 교육의 문제인가는 살펴볼 필요가 있다.

그나마 학교 다닐 때는 그래도 읽기, 쓰기 관련해서 열심히 교육을 받는다. 교육과정이 이를 중시하는 방향으로 지속해서 변화해 왔고, 현장에서 시험이든 수행평가든 독서 교육이든 모둠 학습을 통한 토론 수업이든, 어떤 방법으로든 문해력 교육이 이루어진다. 실제로 유치원생·초등학생 때 책을 가장 많이 읽히고, 읽고 있으며, 그다음이 중학생 시절이다. 그러나 고등학생이 되면 집에서 잔소리하기 시작한다. 요즘에는 학교 생활기록부에 '독서 영역'이 있어서 따로 기록되는 덕분에 예전처럼 "대학 가야 하는데 쓸데없는 책은 읽어서 뭐 하나"는 말까지는 차마 안 나온다. 하지만 국·영·수 등 주요 교과에 시간 배분을 해야 좋은 대학 간다는 강박으로 책 읽는 시간을 줄여야 하는 거 아닌가 하는 불안감이 이때부터 엄습하는 건 대한민국 가정의 흔한 풍경이다.

　　더 심각하게 생각해 봐야 하는 건 나이를 먹을수록 책을 안 읽는다는 거다. 대학마저 졸업하고 나면 1년에 단 한 권도 읽지 않는 사람이 늘어난다. 아니, 아예 긴 글을 읽지 않게 된다. 성인 문맹文盲이 시작된다. 그런 사람들이 '요즘 것들'을 비웃는다. 학교 교육이 잘못되어서 요즘 애들이 '사흘'이라는 말도 모른다고 낄낄댄다. 그러면서 자기 자신은 변명하기 바쁘다. 책 한 권 읽을 시간 없다고 한다. 자신이 얼마나 바쁜 줄 아느냐고, 먹고사는 게 쉬운 줄 아느냐고, 정신없이 살아야 하는데 팔자 좋게 책 붙들고 있을 시간이 있는 줄 아느냐고, 팔자 편한 것들이나 책을 읽지 생활인이 무슨 책을 읽느냐고 삿대질한다. 그러나 그러는 시간에 술집은 미어터진다. 선술집도 미어터지고, 고급 술집도 미어터진다. 코로나로 자영업이 어려워지면서 주춤하기 전까지 언제나 그랬다. 코로나가 길게 이어지자 이제 다시 술집이 미어터진다. 그리고 책은, 여전히 안 팔린다.

'사흘'이 '死홀'이 되는 건 문제가 아닐지도 모른다. 언어가 사어死語가 되는 건 언어 역사에서 늘 있던 일이다. 오히려 우리나라 성인들의 문해력이 25세를 기점으로 내리막길을 타서 35~44세 이후 평균 아래로 내려가고, 45세 이후부터는 하위권으로 떨어진다고 하는 PIAAC2013의 발표에서 자신을 반성하지 않고, '요즘 어린 것들'에 대한 쉬운 비난으로 일관하는 게 더 문제다.

성인의 25%가 1년에 책을 단 한 권도 읽지 않는다는 문화체육관광부의 국민 독서실태 조사2018를 보면서, 그런데도 '요즘 것들' 운운하며 나이 든 어른들이 앞장서서 손가락질하는 걸 보면 어쩌면 이거야말로 적반하장賊反荷杖이 아닐까 생각하게 된다.✦

✦ 학교생활기록부에 기록되는 '독서영역'은 이제 대입에서 반영하지 않는 걸로 바뀐다. 2019년 11월 28일 교육부는 '대입 공정성개선안'을 발표하면서 이번 고등학교 1학년부터는 대입에서 독서 활동을 반영하지 않겠다고 발표했다. 부모 배경 등 외부요인을 차단하기 위해서라는 대입개선위의 권고에 따른 것이라나 뭐라나, 옆집 개가 풀 뜯어 먹는 소리가 들리는데 나만 그런 건지는 모르겠다.

자포자기가 인구감소보다 무섭다

지금 살고 있는 동네로 이사 올 때, 중개하던 부동산에서 매물로 나온 집이 꽤 있으니 이번 기회에 아예 어떠냐고 했다. 그러나 경기도에서도 상대적으로 집값이 싼 동북부 지역에서만 10년을, 그것도 전세로만 떠돌던 처지라 서울의 집값은 언감생심이었다. 은행 도움을 받는다 해도 감당하기 어려운 융자는 월급쟁이에게 그림의 떡일 뿐이었고.

어찌어찌 반전세로 주저앉은 지 2년이 못 되는 사이에 집값, 정확하게는 전세 보증금만 2억 5천만 원이 올랐다. 더 낡은 아파트로 이사했고, 다시 2년이 지난 올해 초 계약을 갱신하면서 보니 그사이 낡은 아파트 전셋값마저 다시 2억 원이 올라 있었다. 기존에서 5% 이상은 올릴 수 없는 전월세상한제 덕분에 다행히 재계약할 수 있었으나 2년 뒤를 생각하면 한숨이 나온다. 주변 시세를 보건대 이미 다락같이 올라 버린 전셋값을 더는 감당 못 하고 이곳을 떠야 할 게 분명하기 때문이다. 참고로 우리집은 부부 모두 벌고 있다.

「인구 감소보다 무서운 건 자포자기한 중국 청년들이다」

라는 제목의 『연합뉴스』 6월 3일 자 기사는 최근 중국에 나타난 탕핑躺平족에 대한 당국과 기성세대의 우려를 담았다. '탕핑'은 말 그대로 아무것도 하지 않고 산다는 의미다. 우리나라의 삼포족연애·결혼·출산 포기이나 오포족취업·결혼·연애·출산·내 집 마련 포기 같다. 중국의 한 20대 청년은 소셜미디어에 직장도 없이 한화로 매달 3만 5천 원으로 생활하는 법을 공개해 눈길을 끌었다. 그는 온종일 집에만 있고, 매일 두 끼만 먹고, 낚시나 산책같이 돈이 안 드는 여가활동만 하고, 돈이 떨어지면 아르바이트 한 번으로 또 몇 달 동안 사는 게 비법이라고 밝혔다.

논리는 단순하다. "열심히 일해 봤자 사회 시스템과 자본의 노예로 착취만 당하다 결국 병만 남는다"는 것이다. 그런데 꽤 많은 젊은이가 지지를 표했다. 열심히 일한 대가를 얻을 수 없다고 생각해서다. 여기에는 아무리 돈을 벌어도 집값 오르는 속도를 따라잡을 수 없다는 자괴감도 섞여 있을 것이다.

예를 들어 선전深圳의 집값 대비 소득비율은 43.5%다. 43년간 먹지 않고 일해야 집 한 채를 살 수 있다는 말이다. 베이징은 이 지수가 41.7%이다. 부모의 조력 없이 자신이 살 집을 구한다는 건 지금 젊은 세대에게는 '이번 생生에는 글러 버린 일'이 된다. 어쩐지 기시감이 든다.

중국에 탕핑족이 있다면 우리나라에는 '삼포'와 '오포'

를 거쳐 이제 '파이어FIRE족'이 나왔다. 'Financial Independent, Retire Early'의 첫 글자를 조합해 만든 파이어족은 젊을 때 임금을 극단적으로 절약해서 노후 자금을 빨리 확보함으로써 경제적 자유를 이루고 일찍 은퇴하자는 운동이다. 우리나라에서는 최근 주식 및 부동산 폭등, 비트코인 열풍 등과 결합해 이상한 한탕주의에 휩쓸리기도 했으나 궁극적으로 "사회 시스템과 자본의 노예가 돼 매일 착취만 당하고 살 수는 없다"는 데 맥을 같이 한다.

고3 담임에게 여름 방학은 방학이 아니다. 대입 수시 상담 시즌일 뿐이다. 이 시기 단순히 진학 상담만 아니라 진로 상담도 함께 이루어질 수밖에 없는데, 그때마다 꼭 받는 질문이 있다.

"대학 나와도 어차피 아무것도 할 게 없잖아요."

탕핑족의 등장을 단순히 먼 나라 중국의 일로만 치부하고 우리는 상관없다고 하거나, 철없는 젊은 것들 때문에 세상 망조가 든 거라고 탄식만 할 문제만은 아닌 듯하다. 아이들이 자포자기하지 않고, 무엇보다 한탕주의에 휩쓸리지 않고 건강하게 자신의 길을 찾아가게 하려면 당장 무엇을 어떻게 해야 할까. 한편으로 사회 시스템 자체에 문제가 있다면 그 시스템이 잘 돌아가도록 열심히 일하고 있는 '나'도 공모자일 수 있겠다는 생각이 드는 건 나만의 기우일까.

미래사회는 어떤 아이들을 원하는가?

뭣이 중헌디?

'미래사회'라, 그리고 '미래사회가 원하는 아이들'이라. 제목부터 너무 거창해서 무슨 말로 시작해야 할지 감이 안 온다. 특히나 '4차 산업혁명'의 도래니 '인공지능과의 경쟁'이니 하는 말들이 화두가 되고 있는 지금의 상황에서는 더 그렇다. 그래서인가 '미래사회는 어떤 아이들을 원하는가'라는 질문을 접하게 되면, 자연스럽게 '역사는 2등을 기억하지 않습니다'던 어떤 광고의 카피부터 떠올리게 된다. 어쩐지 일류 혹은 1%, 또는 최고의 인재가 되기 위해서는 어떻게 해야 하는가를 돌려 묻는 것만 같기 때문이다.

그래서 처음으로 돌아가 다르게 질문해 보려고 한다. 우리는 공부를 왜 하는가, 그리고 아이들을 왜 학교에 보내는가.

널리 알려진 공부의 목적은 두 가지다. 하나는 진리 탐구와 인격 함양을 통해 한 개인이 지속적으로 성장하기 위함이요, 또 다른 하나는 개인이 사회에 적응하고 살아가기 위한 방편을 구하기 위함이다. 최근 우리 사회의 중요한 화두로 자리 잡은 미래사회 담론은 대체로 후자의 공부 목적을 더 자극한다. 게다가 많은 미래학자들이 기술의 발달과 사회변동을 연계하여 논의하면서, 이로 인해 미래의 직업 상황에 큰 변화가 올 것이라는 예측을 앞 다투어 내놓음으로써 더더욱 후자가 강조되고 있는 실정이다.

그래서 너나없이 가능한 한 미래사회의 변화를 예측하고 앞으로 먹고살 수 있도록 대비하게 만드는 것이 교육의 본질이라고 여긴다. 과거에 잘나가던 직업이나 현재 각광받는 직업을 구하기 위한 소모적인 공부를 하지 말고 '미래지향적' 학습을 하라고 권고한다. 거기에 더해 날로 진화하는 인공지능과의 경쟁에서 이겨야 살아남을 수 있다는 공포 마케팅까지 나와서 연약한 개개인의 마음속에 깊은 불안을 심어 놓는다. 심지어 이제까지는 듣도 보도 못한 AI인공지능니 IoT사물인터넷니 코딩, 빅 데이터 등의 단어들도 튀어나온다. 그렇지 않아도 불안한 마음은 급기야 앞으로의 사회에서 낙오될지도 모른다는 공포심으로 방향을 틀게 되고 어떻게든 경쟁에서 이겨야 살아남을 거라는 절박함으로 치닫는다.

기술의 무한 발달로 인해 미래사회가 지금과는 달리 큰 변동이 있을 것이라는 것을 인정할 수밖에 없다고 하자. 하지만 클라우스 슈밥은 그의 최근 저서 『제4차 산업혁명』메가스터디북스, 2016의 서문에서 현재 우리가 맞닥뜨린 흥미로운 여러 과제 가운데 가장 강력하고 중요한 문제는 새로 등장한 과학기술 혁명을 어떻게 이해하고 만들어 나갈지에 관한 것이라고 말한다. 다시 말해 개개의 인간들이 심각하게 부딪히는 문제는 오히려 기술의 무한 발달이 파생시키는 인간 소외와 빈부 격차, 특히나 직업 간 소득 불평등의 심화 같은 바로 눈앞에 보이는 일상일 확률이 크다는 것이다.

현 고등학교 3학년2004년생 전후 세대가 취업 시장에 뛰어들 2030년이면 청년 인구25~29세가 13년 전보다 25.1% 감소316만 1,000명→236만 6,000명하고, 취업자의 상당수는 현재 존재하지 않는 직업을 가져야 할 만큼 산업 현장은 엄청난 속도로 변하고 있다. 세계경제포럼에서는 2016년 당시 7세 이하의 어린이 중 65%가 지금은 존재하지 않는 직업을 갖게 될 것이라 예측했다. 그러니 지금 교실에서 아이들에게 '미래사회에서는 이런 직업이 대세야. 그러니까 무엇보다 이러이러한 역량을 길러야 해'라고 이야기하는 것은 얼마나 공허한 울림인가. 슈밥의 말이 아니라고 하더라도 기술의 진화에만 근거하고 있는 현재의 미래사회 담론은 우려될 수밖에 없다.

예측하기 힘든 사회 환경의 변화와 첨단기술의 향연 앞에서, 과연 아이들에게 어떤 역량을 키워 줄 것인지가 교사의 큰 고민거리인 것은 당연하다. 하지만 교사 스스로 미래를 예측하고 어떤 직업이 유망하니까 그것을 위해 노력하라고 말하는 것은 썩 바람직해 보이지 않는다. 그렇다고 미래학자들의 다양한 주장들을 그저 학생들에게 전달하는 것도 책임 있는 가르침은 아니다. 오히려 '함께' '살아갈 수 있는 힘'을 길러 주고자 하는 것이 지금, 여기, 우리가 할 일이라는 생각이 든다. 그리고 오히려 이 때문에 인류가 오래전부터 가르쳐 왔던 기본적인 가치들이 더 중요해졌다고 본다. 아무리 거창하게 미래 어쩌구 해도 우리 아이들을 미래의 사회인으로 키우기 위해 교육에서 강조해야 할 사항은 결국 소외와 격차를 극복하고 더불어 사는 인간을 지향하는 것이어야만 할 것이다. 그래서 학교를 미래사회 직업훈련의 장으로 보는 개념은 지나치게 협소하며, 교육의 본질에 비추어 바람직하지도 않다.

그럼 다시 이 글의 제목으로 돌아가 보자. '미래사회는 어떤 아이들을 원하는가?' 우선 이 제목은 교육의 주체를 아이들로 놓고 있지 않다. 제목에서 나타나듯 주어는 '미래사회'이고 아이들은 미래사회에 적응해야 하는 종속변수에 지나지 않는다고 보고 있다. 그러나 앞으로의 세상에서 아이들은 종속변수가 아닌 주인이며, 미래사회는 이 개개의 주인들이 함께 살아가야 하는 복합적이고 역동적인 장이다. 학교는, 특히 공교육은 이 사실을 외면할 수 없다.

사회의 주인으로 그리고 자기 삶의 주체로 살아가기 위해서는 무엇보다 자발적 학습자로 살 수 있도록 교육해야 한다. 초·중·고교나 대학에서 배운 지식을 바탕으로 평생 일하는 시대는 지났다. 이미 100세 시대를 눈앞에 두고 있는 지금, 인류는 한 번도 경험해 보지 못한 미래를 마주하고 있다. 그렇기에 자신의 필요와 관심사에 따라 평생에 걸친 자발적인 학습이 필요하고 교육은 이에 대한 동기를 부여하는 방향으로 전개되어야 한다. 부모의 관리나 사교육에 익숙해진 아이들은 막상 대학에 진학하고 나서는 스스로 뭘 배우고 싶은지 내적 동기가 없어지기 때문에 시대 변화의 파고를 넘는 것이 버거워질 수밖에 없다.

다음으로 '함께 살아가는 삶'을 위해서는 공감 능력이 필요하다. 공감능력을 바탕으로 우리 사회의 다양한 갈등과 혼란을 중재할 수 있어야 한다. 빈부 격차와 같은 사회 불평등은 기술이 획기적으로 발달할 것으로 예상되는 미래사회에서는 더욱 심해질 확률이 높고, 난민 문제나 이민문제와 같은, 이제까지 우리 사회가 겪지 못했던 난제들이 새롭게 대두될 수 있기 때문이다. 특히 인공지능AI이 인간과 같은 공감능력을 갖추기 어렵다는 점에서 이러한 능력은 상대적으로 비교 우위를 점할 수밖에 없다. 점점 다른 생각과 가치관을 가진 사람들이 많아지고 전체 구성원에서 이민자들의 비율이 높아지는 사회에서 개인의 욕망을 조절하고 타인과 합의를 이끌어 내는 갈등 관리 능력은 아무리 강조해도 지나치지 않을 것이다.

독창성도 미래사회에 꼭 갖춰야 할 역량으로 평가된다. 그러나 이 '독창성'이라는 것이 '특이함'이나 '튀는 것'으로 이해되어서는 곤란하다. 주변과 협력할 줄 아는 동시에 '유용하고' '필요한' 그 무엇을 창조해 내는 능력으로 연결되어야 한다. 그렇기에 여러 학자들이 말하는바 독창성의 근원은 인문학적인 소양이 된다. 공교육은 현실에서는 쓸모없어 보이는 이러한 인문학적 소양을 길러 주는 장이 되어야만 한다.

공동체적 인간을 길러 내는 것 역시 시급하고도 중요한 문제이다. 사회가 발전할수록 사람은 기계하고 대화하게 되기 때문에 막상 사람과 사람이 만났을 때 소통 능력이 떨어진다. 그러나 결국 결정은 사람이 해야 한다. 때문에 소통 능력이 있는 사람이 성공할 수밖에 없다. 사람과 사람 사이의 교감을 높이고 잠재력을 이끌어 내어 그 사람이 원하는 삶을 살아갈 수 있도록 해 주는 코칭이 필요한 이유이다.

한번 생각해 보자. 내적 동기 앙양昻揚, 함께 살아가는 삶을 위해 요구되는 공감 능력, 공감 능력을 기반으로 하는 갈등 관리 능력, 인문학적 소양을 바탕으로 하는 독창성, 소통 능력.

지금 제시하고 있는 것들이 4차 산업혁명 시대를 맞이하기 위해 새롭게 대두되고 있는 가치들이라고 생각되는가? 학교에서는 언제나, 특히 유치원과 초등학교에서는 더더욱 이러한 가치들을 강조하고 또 강조해 왔다.

그러니까 결국 돌고 돌아 '교육에서만큼은 기본이 중요하다'는 원칙으로 회귀하게 된다. 4차 산업혁명과 인공지능을 이야기하는 지금도 교육의 가장 근원적인 화두는, 특히 공교육의 가장 핵심적인 과제는 결국 민주사회의 시민으로서 살아가는데 어떤 가치가 '기본'이 되느냐이며, 이를 위해 우리는 무엇을 가르칠 것인가가 되어야 한다는 것이다. 이 사회는 1등만 살아가는 곳이 아니다. 2등도 있고 3등도 있고 10등도 있으며, 꼴등도 함께 살아간다. 다양한 인간 군상들이 다종다기多種多岐한 모습으로 얽히고설키면서 사회 안에서 같이 부대끼며 존재하는 것이다.

제목은 거창하지만 이 글에서 하고 싶은 말은 매우 단순하다. 복잡하고 거창한 것들이 담론으로 재생산되고 있는 시점에서 다시 묻고 싶은 것이다.

'뭣이 중헌디?'

공정성이란 무엇인가

조선시대 관료 선발제도인 과거제는 중기에 이르러 다음과 같은 비판에 직면한다. 첫째, 지원자의 인격에 대한 온전한 검증 없이 시험 답안만으로 역량을 평가하기 때문에 국가 관료 선발 방식으로는 적합하지 않다. 둘째, 이 때문에 합격에만 골몰하게 만들어 학문 풍토에 악영향을 끼친다. 셋째, 과거시험 모범답안 집이 유행하고 경서의 내용을 기억하기 쉽게 한 글자씩 뽑아 외우는 수험 방법이 발달해 학문적 자질이 모자란 자가 과거에 합격하는 사례가 나타난다. 마지막으로 과거 시험 합격자 중 절반 이상이 서울 명문가 자제들에 편중돼 있다. 즉 교육 자원과 최신 학문의 지역 격차가 커지고 교육의 불평등이 심화되었다.

낭대 뜻있는 학자들에 의해 제기된 이러한 비판은 관료 선발의 적정성만이 아닌 공정성에서도 과거제에 심각한 문제가 생겼음을 보여 준다. 그런데 이거, 어디서 많이 들어본 말 같지 않은가? 어쩌면 이리도 오늘날의 대학 입시와 닮았을까 신기한 생각이 든다.

인천국제공항공사의 비정규직 보안검색요원의 정규직화

발표로 한동안 공정성은 매우 뜨거운 화두였다. 새삼스럽지 않다. 한국 사회에는 과거제 같은 지필평가와 공개채용만이 공정하다는, 오랜 시간에 걸쳐 굳어진 믿음이 있다. 때문에 인천국제공항공사의 보안검색요원 정규직화 발표 다음 날 청와대 게시판에 올라온 '공기업 비정규직의 정규직화 반대' 국민청원이 나흘 만에 25만 명을 넘어선 건 별로 놀라운 일이 아니다. 직전에 모 장관 후보자 자녀의 특혜입학 시비가 대입 공정성 시비였다면 이번에는 취업 공정성 시비인 게 다를 뿐 현재 우리 사회는 공정성 문제로 심하게 몸살을 앓는 중이다.

다시 대입으로 돌아가 보자. 이 공정성 논란 때문에 교육부는 애초에 고교학점제를 기반으로 하는 2015개정교육과정의 방향을 거슬러 향후 2년간의 정시 확대를 발표했다. 공정성을 높인다는 명분하에 수능 중심의 정시전형 비중을 확대하고 학생부 종합전형의 비중을 축소한 것이다. 그렇다면 수능은 과연 인재 선발에서 적정한가? 공정한가?

대입에서 수능 중심의 정시전형은 대표적으로 평가 방식의 단일화를 높인다. 오로지 성적이란 결과에 따라 한 개인의 과거, 현재, 미래를 판단한다. 공정성을 명목으로 평가의 다양성을 희생한 것이다. 필연적으로 한 개인의 다양한 덕목과 재능을 평가할 기회는 박탈되며 교육은 합의된 답에 빠르게 도달하는 것을 목표로 한다. 그러니 제대로 된 배움보다는 대입에 필요한 주요 교과의 지식 습득만이 목적이 된다. 할 수만 있다면 수능에서 선택하지 않은 과목은 배제하고 오로지 선택한 과목만 문제풀이 중심으로 집중적으로 공부하는 것이 대입에는 훨씬 유리하다. 인재 선발의 적정성에 의문이 생기는 지점이다.

한편 서울 소재 주요 12개 대학 입학생 중 고교 졸업생, 즉 n수생의 비율은 2020학년도에 65.6%로 재수·삼수생들의 정시 합격 비율이 현역 고3 학생보다 2배 이상 많다. 2020학년도 입학 기준으로 서울대는 56.6%, 연세대는 68.7%이다. 그런데 이미 재수하는 비용은 기천만 원을 훌쩍 넘어선 지 오래이니 돈이 없으면 재수도 어려운 상황이다. 결국 수능을 잘 봐서 정시로 대학 가는 것도 집안의 재력이 어느 정도 뒷받침돼야만 가능하다는 말이다. 그럼에도 불구하고 객관식 지필평가, 명확하게 점수로 제공되는 수능이 아무래도 더 공정하지 않겠냐는 우리 사회의 오래된 믿음은 확고하다.

이러한 오래된 믿음에 반하는 결정이 바로 인천공항공사의 발표다. 교육부가 공정성을 내세워 점수 중심의 입시 비중 확대를 강조했는데 막상 정부는 가장 중요한 취업 문제에서 공개채용을 거치지 않는 또 다른 공정성을 들고 나왔다. 교육부와 정부, 양쪽 모두 무엇이 중요한지 갈팡질팡한다. 대입에서의 선발과 취업에서의 인재 선발이 따로 가는 시대, 결국 이 시대에 공정성이란 무엇인가, 다시 묻게 된다.

중간을 위한 나라

2021학년도 대입 지원을 위한 수시 상담이 막바지일 때였다. 고 3 아이들은 4년제 대학 원서 접수를 필두로 9월 말까지 어느 대학에 어떤 전형으로 지원할지를 결정해야 했다. 내신 등급과 몇 번에 걸쳐 치러진 모의평가 성적, 학교 생활기록부에 기록돼 있는 비교과 영역을 놓고 고등학교 3학년 교실과 교무실에서는 학생과 교사가 한창 머리를 맞대고 고민 중이었다.

한 주를 마치는 금요일, 상담이 막 끝날 즈음 학생 어머니와 상담하다가 이런 말을 주고받게 되었다.

"우리 애는 왜 이렇게 공부를 못했을까요."

"못한 거 아닙니다."

"아이가 학교 생활 열심히 한다고 했는데 막상 원하는 대학 지원하는 건 꿈도 꾸기 어려운 상황이네요. 속이 많이 상하는군요."

"원하는 대학들이 성적으로 따지면 상위 5% 이내의 학생들이 주로 지원하는 학교라 그렇습니다. 아이가 3년 동안 성실하게 공부했으니 지금 성적이 나온 겁니다."

"아유, 그러니까 공부 못한 거죠. 어떻게 3년 동안 공부한다고 하면서 고작 이런 등급을 받았는지 모르겠어요."

어쩌다 보니 진학 상담을 숙명처럼 하고 있다. 20년이 넘는 세월이다. 그런데도 여전히 익숙해지지 않고 불편한 심정이 들 때가 있는데 이런 경우다.

학생의 성적을 9등급으로 나눈 게 현 내신제도이자 수능이다. 1등급은 상위 1~4% 성적의 학생들에게 주어진다. 2등급은 11%, 3등급은 23%, 4등급은 40%, 5등급은 60%의 성적을 얻은 학생까지다. 사람을 9등급으로 구분하고 나누는 것도 못마땅한데, 학생도 부모님도 이런 등급제하에서 정작 중간 등급이 5등급이고, 5등급이 각 등급 중 가장 많은 비율인 20%를 차지하고 있다는 걸 잊고 있다는 사실이 차라리 슬프다.

사람들은 5등급이 중간이라는 걸 아예 잊고 산다. 그 이유는 간단하다. 불안 때문이다. 국가는 경제대국에 들어선 지 오래지만 개인의 삶은 결코 녹록지 않다. 양질의 일자리는 누군가 차지하고 내놓을 기미가 없고, 얻어걸리는 건 비정규직 일자리밖에 없다. 비자발적 해고를 거친 사람들이 몰려들어 자영업 시장도 포화 상태다. 자영업 5년 생존율이 30% 이하라는 말을 증명하듯 동네 가게들은 수시로 주인이 바뀐다. 망한 가게 주인이 계산원으로라도 취업하려고 하면 이제는 무인 결제 단말기가 버티고 서 있다. 아파트 관리실은 이미 무인 경비 시스템으로 교체된 지 오래다.

외환 위기IMF와 금융 위기를 거치면서 '제대로' 된 일자리에 대한 강박이 생겼다. 인구 대비 아무리 넉넉하게 잡아도 10% 안쪽으로 들어야만 뒤처지지 않을 거라는 불안은 대학 입학을 경쟁의 첫 관문으로 여기게 만든다. 소위 일류 대학 입학만이 목표가 되다 보니 정작 중간 등급인 5등급은 한참 공부를 못한 아이가 되어 버린다. 타인이 규정하기 전에 이미 스스로를 경쟁에서 낙오한 자로 자리매김시켜 버리는 것이다. 그러나 정말 우리 사회에서 성적 상위 5% 이내의 아이들만 잘살고 있고, 나머지 95%의 아이들은 모두 낙오되어 사라져 버린 걸까.

한 걸음만 물러서서 생각해 보면 쉽게 알 수 있다. 고등학교에서 숨죽이고 있던 95%의 학생들도 성인이 되면 각자의 자리에서 제 몫을 하며 살아가고 있다는 것을, 학벌 하나로 평생 편하게 살던 시절은 지났기에 상위 5%의 학생들 역시 더 이상 쉽게 살 수만은 없다는 걸 말이다. 게다가 사회를 지탱하고 건강하게 유지하는 건 높은 곳에 존재하는 상위 몇 퍼센트의 사람들이 아니라 오히려 평범하지만 성실하게 자기 자리를 지키는 다수의 시민들이다.

꼴찌도 잘살 수 있는 세상도 중요하지만, 사회를 건강하게 지탱하는 평범한 사람들이 스스로의 자존을 회복하는 것 역시 그 어느 때보다 절실하다. 열심히 자기 할 일을 하며 살아가는, 두텁게 중간을 차지하는 이들이 사실은 우리 사회의 버팀목이자 진또배기라는 사실을 우리 모두 잊지 않았으면 좋겠다.

네 이웃을 사랑하라

봄비가 포슬거리는 일요일 아침이었다. 딸냄은 갓 구운 빵이 먹고 싶다 했고, 나는 막 갈아서 내린 진한 향의 커피가 그리웠다. 우리 둘은 나란히 우산을 쓰고 비 오는 거리를 걸어 동네 빵집으로 갔다.

이제 막 구워 틀에 담겨 나온, 구수한 향을 풍기며 포슬포슬 부풀어 오른 빵을 몇 개 고르고 커피 한 잔을 주문한 뒤, 언제나처럼 계산대 앞에 길게 늘어선 줄 끝으로 가서 섰다. 오래된 동네다. 이 동네 이사 왔을 때부터 봐 온 오래된 빵집이다. 이제 갓 스물을 넘겼을까 싶은 아르바이트하는 젊은 여자분이 줄을 서서 기다리는 손님들을 상냥하게 응대하고 있었다. 얼굴엔 화사한 웃음을 잃지 않고 있었지만, 계산은 무척 빨랐다. 자본주의 사회, 지불하는 돈이 필연적으로 가져다주는 친절함이라 해도 주말 아침 타인의 편안하고 밝은 웃음은 지난至難했던 한 주의 빡빡함을 보상해 주는 법이다. 내 얼굴에도 스멀스멀 웃음이 번졌다.

그때였다. 누군가 거칠게 소리를 질렀다.

"나 바빠. 바쁘니까 내 거부터 먼저 계산해!"

소리가 나는 쪽을 돌아봤다. 한 노인이 무척 화가 난 표정으로 다시 소리를 버럭 질렀다.

"안 들려? 나 바쁘다고."

사람들의 고개가 모두 소리 나는 쪽으로 구부러졌다. 이제 노인은 더 이상 기다릴 인내심조차 없는 듯, 앞으로 성큼성큼 걸어오더니 골라 온 빵 봉지를 계산대 위에 거칠게 집어던졌다. 뒤에 줄 서서 기다리던 사람들은 노인을 따라 고개만 다시 앞으로 돌렸을 뿐, 그 모든 것을 못 본 듯 침묵했다. 아르바이트하는 분이 웃으며, 네, 하고 대답하자 노인은 더 크게 외쳤다.

"지금 당장 계산하라고! 지금, 당장!"

급기야 사장으로 보이는 분이 나섰다. 이제껏 줄 서서 기다리던 사람들에게 피해가 가지 않도록 그 노인분만 따로 불러냈다. 그리고는 수작업으로 계산해서 돈을 받고 셈을 마쳤다. 셈을 마친 노인은 턱턱턱 걸어서 사람들 곁을 지나, 쾅 소리를 내며 문을 닫고는 밖으로 사라졌다.

노인은 원하는 대로 가장 이르게 셈을 마쳤으니 원하는 걸

얻어 냈다. 물론 사장이 나서서 노인분만 따로 계산했으니 원래 줄을 서서 기다리던 사람들 중에 손해를 본 사람은 아무도 없었다. 그러나 손해 본 사람은 아무도 없는데 어쩐지 모두가 손해 본 것처럼 표정이 어두웠다.

빵을 사서 집으로 돌아오는 길, 말없이 걷던 내가 침묵을 깨고 구시렁거렸다.

"왜 소리를 지를까? 왜 처음 보는 사람에게 반말을 할까? 왜 순서를 지키지 않고 자기만 생각하는 걸까? 예의는 어디다 버리고 왔길래 그토록 무례하게 행동하는 걸까?"

딸냄은 매주 토요일과 일요일, 편의점에서 아르바이트를 했다. 당시 시간당 최저시급이었던 7,530원을 받고 이틀 동안 10시간씩 일을 했다. 그 돈으로 결코 싸지 않은 대학 교재를 샀고, 매일 학교를 왕복하는 교통비를 냈고, 점심을 먹었다. 그런 딸냄이 조용히 말했다.

"저런 분들, 과장 좀 섞어 말하면 2,476명 정도 있어요. 돈을, 계산하는 제게 주지 않고 계산대 위에 집어던지는 분도 1,784명쯤 있어요. 반말하거나 심지어 아무 이유도 없이 욕하는 분도 2,621명 정도 있구요. 그런데 재미있는 건요, 돈을 계산대 위에 집어던진 분조차 거스름돈 받을 때 자기는 손으로 받겠다고 손을 내밀고 계신다는 거예요."

갑질이 멀리 있지 않았다. 네 이웃을 사랑하라고 한 그리스
도의 말이 항상 약자에게만 강요되는 사회는 아닌가 싶어 우울
한 주말 오전이었다.

춘향이를 위한 변명

흔히들 말한다. 춘향이는 열녀烈女였다고. 대부분 그런다. 한 남자만을 바라보는 지고지순至高至純한 사랑의 화신化身이라고. 그렇다. 춘향이에 대해서는 대체로 다음과 같이 알려져 있다. 조선 시대가 요구하는 '정절 이데올로기'를 자신의 생명을 담보로 실천했던 열녀의 표상이자, 서민들이 그토록 열망했으나 죽었다 깨어나도 실현하기 어려웠던 '신분 상승'이라는 꿈을 성공시킨 당대 평민들의 워너비wannabe였다고 말이다. 하지만 그녀를 다른 각도에 바라보는 나는, 가끔 쓸데없는 방향에서 그녀에게 감정 이입될 때가 있다.

이런 질문을 해본다. 그녀에게 선택의 여지가 있었을까. 그녀가 만약 자신에 대한 자존감이 높고, 자의식이 강한 여자였다면, 그러나 역설적으로 계급은 그 사회의 최하위인 경우에 처해 있었다면 말이다. 본인이 선택할 수 있는 인생의 답지는 얼마나 되었을까? 신분은 바닥인데 모든 이가 찬탄할 만큼의 외적 조건을 가지고 태어났다는 사실은, 당사자로서는 결코 복 받은 일이 아니었을 것이다. 약한 계급, 혹은 약한 배경의 여성이 단지 뛰어난 미모를 가지고 있을 때 가해지는 이 사회의 유·무형의 폭력을 떠올려 보면 쉽게 미루어 짐작할 수 있다.

그녀가 단순히 이몽룡에 대한 지고지순한 사랑이나, 그 시대가 여자에게만 가혹하게 요구하던 정절 이데올로기를 지키기 위해 목숨을 걸고 변 사또의 '수청'을 거부했던 것은 아닐 것이다. 변 사또의 수청 요구를 받아들이는 바로 그 순간, 그녀는 그녀가 그토록 부정하고 싶었던 계급의 나락으로 다시 곤두박질칠 수밖에 없었을 것이다. 변 사또의 침실로 들어간 이후부터 그녀 앞에 펼쳐질 미래는 성적 유효 기간이 다할 때까지 양반 사대부라는 착취 계급의 성 노예로 일생을 보내는 수밖에 없는 것이다.

그러니 그녀가 한사코 죽음을 눈앞에 두고서도, 특히나 기적妓籍에서 빠졌다고는 하나 종모법從母法에 의해 어미가 기생이면 자식은 당연히 기생이 되어야 하는 당대의 법률을 어기면서까지도, '자신은 기생이 아니니 일부종사一夫從事하겠다'고 우긴 것은 기실 자신의 자존감과 자의식을 지키는 최후의 외침이었을 것이다.

그래서 나는 『춘향전』이, 계급적 착취가 제도적으로 보장된 사회, 특히나 여성에 대한 성적 착취를 당연시했던 사회에서 그 착취에 가장 취약한 계급의 한 여성이 자신의 '인간 될 권리'를 투쟁으로 쟁취해 나가는 지난至難한 여정이라고 생각했다.

민중들의 입에서 입으로 만들어진 이야기답게 그 끝은 아름답게 매듭지어지지만 아마 현실에서라면 달랐을 것이다. 아버지를 따라 한양으로 간 이 도령은 겉멋 잔뜩 들어 바람이나 났을 확률이 높다. 이 여자 저 여자와 놀아나다 적당히 집에서 정해 주는 혼처를 받아들였을 것이다. 춘향이에 대한 사랑의 맹세 따위 저 멀리 던져 버리고 아마도 자기 신분에 맞는 여자와 백년해로했을 거라는 게 춘향전의 결말보다 훨씬 더 합리적인 추정이 될 것이다. 아마도 다시는 그녀에게 돌아오지 않았으리라. 그리고 결국 관청 앞마당에서 고문받던 춘향이의 육신은 걸레처럼 너덜거리는 차디찬 시신이 되어서야 비로소 풀려났을 게 분명하고 말이다.

교과서에는 해피 엔딩으로 막을 내리는 『춘향전』을 가르칠 때면 나는 남들 몰래, 온몸으로 자신의 계급과 운명과 시대가 지워준 성적 차별에 저항한 그녀를, 그 시대 어딘가에는 실제로 존재했을 것이 분명한 그녀(들)를, 눈물로 조의弔意하고는 한다.

진실로 사랑스러웠던 여인이여…… 그곳에서는 평안하기를……

아이들이 사라진 세상

진철을 탔다. 제법 붐비는 주말의 전철 안. 등산복을 입고 있는 '어른'들과 자전거를 끌고 타는 '어른'들과 어디를 가는지 짐작 안 되는 '어른'들이 나와 비슷하게 휴대폰을 들여다보거나 눈을 감고 있다. 대부분이 '어른'들인 전철 안에서 부모 손을 잡고 나들이 가는 아이는 아주 드문드문 보일 뿐이다. 문득 일반석과 노약자석의 위치가 지금과는 바뀐, 미래의 전철 안 풍경을 보여 주던 예전 어떤 공익광고 하나가 떠올랐다. 합계출산율이 2008년 1.19명에서 2018년 0.97명으로 급격히 떨어지고 있다는 기사도 생각났다.

아이들이 사라지고 있다. 멀리 갈 것도 없이 십수 년 전만 해도 나는 45~6명 아이들의 담임이었다. 지금은 25명 아이들의 담임이다. 물론 초·중·고 학급당 인원은 지자체별로 다르고 지역별 편차도 크다. 특히 내가 근무하는 도시 외곽 지역의 경우 더 빠른 속도로 감소하는 편이기도 하다. 그러나 인구 감소를 넘어 인구 절벽을 맞닥뜨리고 있음은 해마다 실감하고 있다.

사실 놀라운 일도 아니다. 얼마 전 '필요'에 따라 국공립학

교 운동장을 주차장으로 개방하도록 한 '학교주차장개방법'주차
장법 개정안이 발의되었다가 교육계의 강력한 반발로 철회되었
다. 이미 외부인의 학교 출입에 의한 각종 사건 사고는 잊을 만
하면 터지고 있으며, 스쿨존어린이보호구역을 설치했음에도 불구
하고 2018년 9월 충남 아산에서는 불법으로 주·정차되어 있던
차들로 인해 미처 아이를 발견하지 못한 차량에 치어 김민식 군
9세이 사망하는 일마저 있었다. 이 때문에 발의된 개정법률안이
일명 '민식이법'이다. 그런데 '민식이법'이 추진되고 있는 중에
학교를 주차장으로 개방하자는 법안이 함께 버젓이 발의되고
있는 세상이다. 아이들이 안전하게 등하교하고 뛰어놀아야 할
학교 운동장이 주차장으로도 이용될 수 있다고 생각하는 사회
는 어떻게 생각해야 할까?

심지어 어느 정당은 선거법 개정을 저지하기 위해 상정되
는 모든 법안에 필리버스터를 신청했다. 즉 합법적인 의사 진행
방해 수단인 필리버스터를 통해 패스트트랙으로 지정된 법안
들선거법, 공수처법의 처리를 막아 보겠다는 이야기이며, 본회의에
상정된 '민식이법'과 같은 민생·무쟁점 법안과 유치원 3법 등
과 같이 아이들의 안전을 지키는 많은 법을 협상 카드로 쓰겠다
는 의도로 읽히는 행동이다. 아이들의 안전은 협상의 대상이 될
수 없다. 아이들의 안전을 가볍게 무시하는 사회에서 출산과 양
육은 고민될 수밖에 없다. 기가 막힌 일이다.

한편 국가로부터 막대한 지원을 받으면서도 각종 특별활동비를 학부모로부터 받아 온 사립 유치원들의 비리를 막기 위해 발의된 법안이 제때 통과되지 못해서 현장의 혼란을 가중시킨 적도 있다. 그런데 자녀를 어린이집 혹은 유치원에 보내야 하는 수많은 부모의 고통은 현재 진행형이며, 심지어 그런 유치원조차 수요에 비해 턱없이 부족한 형편이다. 대도시 인근에 사는 젊은 부모들은 여전히 아이를 보낼 어린이집이나 유치원을 구하지 못해 오늘도 발을 동동 구르고 있다. 이런 모습을 보는 젊은이들이 결혼과 출산에 부정적이 되는 것은 당연하다.

2019년 11월 29일 '대입 공정성 강화 방안'이 발표되었다. 수능 중심의 정시 40% 확대를 비롯하여 비교과 영역의 대입 반영 축소를 골자로 한다. 각종 비교과 활동 반영을 축소 혹은 폐지하는 내용에는 '독서 활동'의 대입 미반영도 포함된다. '공정'을 화두로 삼아 민주 시민 교육, 양성 평등 교육, 장애 인권 교육, 평화 교육, 창의성 교육 등은 현장에서 '대입 공정성 강화 방안'과 함께 대폭 축소되거나 없어질 형편이다. 심지어 대학 서열화를 폐지하자며 서울에 소재한 16개 대학만을 대상으로 함으로써 알게 모르게 대학의 서열을 공개한 셈이 되어 버렸다. 더 큰 문제는 2015개정교육과정에 의해 이미 고교학점제가 시행되고 있는데도 불구하고 수능 중심의 정시를 확대한다고 발표한 점이다. 초·중·고 현장은 우왕좌왕이다. 그야말로 혼돈 그 자체다.

다시 젊은 날로 돌아간다면 아이를 낳겠다고 선뜻 결심할 수 있을까? 태어나면서부터 어린이집과 유치원, 학교, 대학 입시…… 그 어느 것 하나 쉽지 않은 사회에서? 존중과 배려를 통한 자기 성장보다 끝없는 경쟁이 강요되는 사회에서 막상 성인이 되었다고 행복할 수 있을까? '노키즈 존'을 만들어야 한다고 목소리를 높이는 세상에서, 아이를 데리고 아이들을 위한 영화 한 편 보는 것도 눈치 보이는 세상에서 어떻게 아이를 낳아 기를까? 젊은 사람들이 이기적이라서가 아니라 나 같아도 아이를 낳아 기르는 것을 주저하게 될 것 같다.

아이들이 사라진 세상을 향해 우리 사회가 달려가고 있다는 건 나만의 착시현상이길 바란다.

징검다리 게임이 말해주는 것

〈오징어 게임〉이 화제가 된 적이 있다. 한국 드라마로서는 최초로 전 세계 넷플릭스 1위에, 넷플릭스가 서비스되는 83개국에서는 한 번씩 TV 프로그램 부문 정상을 찍었다고 하니, 대단하긴 대단하다.

이 드라마는 참가자 456명 중 살아남은 단 한 명만 상금 456억 원을 가져갈 수 있는 서바이벌 게임을 다루고 있는데 여기서 서바이벌 소재로 등장하는 게임이 한국 사람이라면 어린 시절 누구나 즐기던 놀이들이다. 바로 '무궁화꽃이 피었습니다', '달고나 뽑기', '줄다리기', '구슬치기', '징검다리 게임', '오징어 게임'과 같은 한국인이 기억하는 즐거운 놀이들이 드라마에서는 죽음과 연결되는 악몽으로 구현된다.

드라마에 나온 놀이 중 특히 내 눈길을 끈 건 '징검다리 게임'이었다. 앞에는 두 갈래의 유리로 된 징검다리 길이 있다. 아래는 과장 좀 보태 천 길 낭떠러지다. 한쪽은 강화유리라 몇 사람이 올라서도 충분히 견디지만, 다른 한쪽은 일반 유리라 밟는 순간 까마득한 아래로 곤두박질치며 곧바로 죽음으로 이어진다. 문제는 말 그대로 '징검다리'라는 거다. 하나를 무사히 밟았다고 해도 제한된 시간 안에 다리를 건너려면 다시 두 갈래의 징검다리 중 어디를 밟아야 되는지 결정하고 건너뛰어야 한다. 결국 앞서 출발한 참가자들이 어느 쪽 유리가 안전한지 죽음을 통해 증명하는 걸 보면서 뒤의 참가자들 몇이 다리를 건너는 데 성공한다.

어쩐지 우리네 인생과 판박이라는 생각이 들었다. 안전하게 몸을 지탱할 수 있는 곳이 어느 쪽인지 결정하는 데 '운運'이 더 많이 작동되고 강화유리를 밟고 살았다고 안도의 한숨을 내쉬는 것도 잠시, 또다시 어느 쪽이 생존을 보장해 주는 징검다리인지 선택해야 하는 기로岐路에 선다는 점에서 이건 뭐 삶 그 자체다. 하지만 그보다 더 깊이 공감하며 고개를 끄덕인 건, 이 게임에서 마지막 징검다리까지 무사히 밟고 저편으로 건너갈 수 있었던 사람들은 앞서간 누군가의 희생죽음과 도움을 받아서였다는 점이다.

"경쟁에서 이긴 거잖아요? 고등학교 3년 동안 더 성실하고, 더 열심히 해서 명문대 간 거고, 좋은 직업 얻고 돈을 번 건데, 최소한 이에 대한 보상은 사회가 해 주어야지요. 과도하게 약자를 배려하는 정책은 역차별이에요."

꽤 오래전 일이다. 대입을 위해 면접을 봐 주는데 전교 1등인 아이가 불만 가득한 목소리로 한 말이다. 보편적 복지의 개념을 설명하고 그에 대한 자신의 생각을 말해 보라는 면접 예상 문제를 던졌을 때다. 오랜 세월 고3 담임을 하다 보니 가끔 경쟁에서 이기면 나머지 모든 것은 상쇄할 수 있다고 믿는 경우를 종종 본다. 경쟁에서 이기면 당연히 모든 걸 누려도 좋다고 생각한다. 마치 〈오징어 게임〉에서 마지막 생존자가 456억을 가져가는, 승자독식勝者獨食처럼 말이다.

모두가 이기려고만 한다. 그러나 승자가 존재하려면 반드시 패자가 있어야 한다는 걸 망각하고 있다. 내가 원하는 대학에 합격하는 순간, 다른 누군가는 떨어진다. 그리고 살아 보면 종종 그게 '내'가 되는 경우가 더 많다. 무사히 징검다리를 건너왔다고 저편에 남아 있는 다른 사람들을 없는 존재로 여기면 안 되는 이유는 그 때문이다.

얼핏 우리가 살아가는 순간순간이 모두 경쟁인 것 같지만, 〈오징어 게임〉의 참가자들조차 죽음의 게임 앞에서도 서로 연대를 하고 분업을 했다. 필요에 의한 것이었다고 해도 결국 인간이란 공동체 안에서 서로 기대고 협력해야만 생존할 수 있는 존재이기 때문이다.

그래서 오늘도 교실에서 말한다. 우리 사회의 승자라 불리는 사람들은 누군가의 희생과 도움을 발판 삼아 그 자리에 오른

거라는, 꽤 불편하지만 단순한 이치를. 그러니 승자는 약자에
대해 관심을 기울이고 승리로 얻은 걸 나눌 수 있었으면 좋겠다
고 말이다.

제3부

킨츠키* 같은

삶들에게

◆ 깨어지거나 부서진 도기를 옻칠해 붙여 은빛이나 금빛으로 장식하는 도예기법. 흠결 그대로의 아름다움. 무용함의 재구성. 갈라지고 낡은 것들로 스미는 빛의 예술이라 생각한다.

ONE TOUCH!

많이 아팠다. 한동안 아프다는 말로 다 표현할 수 없을 만큼 길고 긴 어둠의 터널을 지나왔다. 고립된 시간 속에서 끙끙 앓아 대면서 침묵 속에서 멈춰 있는 시간 같았다. 말하지 않는 날이 늘어나고 잠 못 드는 시간이 늘어 가고 밥을 제대로 먹지를 못하거나 너무 많이 먹었다. 외출도 어려웠다. 무엇보다 글을 쓸 수 없다는 것은 절망이었다. 그럴 때마다, 가끔 잊은 듯이 툭 치는 어깨의 감각을 느낄 때가 있었다. 귀찮았다. 건네오는 말도 성가셨다. 이해할 수 없는 마음에 대해 챙겨오는 살뜰함이 부담스러웠다. 사방에 벽을 쌓아 올렸다. 이미 거리를 상당히 두고 혼자인 상태에서 벽까지 쌓아 올리니 요새가 따로 없었다. 철저하게 거부했다. 그랬다고 생각했다.

이렇게 못난 내게 마음을 보내오는 그들이라고 성인군자는 아니다. 역시 우리는 모두 못났다. 한 치 앞을 모르는 절망의 연속이 삶인지도 모른다는 생각을 어쩌면 우리 모두가 할 만큼 잘 살아 내는 것은 어려운 일이다. 엿보면 당신들도 넘어지고 엎어지고 흐느끼고 있다. 특히나 지금, 끝날 줄 모르고 이어지는 팬데믹의 현실에서, 모두가 일정의 소외 속에서 살아가고 있다. 그

것이 심적이든 경제적인 것이듯 몸의 것이든 우리는 사회가 고립을 만들 수밖에 없는 무시무시한 길을 함께 걸어가고 있다. 개인사의 슬픔은 이런 현실에서도 당연하게 이어진다. 고통에 고통을 더하는 것은 단순히 1+1이 2가 되는 것이 아니다. 더해지는 것은 무한증식으로 이어지곤 한다. 사회적 약자일수록 사회적 연결고리는 약해서 무너지기 쉬운 구조다. 그런 길을 모두가 걸어가고 있다.

베드로는 훌륭한 인품을 지닌 사람이 아니었다. 예수의 제자 중에서도 가장 다혈질이고 제멋대로여서 꾸중을 자주 듣는 사람이기도 했다. 지식이 많은 사람도 아니었고 강인한 정신력으로 신뢰를 지켜낸 사람도 아니었다. 배신자 유다는 죽음으로 속죄를 했지만, 베드로는 그런 근성도 없는 사람이었다. 영화 〈쿼바디스〉에서는 심지어는 불타는 로마를 두고 박해받는 동지를 두고 혼자 살겠다고 도망가는 못난 지도자였다. 그러나 그는 질문하는 사람이었다. "Quo Vadis Domine." 어디로 가십니까, 주님. 그리고 돌아가서 동지들과 함께하고 함께 고통을 나눠 갖는다. 그가 예수의 환영을 봤는지 아닌지는 중요한 게 아니다. 매일 실패하고 실수하면서도 성질도 나쁘고 다듬어지지 않은 성품을 지녔음에도 그는 질문하기를 게을리하지 않고 그 질문은 늘 사람과 맞닿아 있었다. 도주하는 자신에게 절망하면서도 결국 그가 돌아가 연대할 수 있었던 것은 그 질문의 올바름 때문이었다. 자기 자신밖에 없다는 체념 속에서 돌아온 마음은 못난 우리가 함께 할 수 있다는 깨달음 때문이었다. 그래서 그는 회귀하여 길을 만들어 갈 수 있었다. 철저히 고독한 시간 속에서 깨달은 연대의 힘 때문이었다. 당신의 손길을 거부하면서도 내가 버틸 수 있었던 것은 그 작은 신호, 어깨를 툭 치는 손짓, 귀찮게 물어오는 안부, 부질없어 보이던 사랑한다는 말이란 것을 깨닫는다.

청소년 배구 이야기를 다룬 일본 애니메이션 〈하이큐〉가 있다. 작중 주인공 중 한 명인 츠키시마는 "고작 블로킹 하나, 고작 25점 중에 1점, 고작 부 활동"이라고 말하는 인물이다. 매사에 시큰둥하던 그가 비웃던 열정이 되살아나 '고작' 그 한 점으로 인생이 바뀌는 순간 내뱉은 대사. 냉정한 척, 대충대충 살아가던 것은 그가 홀로 절망했기 때문이었다. 함께 살아 내는 길을 찾지 못해 헤매는 그 순간 농담처럼 던진 과거 선배들이 한 말들이 현재에 꽂히면서 그 '고작'이 전환의 힘임을 깨닫는다. 이어서 키 작은 노력형 캐릭터인 소요가 배구의 천재 토비오에게 말한다. "나에게 토스를 건네줘! オレにトス持ってこい!" 모든 결정적인 순간을 만들어 내기 위해서 실패에서 실패를 거듭하는, 못난 소요는 천부적 재능을 지닌 잘난 선수들에게 손길을 부탁한다. 네가 건네줘야 내가 날아올라 스파이크를 때릴 수 있다고, 네가 블로킹을 막아내 줘야 내가 다시 결정적 한 방을 때릴 수 있다고. 그래야 함께 저 너머 경치를 볼 수 있다고. 소요의 열정과 한 점의 깨달음으로 뜨거워진 츠키시마는 어려운 블로킹을

막아내며 외친다. "원터치One touch!" 계속해서 경기를 이어 나갈 수 있게 만드는 손길 하나. 승점으로 이어나가게 하는 그 손길 하나. 아름다운 경기를 만들어 내면 성패와 상관없이 패자에게도 행복한 분함을 일으킨다. 실패하고 절망을 해서 분해도 포기라는 평안을 찾게 만들지 않게 만드는 힘. 그 한 번의 터치가 만들어 내는 기적은 결국 성가시고 끈질기게 내미는 손길 때문이고 그 손길을 믿고 내밀어 달라고 말하는 믿음 때문이다.

그래서 나는 다시 당신에게 부탁한다. 다시 한번 더 "원터치". 고작, 그 "원터치". 나에게 우리에게 다시 어둠의 길을 걸어가게 하는, 못난 우리들의 연대의 손길. 과거도 미래도 혼자일 수밖에 없을지라도 지금 당장, 이 순간 보내오는 손길 하나. 마주 잡지 못해도 느낄 수 있는 손길 하나. 언젠가 떠올리게 될 손길 하나. 빛 속에 다시 서면 혼자가 아니었다는 것을 깨닫게 될 손길 하나. 그래서 당신도 무너지지 않을 손길 하나.

느끼는 존재로서 동물인, 우리

나는 비정규직을 거듭하면서 비혼으로 지방에 살아가는, 중년의 몸이다. 교차하는 내 소수자 정체성은 사회가 규정한 정상적 범위에서 튕겨 나가 부유하는 삶의 일상화다. 여성으로 기능하는 몸을 가진 내가 강남역 여성 혐오 살인사건이 발생하고 난 후 "살女주세요"라는 구호에 그토록 큰 공명이 된 것은 그만큼 젊은 시절 일상의 위협이 지대했기 때문이었다.

TV 뉴스에서 한 토막으로 기사화된 살殺처분 되는 동물들을 보았다. 그들은 분명 산 채로 커다란 구덩이에 미끄러지고 발버둥 치고 있었는데 처음으로 맞닥뜨린 낯선 세상과 죽음이라는 이중의 공포 때문이었다. 인류가 개발한 지옥, 평생 살아온 공장식 축산 현장이 아니라서 처음 보게 된 세상에 대한 두려움, 처음 땅에 발을 딛고 처음 햇살을 느끼고 처음 비를 맞아보고 처음으로 자연 바람을 느끼는 날이 바로, 죽는 날이었다. 그들 자신의 잘못으로 살해되는 것도 아니었다. 우연히 태어났더니 축산 케이지에서 오직 신선한 '고기'로만 존재하다가, 취급 부주의로 발생한 질병에 대한 최종 판결이다.

나는 살女주세요와 殺처분 사이에서 방황을 거듭했다. 생존 자체가 개별적 존재로서 자유로울 수 없는 현실에서, 생명은 생명으로서 실현된다고 말할 수 있는 것일까. '동물動物'로서 묶이는 모든 존재는 그 '움직임' 안에 이미 자유 의지가 내장되어 있을 터인데, 이토록 다양한 소수자들과 비인간 동물은 그 기능을 제대로 보장받고 있다고 볼 수 있는가. 평등이나 공평에 대해서 함부로 말할 수 있는가. 차별받고 배제되는 현실 안에서 웃는 자는 누구이고 그 웃음에 눈치 보는 자는 누구인가.

오랜 세월에 걸쳐 여성들은 자궁과 오나 홀로 존재하는 것을 거부하면서 '내 몸은 나의 것'이라고 선언하고, 꾸밈노동에 태업하고 웃음과 애교를 보이콧한다. 장애인들은 완전한 장애인등급제 폐지와 장애인의 노동권을 주장한다. 사회적 약자들은 요양원과 정신병동 등 코로나를 정면으로 관통하면서 가시화된, 시설 이용자인 노인과 질환자와 종사자의 비참한 일상을 분노한다. 노동자들은 신자유주의 사회가 빚어낸 노동 소외 현실에서 정부의 무능을 지적한다. 성소수자들을 특정 종교가 가해하며 혐오를 정치화하고 있는 이 순간에도 서로 사랑을 이어가고 있다. 불평등의 끝자리에서는 이주자, 난민과 함께할 인권 연대의 힘을 마련해 간다. 이렇듯 다양한 몸이라는 이유로 '정상성'에서 미끄러지고 비켜난 상태에서도 끝내 맞서 왔다. 존재의 존엄을 지키기 위해서다.

그러나 이 모든 것에 한목소리로 고민하는 이들조차 때론 묻는다. 동물권은 과연 동물의 목소리를 대변하는가, 동물의 상황을 알지 못하면서 함부로 그들을 대변하는 것은 오히려 인간 중심적인 건 아닌가. 종차별은 자연 현상에 가까운 것이 아닌가, 반려동물의 육식은 어떻게 설명할 것인가.

'직접행동 DXE'는 탈의한 가슴에 피를 묻힌 퍼포먼스로 우유 생산과 소비의 폭력을 가시화하거나 육식에 대항해 '음식이 아니라 폭력'이라는 선언으로 시위를 이어 가고 비질Vigil[*]을 통해 공장식 축산의 현실을 고발하는 동물권 단체다. 그들은 돼지 '새벽이'를 종돈장 분만사에서 공개 구조하였다. 무수한 죽음의 시간을 뚫고 살아나온 새벽이는 그 후 동물의 존엄을 유지하며 살아간다. 그는 돼지답게 진흙으로 몸을 정갈히 하고 맛있고 영양 갖춘 식사를 하고 나이에 맞게 자라고 있다. 단체는 새벽이의 일상을 공유하면서 낮지만, 힘 있는 말을 건넨다. '느끼는 존재'인 인류가 나누는 '동물로서의 연대'.

동물의 언어를 모를지라도 우리는 안다, 느끼는 존재인 동물 종 전체가 가지는 공통감각을. 느끼는 존재의 자유 침해가 도덕적으로 올바른 것인가. 동물복지농장은 과연 누구를 위한 복지인가. 고통을 절감하는 방법으로 방사된 동물은, 이전 케이지

---

[*] 공장식 축산으로 희생되는 동물들의 실태의 목격자가 되어 현실의 폭력과 마주함으로써 저항하는 사회적 운동이다.

보다 조금 넓어진 공간 안에 있으니 덜 고통스러울까. 고통을 순위 매김으로써 얻는 이득은 동물에게 있는가, 인간에게 있는가.

살아 움직이는 모두가 환희든 고통이든 감각하고 느끼는 존재라는 것을 인정한다면, 일상을 침범하고 부수고 대상화해온 지난 모든 관습을 재논의해야 한다. 여기에 비인간동물이 배제돼야 할 이유는 어디에 있는가.

빛나는 제주,
아름다운 것들이 속삭여 왔다

제주에서 첫 직장은 구좌 쪽에 있었다. 오가는 길이 마땅찮아서 상사와 함께 카풀을 하곤 했는데 어느 날 야근하고 돌아오는 길에 멋진 길을 보여 주겠다며 좀 돌아서 가도 되겠냐고 물었다. 나는 두말할 것도 없이 좋다고 했다. 제주에 온 지 얼마 되지 않았고 직장이 중산간이라 매일매일 바라보는 아름다운 풍광에 넋을 잃곤 했기 때문이다. 그가 차를 몰고 간 곳은 비자림로였다. 밤이라서 잘 보이지 않겠지만 한동안 쭉 이어지는 이 길이 아름다워서 무척 자랑스럽다고 했다. 정말로 어두워 잘 보이지 않았지만 길고 높게 쭉쭉 뻗은 나무들이 신령처럼 서 있는 그곳을 지나오면서 나는 감탄에 감탄을 이어 갔다.

한번은 겨울이었다. 눈이 많이 내렸고 새벽까지는 내가 있는 중산간까지 교통이 통제되었다가 막 풀려났던 터였다. 눈이 내려서 평소보다 더 이른 아침에 나를 태우러 온 다른 상사가 우스갯소리로 조금 늦을 각오를 하고 좀 돌아서 사려니를 거쳐 가는 게 어떠냐고 물었다. 너무 좋았다. 그렇게 조심조심 사려니를 거쳐서 가면서 상사와 나는 환호성을 질렀다. 눈의 여왕처럼 아름답고 위엄 있게, 나무들은 눈꽃을 온몸에 휘감고서 하나하나 빛나는 광경은 지금도 눈을 감고도 떠오른다. 산에서 내려와 이른 길가, 초록 풀이 가득한 땅에서 안개가 피어오르고 그 희미한 풍경 속에 말들이 풀을 뜯고 있었다. 그날 본 모든 풍경이 몽환적이어서 표현할 길을 찾지 못하는 가난한 언어를 탓한다. 제주 토박이인 그는 평생을 살면서 이렇게 아름다운 풍경은 자신도 처음 보았다고 했다. 그러니 나는 얼마나 운이 좋은 사람인가.

나뭇잎들이 윤이 나고 억새가 풍성한 곳에 햇살이 비치면 안녕 안녕 손 흔드는 나무들과 바람에 자신을 맡겨 흔들리는 억새가 모조리 빛을 받아 반짝거렸다. 마치 그 모든 곳에 은하수를 흩뿌려 놓은 듯 영롱하면서도 따스하게 초록과 베이지 빛을 반사해서 중산간 갈대밭을 지날 때마다 나는 무릎 꿇고 기도하고 싶은 심정이 되곤 했다. 가슴이 벅차게 황홀한 풍경은 새벽이나 저녁노을이 내릴 무렵 최고조에 이르렀다. 노을의 주황빛, 붉은빛이 서쪽 하늘을 메우면 하늘을 둥글게 감싸듯 분홍빛으로 물들던 비너스 벨트, 하늘 중앙의 파란 빛의 오묘한 변화. 지상과 하늘이 어우러져 눈부신 하모니를 일으키는 순간 하나하나 등불처럼 켜지던 별빛을 바라보며 침묵이 가장 큰 찬사라는 것을 깨닫게 된다.

살면서 이토록 멋진 바다, 내게 처음 본 바다인 곽지는 내가 본 어떤 바다의 빛과도 달랐다. 연둣빛, 초록빛, 청록빛 마침 내 파란빛에 이르는 빛깔은 서로의 다름을 분명히 나누면서도 경계가 없이 어우러져 있었다. 용천수가 콸콸 넘쳐서 바다에서 실컷 놀고 뛰어 들어가면 너무 차가워서 30초를 버티기 힘들었다. 그 힘찬 물줄기가 바다로 이어지고 있었다. 바다도 좋고 용천수도 좋아서 그렇게 곽지가 좋았다. 한번은 용천수에서 비누를 쓰는 사람에게 그러시지 말라고 제재를 한 적도 있었다. 아마도 여행객인 듯한데 그는 몰랐을지도 모르지만, 이 물이 어디로 흘러갈지 뻔한데 무심하게 자신의 청결을 위해 비누를 쓰는 것이 이해하기 어려웠다.

제주를 지킨다는 게 어떤 의미인지 생각해 본다. 용천수에서는 누구도 세제를 사용해서 썻으면 안 된다. 아름다운 갈대와 나뭇잎을 지킬 수 있게 함부로 꺾거나 포장된 길을 내어서는 안 된다. 사려니를 만들어내는 돌멩이 하나도 함부로 가져가선 안 된다. 제주의 허파가 되어주는 비자림로를 함부로 베어서는 안 된다. 제주도민들은 저 모든 것을 지키고 있다. 바다를 지키고, 갈대를 지키고, 사려니를 지키고, 가을에 재개 예정된 비자림로 확장 공사에 맞서 저지하고 싸우고 있다. 비자림로를 자른 도청의 입장은 도로를 확장하기 위해서라지만 그 길이 제2공항으로 연결되는 지름길목임은 도민이면 다 안다. 그 길을 공권력에 맞서 끝까지 싸운 도민의 힘으로 국토교통부가 재보완한 제주 제2공항 전략환경영향평가에서 '반려' 결정이 내려졌다.

제주의 지속 가능한 아름다움은 파괴하고 건설하는 데 있지 않다는 것을 안다. 계발만이 제주를 발전시키는 게 아니란 것을 우리는 안다. 지금 가지고 있는 것, 저 빛나는 제주만의 모든 것을 그대로 유지함으로써 더 많은 사람이 감동하게 할 수 있는 것, 그것이 제주도 도민도 상생할 수 있는 길임을 우리는 정말로 잘 알고 있다.

SNS로 구현된 차별 세상과 유니버설디자인

클럽하우스^{이하 클하}✦가 생기고 이제 안드로이드도 편입되면서 SNS의 지평이 바뀌고 있다. 클하는 SNS가 지금껏 지녀온 고정된 공간성을 전복하고 휘발되는 시간성을 강조한다. 초대를 통한 가입이란 방식과 저장 불가라는 기능이 미국 내 검열을 피하기 위한 흑인 인권활동가들의 참여를 증폭시키는 데에도 지대한 영향을 끼쳤지만, 한편으로 저작권을 무시하면서 작품이 재생되는 원인이 되기도 했다. 그러나 클하에서는 이와 동시에 자정 기능이 작동, 발현됐다. 낭독회에 시인이나 작곡가를 초청해서 그의 작품만을 낭독하거나 그의 곡들만을 연주하는데, 이는 사회 운동의 일면과 닮았다. 여타의 SNS에서 으레 저작권을 훼손하는 걸 작가 개인의 사소한 불행쯤으로 간주하는 현상과 분명히 구별된다.

　클하 내부에서는 다양한 형태의 혐오에 저항하는 토론방

✦　2020년 3월 출시된 음성 소셜미디어로, 음성 대화를 나눌 수 있는 것이 특징이다. 기존 가입자로부터 초대를 받아야 참여할 수 있으며, 영상이나 글 등은 사용할 수 없고 음성으로만 대화하는데 초기에는 IOS 사용자만 가입이 가능했다. 2022년 현재는 IOS, 안드로이드 사용자 모두 가입 가능하다.

이 생성, 활성화되었다. 찰나라는 시간의 특성에도 멸시, 조롱, 위계를 놓치지 않고 민감하게 반응하며 반성과 성찰을 기반으로 대화를 나눈다. 가령 스피커와 리스너라는 시각화된 수직 기능을 불편해한다. 스피커로 올라온다는 말을 쓰지 않으려 하며 어떻게 수평적 언어를 구사할 수 있는지 대안 언어를 찾는다. 외부에서는 소외의 위치에 거의 놓인 적 없어서 차별에 무심했던 이들조차 고작 안드로이드 사용자이기 때문에 가입 자체가 불가능해진 현실로 인해 배제된 서러움을 토로하고 있다. 안드로이드 사용자 수가 다수임에도 소수자성을 획득하게 된 이 독특한 상황은, 가령 여성이 지닌 소수자성이라는 것이 인구수에 비례하는 개념이 아님을 체험시켜 혐오의 위계를 인지하게 되는 계기로 작동하는 듯하다. 이는 그동안 거주지가 수도권이 아니라는 이유로, 또는 무수한 모습의 장애나 질환으로 인해서 결과적으로 사회 문화적 논의의 중심에서 밀려났던, 일부 아이폰 사용자들의 환대와는 대비된다.

나아가 장애인이라고 뭉쳐지는 존재가 사실은 다양한 몸을 구현하고 있었다는 현실이 '발견'되고 있다. 소프트웨어 업데이트의 새로운 세팅이 주는 혼란을 방지하기 위해서 자동 기능을 꺼두어야 하는 시각장애인의 사소한 일상은, 청각장애인이나 비장애인이 상상할 수 없던 부분이다. 이미지를 기반으로 한 SNS인 인스타그램을 사용하는 청각장애인은 시각장애인보다 비장애인에 가깝고, 클하를 사용하는 시각장애인은 비장애인과의 거리가 멀지 않고 오히려 청각장애인과 떨어져 있다.

클하는 장애인으로 묶여 그저 하나로 불렸던 이들이 서로 가장 멀리 위치하는 것을 목도하게 만든 '사건'으로 기능한다. 이를 통해 수많은 몸을 비장애인에게서 분리하여 하나로 묶은 장애인이란 용어 자체가 지닌 차별은, 장애와 비장애로 단순 분류함으로써 오히려 그 언어를 관통하며 몸의 다양함을 은폐하는 것은 아닌가, 모두를 위한 디자인design for all이라 정의되는 유니버설디자인Universal Design은 그 모두 안에서 차이를 희석하는 것이 아닌가 질문하게 만들었다. 활발한 논의와 섬세한 기술 접목에 지속해서 주목했던 이유는 다가올 새 생태계의 구조와 연결되는 문제라서, 사소해서 깊은 간극을 드러내는 '사건'들이 축소되는 현장이기 때문이었다.

고민의 끝에, 섬세하게 세계를 재조직하여 다가올 세상은 그러므로 유니버설디자인을 기반으로 해야 한다는 결론에 다다랐다. 누구나 편리한 세상으로 만드는 것은 단순히 장벽 제거에 몰두함으로써 역으로 구획 짓기부터 시작하는, 배리어프리 Barrier free의 세계관과 완전히 구별된다. 모두를 위하는 것은 장애라는 대상화된 현실의 경계 자체를 지워 버리고 '비정상성'에 대한 주목을 분산시키고 대칭된 '정상성'을 해체해 버린다.

모두를 위한다는 말은 장애와 비장애의 경계 자체를 통합하여 유지되는 세계관이다. 엘리베이터와 컴퓨터 부속품인 마우스의 발명은 장애와 비장애를 나누지 않는다. 혐오가 만연한 세상에서도 새롭게 유통되는 SNS를 통해서도 끝끝내 목소리를 내는 우리 모두로 인해, 유니버설디자인은 발현되고 실현된다. 대중 속으로 확장되는 인식의 지평에서 무너지고 있을 혐오 세상을 상상한다. 새롭게 디자인되는 세상의 '모두'는 마침내 공평하게 편리하고, 경계 없이 아름다운 세상을 만들어 나갈 것이기 때문이다.

내 안의 소수자성에 말 걸기

소수자로 호명되는 존재들을 돌아보면 거기엔 어린이, 노인, 여성, 장애인, 성적 소수자, 이주 노동자, 탈북자, 농민, 비정규직 노동자, 빈곤계층 등이 포함된다.

소수자라 하면 '전체 대비 수가 적은 사람'을 의미한다고 오해하는 경우도 있는데 여기에서 소수자란 권력 위계에서 약자의 위치에 있는 사람을 의미한다. 따라서 소수자minority는 다른 사람들과 구별되어 불평등하게 차별되는 사회구조적 약자로 이해하는 것이 옳다고 할 수 있겠다.

대체적으로 '비장애 성인 남성' 위주로 설계된 사회에서 비장애 성인남성이 아닌 모든 존재(비장애−장애, 성인−비성인, 남성−지정성별 비남성, 헤테로 시스젠더 남성을 제외한 모든 젠더, 여기에서 후자에 해당)는 바로 소수자의 위치에 있다고 보면 되는 것인데 덧붙여 중심과 주변으로 나눠진 사회에서 중심에 속하지 못하는 모든 존재들도 여기에 포함된다고 본다.

예를 들어 한국 국적을 가진 동양인 비장애 성인 남성이 한국에서 거주할 때와는 달리 비장애 성인 '백인' 남성 위주로 설계된 서구권으로 가게 되면 소수자의 위치에 있게 되는 것이다. 이렇듯, 그 사회의 중심이 무엇이냐에 따라 주변으로 밀려난 존재들, 그래서 그 구조적 위계에 따라 차별받는 존재들은 있기 마련이기 때문에 그들을 아울러 소수자로 호명하게 된 것이다. 장애인이나 여성처럼 고정된 듯 보이고 변하기 힘든 그 무엇에 더 중점적으로 소수자성을 지목하기도 하지만 이렇듯 유동적으로 변화 가능한 것에서도 소수자성은 내재돼 있다.

이는 달리 표현하면 사회구조적 권력의 위계 역시 상황에 따라 유동적임을 의미한다. 좀 전에 예로 든 한국 국적의 동양인 비장애성인 남성을 다시 살펴보면 그가 서구 사회에서는 소수자의 위치에 놓이게 되겠지만 우리나라 사회에서는 여성에 비해 젠더권력, 장애인에 비해 비장애인으로서의 권력, 이주민에 비해 토착민으로서의 권력을 누리게 되는 것은 분명하다.

즉 한국이라는 구역 내에서는 의식을 하든 못 하든 수많은 권력의 혜택을 누리고 있다 할 수 있겠다. 그러나 그에게 비정규직 노동자라는 조항이 첨가되면 어떨까? 그는 정규직 노동자에 비해 소수자의 위치에 있게 되며 사용자에 비해서는 강력한 소수자성을 띠게 된다.

몇 년 전에 일어난 참혹한 사건, 구의역 참사를 떠올려 보

자. 이 사건에서 참사 당사자는 비장애 성인 한국 남성으로서가 아니라 컵라면과 숟가락으로 상징되는, 점심시간의 휴식은커녕 식사 시간조차 갖지 못하는 비정규직 소수자의 슬픈 비명소리를 듣게 될 것이다.

따라서 소수자성을 지녔다는 이유로 내몰려 흘리는 눈물과 상처와 피를 기억해야 하는 이유는 나와 연관되지 않더라도 그 누구든 소수자가 될 수 있는 상태 혹은 상황의 가능성만으로도 유효하다 할 것이다. 그러나 소수자성을 기억하는 것은 과연 민주적인 것인가, 다시 말하면 다수의 지지에 의해 대통령을 선출하는 대의민주주의를 구현하는 한국 사회에서, 다수의 목소리를 대변할 수 없는 소수자를 소환해 그들의 권리 보장을 주장하는 것이 과연 민주적인 것인가 하는 거친 의문을 표하는 이들도 많은 게 사실이다.

다시, 우리가 꿈꾸는 사회는 어떤 형태여야 하는가에서부터 이야기해 보려 한다. 우리나라 헌법은 대한민국이 민주공화국임을 제1조 1항에서 밝힘으로써 민주국가 내의 개인의 삶을 규정하고 있다. 다시 헌법을 살펴보면 제10조에서 "모든 국민은 인간으로서의 존엄과 가치를 가지며, 행복을 추구할 권리를 가진다. 국가는 개인이 가지는 불가침의 기본적 인권을 확인하고 이를 보장할 의무를 진다"며 이어 제11조 1항에서 "모든 국민은 법 앞에 평등하다. 누구든지 성별, 종교 또는 사회적 신분에 의하여 정치적·경제적·사회적·문화적 생활의 모든 영역에 있어서 차별을 받지 아니한다"고 적시돼 있다.

즉 사람이 타고난 성별이나 성적 지향, 장애 유무, 출신, 거주지, 직업 등에 의해 차별받지 않는 세상, 기득권의 세상에서 내몰린 존재라는 이유로 천대받지 않는 세상이 바로 대한민국이 추구하는 민주사회이다. 이를 국가가 보장해야 할 의무를 지니고 이러한 삶을 보장받는 것이 바로 국민의 권리라고 말하고 있는 셈이다. 따라서 대한민국이라는 민주공화국의 정부는, 자유와 평등이라는 이름으로 유지되는 그 사회는, 평등하지 못해 기울어진 사회 구조를 바로잡고 자유롭게 소통하며 만들어져 나가야 한다. 그러니 다수의 표를 얻어 대통령이 된다 하더라도 소수자의 목소리에 귀를 기울이고 소수자 차별을 철폐하는 데 힘을 쓰는 자가 국가 지도자의 위치를 선점할 수 있어야 하며, 그래야 법을 수호하고 국민의 권리를 보장하는 것임을 헌법은 우리에게 친절히 알려 주는 것이다.

앞서 살펴본 바와 같이 설혹 비장애 성인 한국 남성이라 하더라도 그 존재들 속에 내재된 유동적으로 움직이는 소수자성에 주목함으로써 함께 차별을 철폐하는 길을 열어 가야 하는 것도, 정부를 감시 압박해야 하는 것도, 바로 배제된 자가 없는 사회를 만들어 가는 것, 대한민국의 정체성인 민주주의의 기본을 다지는 일 그 이상도 이하도 아니기 때문이다.

따라서 우리가 장애인의 분노의 목소리에 귀를 기울이고, 여성의 거친 항의에 담긴 상처들을 기억하고 비정규직 노동자의 짓밟힌 노동자로서의 권리에 목소리를 높이는 이유는 바로 우리나라 사람이면 모두가 누려야 할 인간다운 삶을 보장하는 민주사회의 실현을 더 앞당기기 위해서이다. 단지 다름을 이유로, 힘이 약하다는 이유로 내몰린 존재들을 기억하고 그 고통의 총량을 줄여 나가는 일에서 자유롭고 평등한 사회는 시작될 것이다.

소수자들은 각자의 위치에서 각자의 소수자성을 대표해 목소리를 내기도 하고 연대해서 나아가기도 한다. 유동적으로 내재된 소수자성은, 교차되기도 한다. 여성이자 장애인이며 비정규직 노동자이며 성소수자이고 이주민인 사람도 있다. 우리가 각각의 소수자, 각각의 사회적 약자의 연대에 말을 걸어야 하는 이유도 여기에 있다.

내 안에 내재한 소수자성을 기억해 내고 서로의 소수자성에 공감하며 상처를 어루만지고 어깨동무해 나아가는 연대의 길은 권력의 차별에 대항하여 맞서 싸우게 되더라도 결코 약할 수 없기 때문이다. 소수자의 연대가 이루어 낸 다수의 목소리, 그 거친 함성을 꿈꾼다.

소수자라는 이유로 멸시받는 이들이 사라져 가는 세상, 그 자유롭고 평등한 사회의 건설은, 거창한 역차별이라든가 거창한 혐오라든가 거창한 시혜적 배려 따위로 폄훼될 것이 아니라, 국가의 테두리 안에서 가능한 최소한의 권리보장에 불과할 뿐이라는 것을 잊지 말아야 할 것이다. 다시 말하자면 그것은 바로 당신 자신의 권리에 대한 것이기 때문이다.

맞잡은 손으로 연결된, 희망의 삶을 꿈꾸며

바람이 분다. 한여름 뙤약볕 아래서도 가로수는 새잎을 틔우고 가지 꼭대기에서 연둣빛 나뭇잎이 넘실댄다. 나무 아래 흔들리는 나뭇잎들의 짙은 초록과 대비되는, 막 자라서 연약한 잎새들을 보면서 앞으로 더 무성해지고 결국 아래의 진초록의 나뭇잎과 색을 맞추게 될 시절을 생각하면 흐뭇하다. 바람이 불어서 물결치는 나무들에게서 무섭게 내리쬐는 태양의 빛살에도 흔들리며 버티는 강인함들도 본다. 나무들은 묵묵하다. 그곳이 숲이든 아니면 도로변 열악한 가로수로 살아가든 묵묵하게 자신의 생을 충실히 일궈 나간다.

주말, 아침에 일어나면 핸드밀로 원두를 수동으로 갈아서 커피를 내려 마신다. 손으로 커피를 가는 행위가 귀찮기도 하지만 아직 가시지 않은 졸음을 몰아내고 정성껏 커피를 내리면 하루의 시작이 조금 경건해지는 것을 느낀다. 틈틈이 물을 마시고, 여름이니 얼음을 잔뜩 담은 아이스커피를 마시고 내 창보다 아래에 있는 가로수들을 내려다보는 것에서 하루를 시작한다. 말 없는 가로수는 반가운 듯 잎사귀를 새처럼 지저귄다. 새들도 지저귄다. 가끔 낮게 나는 새들의 배와 날개 아래를 볼 때도 있다. 도시 한복판의 삶에서도 자연의 경이를 본다. 나무와 새는 소란스러운 자동차 소리, 버스 소리, 오토바이 소리를 이겨내지 못하지만 그런데도 그 모든 것을 지워 내는 존재감으로 어우러져 비상한다.

바람이 불어서 창으로 스미었다가 나가는 모습을 창에 걸어 둔 풍경 소리와 커튼의 흔들림으로 먼저 바라보고 피부에 닿는 감촉에 눈을 감는다. 잠시 그대로 좋아서 하늘을 보면 때로는 구름 한 점 없지만 때로는 구름이 형체를 바꿔가며 푸른 공간을 가로질러 흘러간다. 생각이 너무 많아서 늘 머릿속이 엉망인 내게 무심히 멍하니 있게 하는 하늘은 그대로 좋다. 하늘도 아무 말을 하지 않는다. 적막함 속에서 조용히 움직이며 침묵하고 있으면 일상의 고요함이 내 몸을 관통하는 것을 느낄 수 있다.

별것 없는 매일매일의 삶 속에서도 연쇄적으로 이어진 세상의 구조, 생각해 보면 이렇듯 삶의 조각들이 유기적으로 연결돼 있다. 서로의 연결됨을 인지하고부터는 최대한 걷고 대중교통을 이용하고 대체로 에어컨을 켜지 않는다. 밥을 짓고 반찬을 만들 때도, 최대한 채식을 유지하려 노력한다. 완전한 실천은 못하더라도, 연결된 우리의 어딘가가 고장 나고 아파하고 있다면, 응당 그에 대한 대가를 우리가 치르고 있지만 희망을 놓지 않고 할 수 있는 일을 찾아서 실천하는 게 중요하다고 생각한다. 여전히 공장식 축산으로 인해 인간에게만 편리하지만 동물들에겐 고통스럽게 파괴된 환경에서 뜬 창에 갇혀 고기로서 존재하다가 세상 빛을 본 날 비인도적인 죽음을 맞이하는 세상, 숲이 베이고 바이러스가 창궐하는 기후 위기의 또 다른 세상은 연결돼 있기 때문이다.

일터를 빼앗긴 노량진 수산시장 사람들, 불안한 고용으로 생계가 막막한 고용유연화 정책에 희생된 노동자들, 지켜야 할 자연이 훼손되는 것을 맨손바닥 발바닥으로 버텨 싸우는 활동가들, 많은 것에서 선택의 여지가 부족해서 강제되는 삶을 살아가는 장애인들, 그리고 모두 거론하지 못했으나 고통받으면서도 울면서도 씩씩하게 주먹 쥐고 삶을 살아 내는 사람들도 모두 연결돼 있다. 독일의 홍수가, 시베리아의 산불이, 브라질의 역대급 한파와 폭설이, 시리아와 팔레스타인 등에서 벌어지는 전쟁이, 홍콩의 민주화 운동이, 세계 각국에서 벌어지는 성소수자 혐오와 인종차별, 그로 인한 무수한 죽음들이 나와 상관없는 일이 될 수 없다.

연결된 이 고리 속에서 그 고리가 서로를 이롭게 하는 삶의 방식으로 나아가려 한다면 어쩌면 바로 나부터 삶의 방식을 바꿔야 하는지도 모르겠다. 그것은 무리하게 강요하는 것이 아니라 자신이 할 수 있는 것부터 차근차근 지평을 넓혀 가는 일이고 그 속에서 어느 순간 마주 잡은 손을 확인하게 되는 순간이 오게 될 것이기 때문이다.

하여 다시 나는 희망을 꿈꾼다. 연결된 우리로서 햇볕도, 나무도, 바람도, 새도, 케이지에 갇힌 동물도, 노동자도, 장애인도, 성소수자도, 온갖 자연재해도 그걸 바라보며 손 놓고 남의 일이라 생각지 않고 어딘가 있을 손을 잡기 위해 손을 내미는 일. 시작의 사소함이 연대의 물결 속에서 큰 힘이 되는 것을, 나는 아직 꿈꾼다.

불평등한 평정심平靜心

> **평정심平靜心**: [명사] 외부의 자극에 동요되지 않는 평안하고
> 고요한 마음.

국립국어원 표준국어대사전에 등재돼 있지 않지만, 우리말
샘에 등록돼 있는 평정심의 뜻이다. 외부 자극에 동요되지 않는
고요함이라……. 이 매력적인 단어에 마음이 홀려서 한동안 단
어가 머리에서 떠나지 않았다. 사람이 평정심을 유지하려면 어
떻게 해야 하는가. 무엇이 동요하게 하는가. 평안하고 고요함은
어디에서 오는가. 외부 자극이 극소화되면 평정심은 가능한 것
인가. 그렇다면 외부 자극이란 무엇인가.

> **자극刺戟**: [명사] 어떠한 작용을 주어 감각이나 마음에 반응이
> 일어나게 함. 또는 그런 작용을 하는 사물.

외부란 바깥을 의미하기에 외부 자극이란 바깥에서 어떠
한 작용을 주어 반응을 일어나게 하는 상태나 사물을 의미한다
고 해석할 수 있다. 즉 자극을 주는 상태나 사물에 동요되지 않
을 수 있는 고요한 경지를 평정심이라고 사전에서는 말하고 있

다. 그러면 사람들이 외부 자극을 받을 때 동요하지 않고 살아가려면 어떻게 해야 하는가. 사람 개인마다 개성이 다르고 성격이 다르고 자극에 대한 민감도가 다르고 감각이 다른데 그렇다면 사람마다 도대체 어떠한 노력과 얼마만큼의 정성을 들여야 평안한 상태를 유지할 수 있는가.

빈곤의 삶을 사는 사람은 부유한 사람보다 숙식이나 더위혹은 추위와 같은 외부 자극에 얼마나 많이 노출돼 있을까. 여성이나 노인, 아동·청소년은 성인보다 언어적 물리적 폭력에 대한 외부 자극에 얼마나 유연하게 대처할 수 있을까. 장애인이거리를 걸을 때 비장애인과 비교해서 받게 될 외부 자극은 어떤것들이 있을까. 성소수자가 자신의 정체성을 유지하기 위해 감내해야 할 외부 자극은 얼마나 위험한 것일까. 코로나라는 세계적 역병의 시대, 잠시 길을 나설 때조차 얼마 전까지 운영되던가게 점포 상점들에 '임대문의'가 적힌 것을 볼 때, 소상공인들이 겪는 외부 자극은 어떻게 설명해야 하는가.

고민을 거듭할수록 일상의 평정심이라는 말이 그간 공허한 울림이었던 이유가 분명해지고 있었다. 외부 자극이라는 것이 사회 구조 속 계층마다 얼마나 다양하고 차별적으로 분포된것인지, 굳이 객관화된 수치로 따지지 않더라도 조금의 상상력만 가동하면 알 수 있기 때문이다. 개개인의 다름을 차치하고서오늘의 밥을 먹을 수 없는 사람과 무엇을 맛있게 먹을지 고민하는 사람의 외부 자극은 분명히 다른 것이다. 생수병을 못 나르는 것이 바로 능력 부족의 증거가 되는 노인·아동·장애인이 받는 외부 자극은 반대편에 서 있는 사람들과 다른 것이다. 사랑하고 있어도 그것이 비밀이 돼야 하는, 사랑이 마치 저주처럼 삭용하는 사람들의 외부 자극은 분명히 이성애자와 다른 것이다. 피땀흘려 일하던 곳의 문을 닫아야 하는 사람들이나 그곳에서 일하던 점원들이 자본주의 사회에서 내몰리는 외부 자극은, 문을 열고 경영을 하는 내부의 사람들과 다른 것이다. 그래서 묻고 싶다. 이 외부 자극에서 과연 평정심을 유지한다는 것은 가능한 것일까. 한 번 참는다고 끝나는 것이 아니다. 내일도 밥을 삼켜야 살아갈 수 있고, 내일도 모멸을 견뎌내야 살아갈 수 있고, 내일도 집세와 공과금은 내어야 하고, 내일도 저주받은 사랑은 유지될 데니까. 그래서 다시 묻고 싶다. 밥을 먹고 모욕받지 않고 사랑을 하는 것이 잘못된 일인가. 누군가에겐 당연한 것들이, 아니 사람이라면 당연히 누려야 할 인권의 면면이 왜 낱낱이 거부되고 있는가. 생존을 위한 최소한의 것들이 왜 버티고 참아야 할 외부 자극이 되고 있는가. 그들에게 감히 평정심을 논할 수 있는가. 이 사회는 평정심 이전에 차별적인 외부 자극을 바로잡아야 하지 않는가.

누군가 굶고 폭력에 시달리고 문턱조차 넘기 힘들고 죽음을 생각하는 이 살벌한 고통의 사회에서, 약자라는 이유로 상처를 외면하고 인권을 무시하고 있는 현실에서 평안하고 고요한 마음이란 것은 얼마나 잔인한 이기심인가. 민주주의는 시민이 주인이 되는 사회이고 그 시민은 모든 사람을 지칭하는 말이 아닌가. 시민 누구도 배제 받지 않는 사회, 그것이 바로 민주주의가 아닌가. 우리는 과연 민주 사회에서 살고 있는가. 하여 외부 자극을 그나마 균등하게 만드는 가장 쉬운 방법은 제도화·표면화하는 것이다. 사회가 보장하는 법률을 제정함으로써 인간이 인간다운 삶을 유지할 수 있도록 마지막 보루가 되고 혐오 세력으로부터 지켜낼 수 있는 방패가 되는 것이다. 여전히 유령처럼 떠돌고 있는 '차별금지법'을 바라며 평정심을 가질 수 있는 사람이 있을까. 평정심이 공허한 울림이 되지 않기 위해서, 평정심이 평등해질 수 있기 위해서 법은 시민의 편에서, 더 약자의 곁에서 파수꾼처럼 서 있어야 한다.

차별금지법을 둘러싼 차별 유감

애니메이션을 좋아한다. 애니메이션이 구현하는 세계관이 인간이 만들어 낸 상상력의 장을 확장하는 경우가 많아서 보고 있으면 여러모로 자극을 받곤 하기 때문이다. 하지만 여성이나 아동, 청소년, 나아가 어떤 신체든 단순히 성적 대상화·성애화하는 작품들에 역겨움을 느끼다 보니 작품을 고를 때 망설여질 때가 많다. 보다가 중지하는 때도 더러 있다. 그렇다면 모든 대상화는 나쁜 것일까. 대상화된 신체가 예술의 선상에서 다양한 섹슈얼리티를 드러낼 때 대중의 반응은 어떻게 흐르는가.

영화 〈베니스에서의 죽음〉에 등장한 소년 배우는 그 모습이 매우 아름다워서 〈세상에서 가장 아름다운 소년〉이라는 영화까지 만들어졌다. 원작 토마스만의 소설 『베니스에서 죽다』도 영화도 소년의 아름다움에 매료된 사람의 마음을 섬세하게 그려 내고 있으나 이 작품들에선 거부반응이 오지 않는 이유가 청소년의 몸을 단순히 성애화한 것이 아닌, 예술적 사랑의 영역으로 확장했기 때문이다. 반면 오랜 운동으로 다져진 성인의 몸을 제대로 포착한 작품에는 관심이 간다. 균형 잡힌 각이 잘 만들어진 곡선의 아름다움에 심취되기 때문이다. 곧은 뼈대에서 단단한 근육이 흘러내리며 만들어 낸 선들을 보면 경이롭기도 하다. 특히 운동선수들의 경우엔 그간 노력한 세월이 쌓인 모습이란 생각에 더 감탄한다.

일본에서 만들어진 애니메이션 시리즈 중에서 남성 피겨 선수들의 성장을 다룬 〈유리!!! 온 아이스〉라는 작품이 있는데 성장 시기별·인종별로 다른 몸을 대상화하고 있다. 15세 선수는 소년의 몸을 간직하고 있다. 여기서 유리오의 몸은 유리오의 대사를 통해 정확하게 표현된다. "더 자라면 달라질 몸이기 때문에 지금의 모습에서 끌어낼 수 있는 모든 것을 끌어내겠다"고. 가늘고 긴 선의 소년미를 피겨 경기 안무를 통해 구현하는 것.

반면에 유리의 경우는 성인 동양 남성의 몸을 재현한다. 피겨 선수임에도 선의 흐름이 가파르지 않고 조금 무디다. 그래서 체력은 좋지만, 규격화된 서구적 아름다움에는 조금 덜 미치는 모습이다. 그 모습도 시리즈가 진행되면 차차 다듬어지지만 그런데도 안무와 기술을 통해서 편견을 부서뜨리는 모습에 주안점을 둔다. 마지막으로 천재 피겨 선수인 빅토르는 운동한 사람이 이를 수 있는, 완벽하게 아름다운 몸의 결정체처럼 그려진다. 성인 북유럽 남성의 잘 다듬어진 근육과 곡선을 그려 내다 보니, 몸만 보면 액션을 다룬 애니메이션 남성 주인공의 이미지 그 자체라 할 수 있다. 다만 근육의 형태와 몸의 유연성과 탄력성이 조금 더 피겨선수답다고 해야 하나…… 보고 있으면 그야

말로 "남신 등장"이란 말이 절로 나올 만큼 우아하게 묘사된다.

이 작품은 생각 외로 국내에서 저평가되고 있는데 그 이유가 동생애 느낌을 주기 때문이라는 댓글을 봤다. 그건 제작진에 대한 모욕이라 생각이 든다. 편집, 음향, 음악, 스토리 작품 곳곳에 묻은 정성 하나하나 거론하지 않더라도 앞서 언급한, 캐릭터를 그려 낸 육체의 다양성과 섬세함만으로도 이미 훌륭하기 때문이다. 거기에 동성애 코드가 은근히 스며 있다. 최고의 경기를 위해 최선을 다하는 선수들의 모습들을 놓치지 않으면서 그걸 최대한으로 끌어내는 코치진들의 노력도 놓치지 않으면서 하물며 사랑이라니. 그게 남성들 간의 사랑이라 하여 폄하될 이유가 있을까.

대선을 앞두고 정당별 대선후보가 정해지면서 '차별금지법'에 대한 관심도 높아지고 있다. 차별금지법을 애타게 기다리는 사람들의 목소리 면면에서 첨예한 부분은 동성애. 동성애가 제도적으로 인정받는 나라와 그렇지 않은 나라에서 혐오가 작동하는 방식은 매우 차이가 있다. 오랜 세월 불법화돼 온 섹슈얼리티에 갑자기 온정적으로 변하기는 어렵겠지만 법률로써 보장할 때 혐오가 표면화되는 것은 어렵다.

표면으로 떠오르지 않는 감정들은 지속해서 이어지기 어렵다. 사랑이 불법이 된 이 나라에서 혐오가 표현의 자유라는 언어 도단으로 인해 난무하고 있을 때 차별금지법이 가야 할 방향은 어디인가. 왜 사랑이 불법이고 혐오가 합법이어야 하는가. 왜 사랑이 불법이고 폭력이 합법인 현실을 바꾸지 않는가. 왜 혐오가 불법이라고 제도적으로 마련하지 않는가. 한 나라의 대표로서 폭력이 합법인 현실을 묵인하는 사람이라면, 국가 공권력은 폭력을 지원한다는 말이 아닌가. 그런 나라에서 살아가는 사회적 약자는 과연 온전한 시민의 삶을 살아갈 수 있는가. 폭력이 왜 인권보다 앞서고 사랑보다 앞서야 하는가.

속살을 보는 것

제주에 처음 도착했을 때부터 비는 지속하고 있었다. 처음 제주살이를 시작한 곳은, 육지에서 살면서 으레 생각보다 가장 안전하고 편의시설이 잘 갖춰져 있고 저렴한 학식이 있어서 입맛이 없을 때 찾기 좋은 대학가가 맞춤이라고 생각했다. 제주의 풍광과 제주 중산간의 맑고 아름다움을 동시에 만끽하면서 풍요로운 제주살이를 편리하게 보낼 수 있는 곳이라 오판했다.

중산산은 한라신을 중심으로 평지보다 조금 높은 지대를 의미하는데 그렇다 보니 병풍처럼 놓인 한라산을 중심으로 날씨는 변덕이 심했다. 흐리다는 예보에도 비가 내렸고 눈이 내렸다. 처음 원룸에 기거하며 그 빗속을 뚫고 도착하는 이삿짐들을 정리하는 내내 비가 내렸다. 비 내리는 날을 질색하는 개인적 성향에선 답답할 노릇이었다. 조금 내려가면 편의점이 있었지만, 후문 쪽이라 밥집과 술집은 있어도 에스프레소 커피 한잔마실 데도 마땅찮았다. 식당가들은 대학 구내식당을 포함해 놀랍도록 일찍 문을 닫았고 따라서 퇴근 후 밥 먹을 데가 없었다. 편의점 도시락은 지겹도록 먹었다. 가로등을 제외하면 저녁이 내리면 간판 불 꺼진 곳이 대부분이었다. 겨울에는 더했다.

문제는 약국도 가까이 없고 큰 마트도 가까이 없다는 거였다. 약국에 가거나 마트를 가려면 버스를 타고 이동해야 했다. 나가면 스타벅스부터 온갖 커피전문점이 즐비하고, 약국들이 건물마다 있고, 대형마트들이 곳곳에 있는, 도시 아파트 전형의 삶을 오래 살아왔던 입장에선 보통 난감한 게 아니었다. 업무에 치이고 몸은 약해서 주말에 멀리 나가서 물건을 사 온다는 것은, 그것도 뚜벅이라 버스를 타고 다니며 무거운 장을 보고 갖고 온다는 것은 생각하기도 싫었다.

최대한 버리고 버려서 최소한의 짐으로 이사를 해온 터라 사야 할 물건은 넘쳐났다. 제주에 대해 아는 것이 하나도 없는데 버스는 자주 오지 않았고 자주 갈아타야 목적하는 곳에 갈 수 있었다. 아주아주 큰 섬에 인구 70만이 채 안 되는 이곳은, 내겐 말로만 듣던 광활한 대륙의 일상을 경험하는 것 같았다.

이런 상태에 비는 아흐레를 내렸다. 쉬지도 않고 내리는 비를 보면서 꿈꾸던 제주살이의 낭만은 온데간데없고 그저 우울증만 기승을 부렸다. 제주살이를 축하하기 위해 친구가 육지에서 날아왔을 때, 그가 운전을 잘한다는 것이 축복이었다. 같이 대형마트에 가서 그간 못 샀던 무겁고 꼭 필요한 물건들을 사고 드라이브를 하다가 길을 헤맸다. 길을 헤매면서도 친구와 달리 나는 드넓은 대지와 아름다운 풍광에 감탄했고, 비가 아래쪽에는 간간이 내렸을 뿐 내내 오지 않았다는 사실에 놀라워했다.

그러다 도착한 곳이 바로, 내가 제주살이를 시작하고 처음 가게 된 곳, 바로 '4·3평화기념관'이었다. 7월 말인데도 무척이나 추웠다. 태풍의 징후로 여겨지던 바람이 제주의 일상 바람이라는 것을 알게 된 것은 그러고도 조금 더 지나서여서, 이렇게 흐린 날이라 해도 칠월인데 이렇게 추워도 되냐며 서둘러 기념관으로 들어갔다. 추운 몸을 녹이기 위해 그곳에 있는 커피전문점에서 커피 한잔을 마시고 생각보다 가벼운 기분으로 입구에 들어섰다.

내가 가벼운 기분이라 했던가. 입구부터 느껴지는 중압감은 조금 전 느낀 추위와 다른 서늘함으로 몸에 붙었다. 예정하지 않았지만, 제주에 오면 가장 먼저 들르고 싶었던 곳이라, 나는 아주 천천히 글 하나하나 전시 하나하나를 빼놓지 않고 읽으며 걸었다. 참담했다. 당황스러워서 휴대폰을 열어 제주4·3을 검색했다. 내가 알고 있는 정도의 내용만 적혀 있었다. 잘못 알고 있는 것은 아니었다. 그런데, 역사는, 내가 알고 있는 게 얼마나 교묘히 왜곡돼 있는지 낱낱이 드러내고 있었다. 지식의 얕음만을 의미하는 것이 아니었다. 그것은 교과서에서 배워 온 것들이, 육지것✦들이 자기중심적으로 서술한 것들이 얼마나 많은 소외와 차별과 무심으로 배제해온 것인가 하는 것들에 대한 증언이었다. 도민으로 살고 있지만, 우리가 그간 자행해 온 차별

✦ 제주도민들은 정답게 가끔 육지에서 온 사람을 육지것이라 칭하기도 한다. 나는 나를 가끔 그렇게 부르는 데 만족하고 있다.

을 감내해야 한다고 여기기 때문이다.

공포와 슬픔을 참다가 결국, 다 보지 못하고 기념관을 빠져 나왔다. 숨쉬기가 힘들어서 잠시 기대있다가 기억의 나무 같은 게 있어서, 거기에 메모를 남겼다. 언젠가 네이버 블로그를 잠시 할 때 만나게 된 친구가 제주 출신이었는데 짧게 남긴 블로그 글에 고맙다고, 정말 고맙다고, 잠시 울었다고, 메시지를 보내왔다. 무엇이 고마운가……. 그간 우리는 제주를 우리나라라 하면서 무엇을 하고 있었던 것인가. 부끄러움과 죄책감에 쓰라렸다.

그 후, 누군가 제주를 오면 어디를 가면 좋을지 물을 때마다 '4·3평화기념관'과 거기 있는 공원에 들르라고 말한다. 그 후에 제주의 풍광을 보면 우리가 말하는 낭만성이란 것의 가벼움을 알게 될 것이고, 제주의 속살에 가까워질 것이라고 부디 꼭 가 봐 달라고 당부한다.

이제는 바다 가까이 내려와서 도시의 편리함을 만끽하면서도 방에서도 조막처럼 보이는 바다를 볼 수 있다. 길을 걸으면 한라산이 친근하게 웃는다. 내가 사는 곳 근처는 한 길을 따라 쭉 동백이 피어있고 조금 더 걸어가면 한 길을 따라 벚꽃이 쭉 들어서 있다. 이 매혹적인 풍경 속에서, 그래서 더 잔인했을 4월을 생각한다.

아스팔트에 핀 꽃을 보는 마음

운이 좋았다. 아무리 해도 되지 않았는데 잠시 SNS를 보는 중에 알람을 클릭했고 바로 백신 예약이 완료되었다. 토닥토닥 내리는 비가 점점 거세어져서 우산을 펼쳐 들고 걷는 길이 즐거웠다. 참방참방하는 길을 따라 병원을 찾아서 가는 길이 어릴 때 그랬던 것처럼 놀이가 되었다. 접종을 마치고 돌아오면서 예전에 선물 받은 죽 세트를 구입하고 두부를 사고 순두부 젤라토를 먹었다. 마침 날이 갠 길을 걷는데 노래가 흘러나왔다. 세뇌에 가까운 긍정 마인드에 거부감이 있는 터라 조금 놀랐다.

우리는 살아가면서 운의 혜택을 종종 받기도 한다. 운이라는 것이 그러나 타고난 사회적 위치에 따라 달리 주어지는 것을 보면서, 노력과 성실의 대가보다는 운에 의해 좌우되는 계층적 현실을 목도하면서, 보잘것없는 현실에 무한 감사를 드리며 안존하는 것과 자신이 가진 운이 사실은 일종의 유산이라는 것을 인정하지 않는 모든 것이 불편했다. 그래서 그 운이라는 것이 골고루 공평하게 나뉘는 사회, 그래서 운에 기대지 않아도 되고 기대하지 않아도 생활이 지탱될 수 있는 사회를 간절히 바랐다.

가끔 찾아오는 내 작은 운에 감사 기도를 하면서, 이 기도가 단지 나만의 복이 되지 않기를 바랐다. 이미 가지고 있는 유무형의 자산, 하다못해 조금 더 성능 좋은 휴대폰을 지니고 있는 것만으로도 가능한 것이다. 휴대폰을 지니지 못한 사람, 주민등록증이 말소된 사람들에겐 다가오지 못한 운이다. 그동안 공들여 열심히 알람을 클릭하고 알아보았다는 노력도 사실은 내가 가진 작은 자산 때문에 가능한 일이었다. 그러니 운이라는 것도 사실 얼마나 계층적인가.

계층은 상위에 가까울수록 운과 맞닿아 있고 그 운의 확장은 그만큼 큰 힘을 획득하기 쉽게 만든다. 많은 정치가와 자본가가 감옥에 가서도 쉽게 나올 수 있는 그 운이라는 것은 그간 모인 권력 사용에 다름 아니다. 물론 다들 노력은 했으리라. 하지만 이 신자본주의 사회가 횡포로 다가오는 계층의 사람들의 죽음을 담보로 할 만큼 힘겨운 노력과 자본과 기회가 넘쳐 나는 사람의 노력을 같은 것이라 할 수 있을까? 여전히 고공에서 투쟁하고 단식을 하는 그들이 과연 운이 없어서일까, 노력하지 않아서일까.

후지이 타케시의 책 『무명의 말들』에서는 "세월호 유가족, 특히 부모의 이야기에서 자주 볼 수 있는 것이 이 '가해자로서의 승인'이다. 유가족들이 계속 싸울 수 있는 것은, 그들이 '피해자'이기 때문이 아니라, 스스로가 가해자임을 깨닫고 자신을 가해자로 만든 위치에서 벗어나기를 선택했기 때문이다"포도밭, 2018. 59쪽라고 적었다. 이 글을 읽고 순간 멍해졌던 기억이 있다. 스스로 가해자임을 깨달아야지만 가해자의 위치에서 벗어날 수 있음을 자각하면서 끊임없이 내가 가진 '가해자의 위치'에 대해 고민하게 된 계기다.

젠더 권력도 마찬가지다. 나는 여성으로 태어나서 여성으로 살아가는 것, 즉 시스 젠더로서 살아가는 것에 위화감을 느낀 적이 거의 없다. 여성이라는 이유로 대상화되고 타자화되어 여성 혐오의 폭력에 노출되는 어려움 속에서 그 불합리함을 대항해 싸울 때조차도 나는 내가 지정성별 여성이라는 것에 고민하지 않았다. '그'를 만난 것은 내게 작은 돌멩이 하나 던져서 크게 파문을 일으키는, 그래서 디는 그전으로 돌아갈 수 없는 '사건'으로 작용했다. 운이 좋아서 성별 정체성에 고민하지 않고 살아오고 아무렇지도 않게 행했던 많은 언행들이 그를 포함한 그들에게 어쩌면 폭력이 될 수 있었다는 깨달음은 그의 밝은 미소로 정정해주던 단어들로 인해 구체화되었다.

어느 날 그가 울면서 전화가 왔었다. 성소수자 활동가이자 교사로서의 정체성을 지니고 제주 출신 정치가의 길을 걷던 그가, 무수한 가해자들의 횡포로 인해 모든 것을 내려놓았다. 일상의 직업인으로 살아가면서 원치 않게 호르몬 치료를 못 받게 되어 다시 겪는 성별 불쾌감Gender Dysphoria이 말할 수 없이 고통스러워했다. 나는 그 상태를 알 수 없어서 어떤 말로도 위로해 줄 수 없었다. 그냥 그의 이야기를 들으며 울음이 잦아들길 바랐다. 우리는 그간 시스젠더로서 트렌스젠더에게 얼마나 많은 가해를 해 왔는가. 시스젠더의 권력이 지닌 폭력은 얼마나 사소하고 잔인했던 걸까. 멈추지 못하는 반성만이 얄팍하게 스스로를 위로할 뿐이다.

운이라는 것은 축소되고 평등이라는 것은 확장되는 사회에서라야 자신에게 주어진 것을 자각하고 그 힘을 자각하고 그 폭력성을 자각함으로써 가능할 것이다. 자신이 누리는 것에 만족하고 감사하고 긍정함으로써 사회구조적 약자의 고통을 가리는 일은 없어야 하지 않을까. 이기적인 긍정을 버리고 통곡하는 이들의, 운도 없는 이들의, 낮아서 엎드려야 바라볼 수 있는 이들의 불행을 아파해야 하지 않을까. 아스팔트 귀퉁이에 핀 꽃을 보고 저런 데서도 꽃이 피네, 하며 그 생명력을 찬양하기보다는 인간 중심적으로 설계된 도시 문화로 인해 내몰리는 존재들의 힘겨움을 상기할 수 있어야 하지 않을까. 운 좋게, 운 나쁘게 존재 전체가 흔들리는 아스팔트처럼 단단한 폭력에 먼저 분노할 수 있기를, 차가운 위로보다 뜨겁고 어리석은 사랑으로 울 수 있기를, 이 마음에 더 많은 사람들이 연쇄적으로 감염될 수 있다면 아스팔트에 꽃이 피는 고통은 멈출 수 있지 않을까.

모든 시민에게 길은 평등하고 안전한가

휠체어를 타는 장애 남성이 연인인 여성의 고충을 들은 적이 있다. 함께 여행을 갔는데 자정이 넘은 시간에 술을 마시고 싶다는 장애 남성의 요구 때문에 한밤중 낯선 곳에서 편의점에 술을 사러 나갔던 기억을 떠올리며 고통스러워했다. 너무 무서워서였다. 현실적으로 장애인은 술이 먹고 싶거나 요기를 하고 싶어도 밖으로 나가서 원하는 물건을 구매하기 힘든 실정이다. 밤이든 낮이든 어렵다. 길은 휠체어가 다니기 어렵거나 성가시거나 불가능하기 때문이다. 계단으로 된 건물에는 타인의 지원 없이는 갈 수가 없다. 24시간 불이 켜져 있는 편의점은 누구든 어느 때든 접근할 수 있다는 증거처럼 빛을 발한다. 태풍이 불어오는 날에도 꺼지지 않는다. 언제든 자신이 원하는 것이 판매되고 있는 상황에서라면 누구든 구매할 수 있는 것이 우리나라의 현실이라고 말한다. 하지만 장애인에겐 계단 하나 때문에 그것이 불가능한 곳이 많다. 그러니까 날씨와 시간과 상관없이 소비가 불가능한 공간이 된다. 여성에게는 어떠한가. 흔히 말해 '묻지 마 살인사건'으로 분류되는 여성 혐오 살인사건은 시도 때도 없이, 장소를 가리지 않고 일어난다. 혈연으로 가깝든 지인으로 살아왔든 가리지 않는 게 여성 혐오 살인사건이다. 그런 현실에서 여성에게 밤이란, 그것도 깊은 밤의 길을 걷는다는 것은 위험에 위험을 동반한 결정적인 두려움이 되기 일쑤다. 그런 깊은 밤에, 그것도 낯선 곳에서 편의점을 이용한다는 것은 공포가 될 수 있다. 장애 남성은 자신이 원하는 것을 구매할 이 사회의 기초적인 소비자의 권리를 박탈당했고, 여성은 밤의 시간을 자유롭게 걸을 수 있는 권리를 젠더권력으로 인해 박탈당했다.

가끔 보면 인도가 아닌 도로에서 재활용품을 리어카나 카트에 싣고 걸어가는 노인을 보게 된다. IMF를 거쳐 신자유주의가 도래하면서 가계가 파탄 나고 가정이 무너진 빈곤의 현실에서 내버려진 노인들이 찾아낸 경제 활동이 재활용품 수집인 경우가 많다. 리어카의 무게 자체가 상당하므로 리어카의 경우는 남성 노인이 끄는 경우가 많고 상대적으로 힘이 약한 여성 노인은 카트를 이용하는 경우가 많다고 한다. 『가난의 문법』소준철, 푸른숲, 165~166쪽 참조에서는 리어카의 무게는 보통 50~70kg, 지방자치단체와 민간기업에서 제공하는 경량 리어카는 20~30kg 정도이고 여기에 폐지를 가득 실으면 200~400kg 내외라고 한다. 카트의 무게는 10~20kg이고 여기에 재활용품을 가득 실으면 100kg까지 가능하다. 짐을 끌 때 울퉁불퉁하고 입간판 앞이나 불법 주차된 인도에서 좌우로 조정하며 제대로 끌고 나가기란 건강한 성인 남성의 힘으로도 어려운 일이다. 그러나 조금이라도 에너지를 아끼고 조금이라도 더 많은 짐을 싣고 끌어야 하루 밥벌이가 될까 말까 하는 빈곤 노인들에게는 매일매일 도로에서 짐을 끌다가 교통사고를 당할까 하는 공포보다 먹고살지 못하게 될 공포가 더 크다고 할 것이다. 교통을 위협한다고 눈살을 찌푸리는 것만으로 답이 될 수 없는 일이다.

한편 건강과 환경을 위해 자전거 타기를 권유하는 사회지만 실제로 자전거 도로를 보면 형편없다. 앞서 언급한 입간판으로 인해 위험하고 울퉁불퉁하고 끊기는 길, 때로는 불법 주차된 자동차로 인해 더 이상 나아갈 수 없는 길이 허다하다. 이런 길은 휠체어를 이용하는 장애인뿐 아니라 유모차를 끄는 가족에게도 위협적이고 불편한 길이다. 일상을 유지해야 하는 사람들에게조차 위험한 길인데 하물며 자전거를 타는 사람들에게야 친절할 수 있을까. 그런 환경에서 매연을 줄이고 시민의 건강을 위한다며 자전거를 권유하기엔 어이없는 현실이다. 입간판을 내는 가게도 마찬가지로 힘든 현실이다. 입간판을 내걸어서 어떻게든 장사를 해 먹고살아야 하는 소상공인들의 현실을 도외시한 채 수많은 전시행정은 입간판을 규제한다고 한들 눈 가리고 아웅 하기다.

곧 추석이다 보니 요즘은 "평등한 명절 보내세요"란 인사를 일상적으로 받고 있다. 이 말은 그만큼 명절의 상황이 성별에 따라 평등하지 않기 때문일 것이다. 장애인들이, 여성들이, 빈곤 노인들이, 환경운동가들이, 소상공인들이 끊임없이 요구하고 외치는 것이 있다면, 그것이 반복되고 있다면, 그 평등하지 않은 현실을 상징하는 우리의 '길'은 반복해서 찬찬히 더듬어 봐야 한다. 가로수를 아름답게 가꾸고 꽃을 조성하는 것만이 아름다운 길이 아니다. 아름다운 길은, 모두가 평등하게 거닐 수 있는 길에서 비로소 빛살을 드리우지 않을까.

이름에 대하여

왼쪽 구석엔 햇살이 창으로 들어오는 듯하고 조금 보이는 액자와 그 아래 소파 서랍장이 보이고 열린 문을 통해 텅 비어 있는 벽, 그 벽의 끝에는 열린 문을 통해 바로 바다가 넘실거리고 있다. 에드워드 호퍼의 그림이다. 그림 제목은 잊었다. 그의 작품 중 손꼽아 사랑하는 그림인데도 제목을 기억하지 못한다. 오로지 이미지로서만 기억된다. 나만의 이름으로 기억되는 그림과 숫자와 향기들. 사람 이름도 잘 기억하지 못해서 미안해지는 순간순간이 얼마나 잦았던가. 그 아찔한 순간들을 지나오며 지금에 이르러서 나는 아무것도 미안하지 않기로 했다. 내 몹쓸 기억력은 내 잘못이 아니지 않은가. 아니 정확히는 암기력이라 해야겠다. 나는 나를 부끄러워하지 않기로 한다. 그저 저 그림을 거의 매일 바라보며 때로는 환희에 차고 때로는 쓸쓸해하며 다감한 마음으로 바라볼 뿐이다.

휴대전화 번호를 오랜만에 바꿨다. 나름 최대한 이미지를 조합하여 만들어 낸 숫자들인데도 내겐 외우는 데 한참이 걸렸다. 번호를 새로 지정해 둬야 할 곳이 많은데 그걸 하다가 포기해 버렸다. 문득 생각나면 인터넷 사이트에 들러 변경하면서 내가 어딜 들렀는지도 잊어버렸다. 그런데도 몇 년 전부터 자꾸만 개명하고 싶어졌다. 내가 내 이름의 낯섦을 이겨낼 수 있을까 사뭇 의심스러우면서도, 그래서 용기가 잘 나지 않으면서도 가끔은 아버지가 지어줘서 내겐 선택의 여지없이 지금까지 지탱되어온 이 이름으로 상징되는 무언가를 몰아내어 비우고 싶다.

아버지를 닮았다는 어린 시절 어른들의 말도 싫었다. 아버지는 이기적이고, 목소리 크고, 매일 화를 내는 사람이었는데, 내가 만난 최초의 어른 남성인 아버지를 닮았다는 것이 힘들었다. 그 말 뒤에 따르는 예쁘다는 칭찬도 모두 거짓 같았다. 화 잘 내고 이기적인 사람은 예뻐도 예쁜 게 아니라는 동화책을 기억해냈기 때문이다. 나는 『작은 아씨들』에 나오는 베스의 따스한 감수성에 감정이입하는 사람이었고, 미국 드라마 〈말괄량이 삐삐〉의 삐삐처럼 당차고 활발하면서 모험가 같은 삶을 살고 싶은 사람이었다. 그러나 그들은 어느 순간에도 언제나 어질게 웃는 사람이지 타인의 작은 잘못에도 화를 내는 사람이 아니었다.

반면 어머니는 누구보다도 당차고 차분하고 강한 사람이었다. 그는 자식들 앞에서 아비의 위신을 세워 주고선 우리가 없을 때 강하게 몰아붙여서 아버지를 꺾는 사람이었다. 누구보다 헌신적이고 따뜻해서 베스 같지만 삶을 끌어가는 당차고 강하며 모험가 기질은 삐삐 같은 사람이었다. 눈을 보면 반짝이는 빛 알갱이들이 들어간 것처럼 빛나면서도 미소는 온화했다. 지나친 결벽증으로 자신을 몰고 가더라도 타인에게는 어질었다. 나는 어머니처럼 되고 싶었다. 지혜롭고 어질고 따스한 어머니가 내 어머니라서 너무나 다행이었다.

그러나 이름을 바꾸면 어머니는 어떻게 생각할지 궁금했다. 아버지가 강압적으로 지정하고 하는 수 없이 가부장적 권위를 따랐을 어머니는, 내가 나 스스로 이름을 지정하고 달리 불리기 원한다면 어떤 반응을 보일까. 기뻐할까? 그런데도 오랜 세월 불렸고 불러오면서 내게 쏟았던 사랑하는 마음 때문에 섭섭하고 슬플까? 아니면 이름은 그저 이름일 뿐이고 네 정체성이 중요하다고 상관없이 네 길을 가라고 할까?

그런데 내 정체성을 이루는 것에 이름은 포함될까? 이름도 제목도 못 외우면서 나는, 무엇 때문에 새삼, 이토록 이름에 집착하는 걸까. 그것은 아버지의 죽음이라는 결정적인 사건 때문일까. 세상에 없어진 존재, 그러나 기억 속에 남아 여전히 아프고 그리운 상처로 되살아나는 존재를 이제는 영원히, 죽음의 영원처럼 보내주고 싶기 때문일까.

다시 호퍼의 그림을 본다. 컴퓨터 바탕 화면에 배경으로 지정해 놓아 컴퓨터를 켜면 언제든지 볼 수 있는 그림, 여전히 제목이 기억나지 않는 그림. 굳이 찾아보지 않으며 바라보고 설레는 마음을 관조하는 것은 내 이름의 지음과 다르지 않은 이유일터이다. 휴대전화 번호를 바꾸는 것보다 결정적으로 내 안을 파고들고 타인의 입술에 담길 그 이름을 고민하는 것은, '나'라고 불릴 그 표층적 이미지 때문만은 아니다. 이름이 바뀐다는 것은 내가 새롭게 태어나는 것을 일부 의미하기 때문이다. 그것은 결국 새로운 내가 자신의 의지로 다시 환생하는 것을 의미하기 때문이다. 그것은 어머니와 아버지에게 물려받은 것과 달리 세상을 살아 내면서 일부가 된 나만의 결정체를 표면화하는 것이기 때문이다.

가부장제에서 바뀔 수 없었던 수많은 이름들, 정체성들, 다른 몸들을 생각한다. 부모님 세대와 달라서 어쩔 수 없이 서로 반목했던 세월이 이제는 부디 따스하게 서로를 부르며 녹아들 수 있기를 바란다.

향 싼 종이의 향기

　며칠째 지속되던 통증은 쉬었더니 희미해지고 나아가 몸은 조금씩 나아진다. 쉼으로써 몸을 재건하고 마음을 넉넉히 비운다. 쉰다는 것이 주는 혜택은 몸과 마음에만 있는 것이 아니어서 말의 사용에도 드러난다. 말의 쓰임새가 정돈되고 말의 잔향이 은은하다. 쾌활하게 혹은 호탕하게 때론 날카롭게 말을 하더라도 정갈한 향내 같은 기운은 이미 스며 있어서 말이 상처가 되지 않는다. 모든 욕설을 받지 않음으로 되돌려주었던 붓다의 일화보다 모든 비난과 미움을 꽃으로 화해 버리던 일화가 더 마음을 울리고, 은은히 웃음으로써 의미를 주고받던, 그 한 떨기 꽃 같은 시간이 못내 좋은 이유가 어쩌면 말에 스민 잔향 때문이 아닐까 싶은 것이다.

　오래 아프고 오래 수련하여 마침내 깨달은 붓다의 경지에 이를 수 없으니, 내게 쉼이란 어쩌면 수련 같은 것인지도 모르겠단 생각이 들었다. 말 끝에 면도날이 놓인 듯 나를 베고 상대를 베던 지난 시간을 돌이켜보니, 쉬지 못해 몸이 무너지고 몸이 무너지니 마음도 무너져버려 말마저 무너진 채 살아왔다는 걸 새삼 알게 되었기 때문이다. 어떨 땐, 어처구니없게 비장하기까지 했다. 혓바닥에 붙은 날은 입안을 엉망으로 만들고 뱉어 낸 말들은 듣는 이들을 상처 입히기만 하면서 말이다.

오히려 어린 시절에는 말이 조심스러웠던 것 같다. 말의 힘을 믿었고 말의 어려움을 절감하며 말을 아꼈던 것 같다. 하지만 언제부턴가는 우리의 언어를 되찾자는 구호는 어떤 면이 구원처럼 느껴져서 일부러 비속어와 은어와 되바라진 말을 서슴없이 하기도 했다. 처음엔 뭔가 어색했으나, 으레 그렇듯 곧 괜찮아졌다. 그들의 흉폭한 언어를 되돌려주자 당황하는 기득권을 바라보는 것은 내심 즐겁기도 했다. 얼마지나지 않아 스스로가 황폐해지는 것임을 느끼고 그간의 일상을 돌아보니 그 어떤 말들도 즐겁지가 않았다. 날카롭게 마음을 찌르는 언어는, 굳이 누군가를 아프게 할 필요도 없다는 것을 이제야 깨닫는다.

사회구조적 약자가 그동안 제한당했으나 재사용함으로써 기득권에게 되돌려 주던 언어를 비난할 생각은 없다. 아무리 남성혐오라는 워딩을 새롭게 사용해도, 혐오의 의미란 것이 필시 구조적 약자를 향한 구조적 억압을 의미하므로, 남성혐오는 어차피 성립 불가능한 단어라는 것을 알 것이다. 아무리 남성에서 미움과 싫음을 내비치더라도, 사회에서 남성은 구조적 억압을 받지는 않기 때문이다. 따라서, 그건 그냥 헤이트 스피치hate speech, 증오언어에 불과하다. 증오언어는 그 무엇도 구조화된 사건을 일으키지 못한다. 어제오늘 들썩이며 난리 난 듯 분노를 포효하는 성차별주의자들의 말들이 오히려 무섭고 위협적으로 느껴지는 것은 바로 그 때문일 것이다. 그들이 내뱉는 혐오표현은 여성시위대가 내뱉은 증오언어와 달리, 실질적으로 내 일상에 균열을 내기에 충분한 것이기 때문이다. 당장 직장이나, 교우 관계에서나 기타 어디서든, 증오언어보다 혐오표현이 더 일상적이며 대중적으로 인증되고 인정받는 것을 보면 알 수 있다. 다시 말해, 증오언어도 옹호하기 어려우나 혐오표현과 동일 선상에 놓을 수는 없다. 하지만 혐오표현은 얼마나 자유로운가. 그 자유로움이 정의로움으로 포장되어 얼마나 정당하게 인정받는가. 따라서 위상이 다른 증오언어와 혐오표현을 동일 선상에 놓는 것은 조금 성급해 보인다.

그러나, 나는 증오언어를 더 이상 사용하고 싶지 않다. 이 것은 내 개인적인 바람일 뿐이고, 사회적 약자의 언어를 꼬투리 잡아 정치적으로 올바름을 따지며 행동 수정을 요구하는 것이 과연 전략적으로 괜찮은가는 다른 문제다. 따라서 내가 생각하는 정치적으로 올바름을 누군가에게 설득할 수도 없다는 것을 안다. 타인의 언어를 규제할 권리도, 이유도 아직 못 찾았다는 게 맞겠다. 그러나 나는 증오언어를 멀리하고 정치적으로 올바른 언어를 곁에 두고자 한다. 건강한 때의 내 말들을 되돌아보고, 무너졌을 때의 내 말들을 되돌아보고, 말의 사용으로 주고받던 내 안의 영향을 되돌아보며 이르게 된 결론이기 때문이다.

생선 싼 종이에선 생선 비린내가 나고 향 싼 종이에선 향내가 난다고 한 붓다의 말은 참으로 옳다. 만약 내 말이 향기롭기 어렵다면, 차라리 아무 말 없이 마음을 가지런히 정리하는 게 나을 듯하다. 안팎이 진흙탕이라면 차라리 침묵함으로써 언어를 쉬게 할 것이다. 물론 그 이후 길러 낸 것이 연꽃이라면, 더 좋을 것 같다.

오월은 향내로 기억된다

오월이 오면 인문대 입구부터 향내가 풍겨왔다. 들어가 보지 않아도 인문대 홀을 가득 메우고 있을 것이 향 내음만은 아니란 걸알 수 있었다. 벽으로 보이는 모든 곳에 그게 천장이든 바닥이든난간이든 간에 자리하고 있을 끔찍한 풍경과 구호들, 그리고 끊임없이 재생되며 상영되고 있을 다큐멘터리, 사물함이 있는 곳을 가려면, 강의를 들으러 가려면, 하다못해 화장실을 가려면 지나쳐야 하는 그 작은 광장 같은 인문대 홀에서 흩어지지도 않고회오리치는 향 내음을 미리 맡으며 처음엔 눈을 감았다가 나중에는 반만 눈을 감고서 그곳을 스쳐 지나갔다. 마주할 자신이 없었다. 당시 단 하나의 학회나 동아리에도 들지 않았기 때문에 각학회 방에서 오월이 오면 서로 나눠 보고 서로 이야기하고 토론하던 그 시간은 물론 그 다큐멘터리를 본 적도 없다. 다른 방법을이용해 마음을 크게 먹고 보려고 해도 이내 구토를 하며 문밖으로 달려가기 일쑤였다

오월이 오면 등교하던 길에 은은하게 흘러나오던 라일락향에 행복하게 젖어 들었다. 고등학생이던 나는 친구들과 이야기 나누며 성당 담벼락에서 흘러내리던 라일락꽃 자락처럼 물

결치던 그 향기에 유영하듯 앞서서 뒷걸음치며 걸었고 다시 돌아보았다. 꽃향기에 황홀하며 내 청춘을 마음껏 누리고 봄처럼 싱그럽게 촉촉한 살결로 이야기를 나누던 나는, 오월의 그날을 알게 되고 영원처럼 사라졌다. 꽃이 고와서 들여다보다가, 내 방 책상에 올려두고 싶은 마음에 꺾었다가, 가슴을 치며 눈물 흘리는 내가 있을 뿐이었다. 그건 마치 상징 같은 것인데, 무수히 꺾여나가는 인생들, 무심코 혹은 당연한 내 힘을 무의도로 과시하는 순간이자 생명 하나가 무참히 잘려 죽음을 의미했기 때문이다. 한 송이 꽃도 꺾을 수 없는 사람으로 살아가면서 오월, 인문대를 가득 채운 영상과 사진과 언어를 읽고, 듣고, 맡는다는 것은 온몸이 갈기갈기 찢기는 고통을 의미했다.

"우울증은 언제부터 시작되었나요? 무슨 계기로 시작되었나요?"

나를 진료하는 의사가 무심히 침을 꽂으며 두런두런 나누던 대화 끝에 작정한 듯 물었다. 나는 이 질문을 받으면 할 말을 잊어버리곤 했다. 뭐라 말할 수 있는가…… 한참의 침묵이 흐르고 나서야 눈물을 꾹꾹 눌러 대며 대답했다.

"전태일을 만나고서요."
"그때가 몇 살 때인가요?"
"고등학생 때요."

전태일을 만나고 무너졌던 세상은 5·18을 알게 되고서는 모두 불타올라서 아무것도 남지 않은 황무지 사막 작열하는 불길만 남은 인생이 되었다. 나는 그 불길 속에 스스로 가둬 두고 철저하게 철벽을 쌓아 살아가고 있었다. 어차피 이해받지 못할 마음이라 생각했다. 내 공간을 지키기 위해서는 마치 빛을 반사해 위장하는 비행접시처럼 타인에게는 늘 웃으며 지탱했다. 그러나, 그러나, 가끔씩 너무나 견디기 힘겨운 날이 오기 마련이고, 그래서 삶을 더는 유예하지 못하겠다고 다짐하며 쓸쓸해지는 날이면 사람들은 마치 기다렸다는 듯이 말했다.

"네가 부러워."

"어떻게 하면 너처럼 아무 생각 없이 웃으며 살 수 있을까?"

봄이 오는 게 참 싫었다. 어린 시절에는 수양버드나무 가지에서 삶의 희망을 뿜으며 사방으로 흩어지며 날리는 꽃씨 때문에 괴로웠기 때문이고 전태일을 만난 이후는, 살았으나 죽은 나의 상태를 더욱 선명하게 부각하는 촉촉하고 싱그러운 생명력이 눈부셨기 때문이었다. 나는 목련꽃 아래에서 혼자 울고 벚꽃이 흩날리면 거짓말처럼 웃었다.

"오월만 버티면 돼. 저 잔인한 오월만 지나면, 그러면 또 살아질 거야."

그러나 우리에겐 그게 과도한 욕심이었던 걸까? 우리는 왜 수십 년 전의 실패와 실수와 상처와 고통과 지옥을 반복하는 걸까. 4·3의 피 묻은 동백꽃을 지나 5·18의 장미 덤불을 지나 다시 돌이켜 4·16 유채꽃 시절을 기어이 죽음으로 기억하게 만드는 이 지독한 무감각은 무엇 때문인가. 반복적 혐오와 모멸의 언어들로 이어지고 설킨 욕망은 기어코 존재에 대한 환멸을 부르는가. 숨이 막혔다. 보이지 않는 손이 내 얼굴과 내 목덜미를 힘주어 막는 듯했고 내 팔과 다리를 잡아 끌어당기는 듯했다. 그 손들은 살아있지 않으나 살아있어서 살아 내는 내내 더 강력해지는 걸 느낄 수 있었다. 더는 버틸 수 없어서 뭍을 떠나왔다. 평생 살았던 곳을 떠나서 마침내 환상과 낭만과 꿈과 희망과 오욕과 차별과 모멸과 고통의 섬에 발을 디디니, 그제야 숨통이 터졌다.

다시, 꽃향기 사이사이 피비린내 스며든 4·3을 지나고 4·16을 지나고 기어코 세월은 흘러 오월이 왔다. 오랜 시간 눈을 감고 입을 막고 통곡하던 오월이 올해도 되돌아왔다. 이제는 11월이 오면 서서히 가루처럼 스러지던 마음을 지나서 오월이 오면 정신 나간 사람처럼 산사를 찾아 헤매던 마음을 지나서 4월이 오면 에메랄드빛 바다가 아름다워서 더 눈물겹던 마음을 지나서, 지나서, 지나와서, 아직도 이 모든 것들이 너무 아파서 매번 무너지면서, 마지막인 것처럼 무너지면서 결국 일으켜 세우는 나를 본다. 이팝나무도 예쁘고 작약도 예쁘고 장미는 더욱 더 예뻐서 아프기만 한 나를 본다. 낫지 않는 병이라서, 어쩌면 이 평생이, 아픔으로 인해서 살아지는 역설을 보면서, 오월은 그저 내게 온통 5·18이다.

태풍이 오는 날이 두렵지 않을 수 있다면

     태풍주의보가 떴다. 처서인 오늘 조금씩 비를 내리다가 그치고 풀벌레 소리가 들린다. 어려서부터 비가 내리는 것을 그다지 좋아하지 않는데 그 이유는 신발이 젖고 양말이 젖고 그 상태에서 학교 수업을 들으면 조금 비참해지기 때문이었다. 그래서 여름 장마에는 슬리퍼를 신고 등교를 했다. 양말을 가방이나 호주머니에 넣고 참방참방 고인 물을 두려워하지 않고 걸었다. 학교에 도착하면 발을 씻고 손수건을 꺼내 닦고 양말을 신고 실내화를 신었다. 비가 두렵지 않은 사람은 비에 젖지 않는 사람이라 생각했다. 비가 좋은 사람은 안락하게 자가용을 타고 다니고 내려서 바로 아파트 현관으로 이어지는 주차장이 있는 사람이라고 생각했다. 우아하게 창밖을 바라보며 비를 감상하고 차를 마시는 사람일 거라 생각했다. 붐비는 사람들 틈에서 서로가 닿지 않으려 애쓰며 습기와 냄새를 견디는 버스나 전철 내부에서 젖은 우산을 부여잡고 중심을 잃지 않으려 애쓰는 나는, 바람에 비가 흩날려 애써 차려입은 옷이 엉망이 되고 머리카락이 휘날려서 툴툴대며 걸어서 학교에 가고 직장에 가야 했던 나는, 비가 싫었다.

그러나 태풍은 달랐다. 휘몰아치는 비바람 소리도 좋았고 나가 있으면 무방비로 다 젖어 버려서 덜 젖기 위해 애쓰지 않아도 되어서 좋았다. 바람이 거세게 내 팔목을 밀어내 마침내 운동장 저 끝에 우산이 날아가 나뒹굴어도 달려가면서 좋았다. 어떨 땐 그저 비를 맞고 걷고 싶었다. 젖지 않을 방법이 없으니 누렵지도 않았다. 홀딱 젖은 채로 집으로 돌아가면, 세 들어 살던 작은 집 안방 구들목에 먼저 도착한 동생을 안은 엄마가 노란 꽃무늬 이불을 덮고 있었다. 어서 씻고 옷 갈아입고 들어오라고, 추위를 많이 타서 한여름에도 비를 맞으면 오들오들 떠는 내게 이불 속은, 나를 반기는 엄마와 동생의 말들은 작은 천국이었다. 태풍이 오면 그날이 늘 생각났다. 무수히 많은 비와 태풍을 거쳐왔을 텐데도 어린 시절, 초등학교 저학년의 내가 맞이한 비바람과 이불과 엄마와 동생, 낮인데도 켜둔 형광등 불빛 같은 것들.

　　육지에 사는 가족들은 제주도 날씨를 열심히 보고 연락올해 온다. 날씨가 험한 날은 더 아픈 엄마가 걱정돼 안부차 전화를 하니 엄마는 자식이 바쁜데 방해가 될까 봐 몇 번이나 망설였다고 한다. 문단속 잘 하라고, 조심하라고, 제주시는 중산간 마을들과 달리 큰 피해가 오는 경우는 드문 편이라고 안심을 시켰는데도 다시 문자가 왔다. 조심하라고. 이토록 나를 걱정하는 사람이, 가족이라는 것은 정말로 큰 복이라는 것을 나이가 들면서 매번 더욱더 새삼스럽게 느낀다. 언제나 달려올 준비가 된 가족들, 언제나 달려갈 곳이 있는 나의 처지는 비가 와도 새지 않는 처마 같다. 어쩌면 비를 좋아해야 하는 사람은 나인지 모른다고, 승용차와 지하 주차장과 큰 창을 가진 사람들의 안락함이 아니라 비에 젖어도 따스한 이불 속이 마련된 나일 거라고 확신한다.

태풍은 공기와 바다를 순환시켜 공기를 정화하지만, 그리고 나에겐 따뜻한 기억으로 복기되지만, 그런데도 비가 내리면 자신이 아니라 집이 젖을까, 집이 잠길까 두려운 사람들이 많다. 강풍과 억센 비에도 빠르게 달려 배달해야 하는 사람들이 많다. 바닷가에 매어 둔 배들이 걱정될 사람들이 많다. 지어 놓은 농사가 일순간에 엉망이 될까 봐 뜬눈으로 지새워야 할 사람들이 많다. 반드시 재료가 있어야 장사를 할 수 있는데 배달이 지연되어 며칠 장사를 접어야 하는 사람들이 많다. 처마 밑이나 지하도에서 생활하는 홈리스homeless들의 젖은 생은 또 어떠한가.

자연재해가 몰려오면 이 모든 약자는 가장 먼저 타격을 입는다. 내가 젖은 옷과 젖은 신발과 젖은 양말과 온갖 냄새와 사람들 틈의 열기로 비를 싫어할 때도 그들은 언제나 생이 흔들리는 체험으로 비를 두려워했으리라. 비에 젖은 채 귀가해서 가족의 품에 안겨 안도할 때, 그들은 돌아갈 집조차 없이 옷을 입은 채로 신을 신은 채로 젖은 것들을 말렸으리라. 쓰러진 농작물을 일으켜 세우고 몇천 원에 목숨을 걸고 배달을 하고 허탕을 친

하루로 뼛속까지 젖었을 때 우리는, 그것이 단지 개인의 불행이라 말할 수 있을까. 사회적 시스템이 어디까지 시민을 지켜야 하는가는 헌법 제10조에 명시돼 있다.

> 모든 국민은 인간으로서의 존엄과 가치를 가지며, 행복을 추구할 권리를 가진다. 국가는 개인이 가지는 불가침의 기본적 인권을 확인하고 이를 보장할 의무를 진다.

시민의 불행이 구조적 문제와 동떨어질 수 없다. 사회적 시스템은 따라서 태풍 하나에도 적확하게 작동돼야 한다. 이불을 덮어 줄 존재가 없는 수많은 개인인 시민의 인권을 국가는 보장해야 한다.

바람이 거칠어지고 있다. 잠 못 들고 비바람이 두려울 사람들이 안전할 수 있기를, 태풍은 불어야 하고 불어올 테지만 부디 모두 무사하기를, 결국 어떤 상황에서도 안녕하기를.

자유 自由

치열하게 사는 삶에 대해서 염증을 느낀 적이 있었다. '나는 치열하게 살지 않겠다.' 두고두고 다짐할 만큼, 지독하게 치열한 삶을 살던 옛 연인으로 인해 곁에서 살아가면서도 소외감을 느끼고 상처받아 견딜 수 없어졌기 때문이다. 한때는 치열하게 살아가는 그의 욕심이, 욕망이, 그 선한 이기심이 가장 가까운 사람들의 마음을 얼마나 황폐하게 만들고 상처를 주는지 이야기했다. 그는 듣지를 않았다. 그게 더 큰 상처였던 것 같다. 아무것도 양보하지 않으면서 서로의 인연마저 성실하게 이어 나가길 바라는 것이 이기심이란 것을 그때도 알았지만, 그도 인정한 바이지만, 그런데도 잊지 못하고 산 세월을 흐르고 건너와서 이제는 그에게 "그대가 나빴다"라고 당당하게 말할 수 있게 되었다.

지독하게 사랑하지만, 곁에 있으면서도 지독한 외로움과 소외감으로 인해 일탈을 감행하여 불행해진 연인의 아픔과 이별을 다룬 영화 〈가장 따뜻한 색, 블루〉를 보았기 때문이고, 치열하게 살아가면서도 사랑하는 이들을 지켜낸, 어떤 사람을 보았기 때문이다. 치열하게 산다고 해서 반드시 소외감을 주지 않을 수 있다는 것을 다른 그를 통해 깨달았기 때문이다. 그렇다, 이것은 내가 지금껏 잊지 못했던 그 사람에 대한 뒷말이자, 내 죄책감을 털어내는 상황이자, 이제는 어떤 지점과의 완전한 이별의 마음이다. 드디어 원망하던 한 형상을 보낼 수 있게 되었다. 차마 그대와 일면 가장 가까운 사람이 내 곁에 있어도 그대의 안부조차 묻지 못하던 시절이 얼마였던가. 하지만 며칠 전 용기 내 안부를 물어보며 깨달았다. 이제는 그대를 다른 모습으로 보게 되겠구나. 여전히 그립고 따스한 그대로 그러나 내 죄책감의 커다란 덩어리를 덜어낸 채 말갛게 직접 대면할 수도 있겠구나.

그대를 지나치고도 만나온 지난 연인들도 다르나 비슷한 양상을 보였다. 분명히 이상한 관계였는데, 그래서 나는 너무 괴로웠는데, 내 분노와 좌절감을 찾을 언어를 몰랐었기 때문에 비난할 수 없었다. 정작 내가 하고 싶었던 것은 비난이 아니라 비판이었다. 언젠가부터 그들 개개인의 인격적인 부분이 아니라 그들 역시 맨박스*에 갇혀 발현됐을, 수많은 가부장적 언행들에 대해 비판을 하고 싶었다. 그들이 내게 가했던, 나조차 인지 못 했던 가해들이 명백해지고 명확해지면서, 그 가해가 일상과 일반이란 형태로 묵과되고 권장되던, 일종의 여성의 '덕성'으로 칭송받던 그 모든 것들이 언어를 찾아냈기 때문이다.

✦　맨박스란 가부장제하에서 남성에게 씌워지는 억압, 즉 '남성이 남성다울 것'을 강요하는 것을 뜻한다.

어떤 인연은 일정한 세월 동안 깊이 곰삭아야 새로운 시작이 가능하다. 꽃이 진 그곳이 바로 열매 맺는 자리이듯이 저렇듯 내려앉은 꽃들의 짙은 마음은 나무와 같을지도 모르겠다.

과거 페미니즘을 몰라서 소위 '개념녀'♦로 살고자 한 지금의 내가 '과거의 나'에게 펀치를 날리고 싶은 마음이, 그 허송세월이 아까워서 못 견디겠다고 무릎을 감싸 안으며 생각했다. 이젠 정말 다시는 '빨간약'♦♦을 먹기 전으로 돌아갈 수 없게 되었다. 여전히 여성 혐오 문화에 젖어서 나도 모르게 여성 혐오 언행을 하면서 살아가고 살아갈지도 모르겠지만, 이제는 그때 했던, 후회만 남는 참을성과 기다림과 가스라이팅♦♦♦에서 완전히 벗어나고 싶었다.

　　그래, 그런 비판을 조목조목 가할 내게 누군가가 "쌍년"이라고 부른다면, 편안하게 웃으며 "나 이 구역 쌍년 맞아"하며 맞대응할 용기, 그래서 생기는 행복을 찾고 싶다. 그 안에서 치열하게 산다는 것은 내게 주어진 제도적 삶에 도전하는 삶이고 그간 나의 발목을 잡아 온 한국 사회의 여성적 희생과 헌신과 기다림의 삶에서 영원히 돌아서는 이별, 그 기쁨의 삶이다. 민주사회를 이룩하기 위해 광장으로 모였던 87년 6월항쟁에서조차, 함께였으나 훗날 제거되고 소외됐던 여성의 목소리, 힘, 도전을

♦　(가부장적이고 전통적인) 주류 남성 사회가 원하는 여성상에 맞는 언행을 하는 여성.

♦♦　영화 〈매트릭스〉에 나왔던 거짓과 현실 안주의 파란 약에 대비되는 진실과 도전의 빨간 약에 대응한 페미니스트들의 유행어이다. 페미니즘을 알게 된, 이전의 거짓된 삶으로 돌아갈 수 없음을 빗댄 말이다.

♦♦♦　가스라이팅(gaslighting)은 상황 조작을 통해 타인의 마음에 자신에 대한 의심을 불러일으켜 현실감과 판단력을 잃게 만듦으로써 그 사람을 정신적으로 황폐화시키고 그 사람에게 지배력을 행사하여 결국 그 사람을 파국으로 몰아가는 것을 의미하는 심리학 용어이다.

기억하는 삶이다. 그대들이 보여준 선량하고 제도적인 치열함 말고, 나와 같이 헤매는 주변인들이 서로가 서로를 챙기면서도 구조를 박차고 나와 자신을 지켜내는 치열한 삶이다.

이제는 그대들을 떠나보낸다. 잘 가거라, 내 오랜 사랑들. 내 오랜 죄책감들. 내 오랜 아픔들. 그리고 언젠가는 꼭 그대들을 만날 수 있기를. 그때는 그 누구보다 서로 맑은 눈빛이길. 서로가 미움도, 죄책감도, 사랑도 내려놓고 인간적 연민으로 안아줄 수 있기를 바란다. 그래서 우리가, 서로에게, 자유로울 수 있는 삶이길.

평등平等

2020년 봄

오늘은 무슨 말을 할까. 하루를 열심히 먹고 운동하고 먹고 운동하고 씻고 청소하고 이따금 음악을 듣고 이따금 SNS를 보고 이따금 실없는 농담을 하고, 그리고 길고 긴 엄마와의 수다, 이따금 여전히 텅 비어서 기괴했다는 동생의 드라이브에 대한 이야기를 듣고 하루에 매시간 정해진 약들을 잊지 않고 챙겨 먹고 티브이를 보면 지겨워서 다큐멘터리나 보다가 시들해지고 뭔 설거지를 그렇게 전투적으로 열심히 하느냐는 소리를 듣고……. 나도 모르게 어디엔가 몰입해 버려서 옆에서 부르는 소리를 자꾸만 못 듣고 그런 나를 평생 봐 온 가족들은 그런 나를 대수롭지 않게 여겨주고, 길고 긴 환기를 하고도 모자라 여전히 창을 열어두고 방을 데우고, 비염 때문에 방안 혼자 있지만, 마스크를 끼고, 비슷한 시간대에 SNS에 접속해서 잡문을 쓰려 하는 나는, 무슨 말을 하고 싶은 것일까.

내일부터 또 비가 내릴 예정이라 한다. 비가 그친 수요일에는 슈에무라 샤프닝을 핑계로 잠깐 외출해도 괜찮을까. 대구는 차츰 나아지고 있는 걸까. 나는 다음, 다음 주라도 내 일상이 머물러 있는 곳으로 넘어가더라도 죄책감을 안 느껴도 될까. 언제쯤이면 과도한 불안과 죄책감에서 벗어날 수 있을까. 대구에서 머물다가 어딜 가든지 "대구에서 왔어요" 하고 말하고 다녀야 할까. 그래야 양심적인 국민의 자세가 될까. 무엇인가 서류 신청을 위해서 움직여야 하는데 나는 정말, 이제는 급한데, 4월이 될 때까지는 다른 지역으로 가지 않고 멈춰있어야 할까. 가라앉겠지 하고 희망을 품으면 다시금 터지는 집단 감염에 4월이 된들 대구는 무사할까.

2021년 늦봄

오늘도 수많은 알람이 울렸다. 그 울림의 많은 장소가 유흥주점이었다. 클럽도 있었다. 작년 성소수자들이 모이는 모 클럽에서 코로나가 터졌다고 전국이 들썩였다. 비난이 쏟아지고 혐오가 난무했다. 그런데, 그런데, 그 이후 계속되는 이성애자 남성이 주로 간다는 유흥주점에서 번지는 집단 감염에 대해서는 그런 비난이 쏟아지지 않는다. 티브이를 보니 오늘은 이주민 여성이 있는 주점에서 감염이 되었다고 그들 행위의 불법성과 거주의 불법성을 계속해서 보도하는 게 보였다. 그곳에 가서 비인간적으로 여성을 만지고 여성을 거래했을 한국 성인 남성들에 대해서는 한마디도 없었다. 오직 주점, 여성, 불법 체류만 강조되었다. 여성들의 건강과 두려움은 안중에도 없다. 지하 주점에서 집단 파티를 열었다고 집중 비난을 받은 지 얼마 되지 않았다.

죽음은 인류에게 평등하다 하지만 살아서 그 죽음을 맞이하는 이들 에겐 죽음조차 불평등하다는 것을 우리는 안다. 제주4·3평화기념관 에서 마주친, 져버린 동백.

코로나로 인해 커지는 두려움과 지겨움, 가난의 상황은 분노를 키워서 역시 사회적 약자일수록 몰매를 맞을 확률은 높았다. 비장애 원주민 성인 남성일수록 거센 비난의 자리에서 비껴가서 안온하게 일상을 유지한다. 코로나로 인해 증가한 20대 여성 자살률에 대해서는 숨 막히게도 조용하다. 분노하는 사람은 한 줌이고 분노하는 순간 꼴페미가 된다. 세상이 청년의 빈곤을 이야기할 때 여성의 빈곤은 보이지 않았고, 여성은 청년에도 속하지 못했다. 그러니 코로나로 인해 빈곤과 우울함이 가파르게 치솟는다 한들 관심의 대상이 되지 못한다. 오직 문제 상황에서만, 저처럼 유흥주점에서 혹은 성매매업소에서 '살아'가는 여성에게 문제가 생겼을 때만 '불법'이란 이름으로 호명되며 비난을 모조리 받아낼 것이다. 그때도 그 여성들에게 생계와 건강에 대해서 진지하게 물으며 지원하는 시민이 얼마나 될까. 그들도 시민이라는 것을 잊고 사는 사람들 속에서 나는 습지를 지나는 듯 위태롭다.

감염도 비감염도 빈곤과 소외를 겨냥하는 현실인데 왜 곳곳에서 개인을 몰아붙이기에만 급급할까. 사재기는 소위 평범한 비장애인들만 하는 걸까. 그러니까 그건 나쁜 걸까. 최근에 산, 아직도 배달되지 않는 두루마리 휴지를, 늙으신 어머니의 불안 때문에 또 사게 되면서, 생각보다 늘어지는 역병의 시간 속에서, 노인 장애 등등 몸의 움직임이 어려운 사람들이, 무거운 두루마지 휴지, 일상에 꼭 필요한 두루마리 휴지를 미리 쟁여 놓는 게, 더 무거운 쌀과 간편한 라면을 비축해 두는 게, 들 수조차 없이 더욱더 무거운 생수 묶음을 사 두는 게, 정말 나쁜 걸까. 개개인을 훑기보다는 매양 보이지 않는 일종의 일반에 과도하게 주목하며 왜 곁에 보이는 무수한 소외된 이들을 돌아보지 않는가. 정치는, 비판은 무엇을 주목해야 하는가. 여전히 이 모든 것은 "해일이 오는데 조개나 줍고 있는 풍경"인가.

2021년 현재

시민의 다수는 여전히 자신들이 지난해 받은 코로나로 인한 차별을 다른 사안으로까지 연결 지어 생각하지 못한다. 광주의 눈물을, 제주의 눈물을 기억하지 못한다. 세월호를 교통사고라고 불렀던 사람들은 클럽이나 유흥주점의 코로나 역시 불법과 합법으로 나눠 생각한다. 불법은 법적 의미보다는 자신들의 편견으로 빚어낸 관념인 경우가 허다하고 행여 불법이라 하더라도 인간이면 마땅히 누려야 할 권리에 침을 뱉는다. 이 모든 상황을 지켜보며 할 말은 많은데, 할 말을 찾지 못해서 목이 아프다.

아프리카 어떤 부족은 슬프면 마음이 아프다, 가슴이 아프다 하지 않고 목이 아프다고 한다는 걸 어디서 본 적이 있다. 슬픔을 참으며 버틸 때 가슴 이전에 목구멍이 아프던 경험을 기억해 낸다. 무엇이 더 관념적이고 무엇이 더 현실적인 건지 감을 잃는다. 생각을 멈출 수 없어서 곁에 선 사람 소리가 들리지 않는다. 설거지를 전투적으로 하는 이유는 이렇게 생각이 끊임없이 숨은 말로 이어지기 때문이다. 숨은 말은 말이 되어 나오지 못해서 글로도 숨어버린다. 목이 아픈 것만이 상태를 드러낼 뿐이다. 술렁이는 마음이 목 아래로 가라앉는다.

박애博愛

내몰린 것들은 저들끼리 눈물겹다. 지구는 사람만의 것이 아닌데 사람은 영역을 나누고 탐욕을 넓혀 살아가던 생명을 몰아내었다. 내몰려 쫓기는 생명이 안쓰럽고 안타까워서 더러는 비건이 되고 더러는 캣맘이 되고 더러는 비건하는 캣맘이 된다. 여성 혐오가 만연한 사회에서 캣맘이 된다는 것은 만만한 여성에게 가해지는 위협과 조롱을 온몸으로 맞아야 하는 일일지도 모르는데도, 오히려 내몰린 생명들에게 가해가 갈까 봐 짙은 새벽, 어두운 밤길을 걸어 걸어 머이를 주러 다닌다. 때로는 어둠 속에서 위협을 받을 때도 있고 때로는 보이지 않는 곳에서 돌멩이가 날아오기도 한다.

사랑하지 않으면 할 수 없는 마음과 시간을 기꺼이 내어주고도 그 고통의 시간은 끝이 없어서 함께 이 고통의 총량을 줄이자고 목소리를 낼 때가 있다. 느닷없이 생태계를 논하고 인권을 논한다고 하여, 더러는 그들을 '비건나치'라 부르고 더러는 그들을 '캣맘충'이라 부르고 더러는 그들을 '무식한 도덕 우월주의자'라 부른다. 의지박약이라 비건도 못 되고 겁나고 무서워서 캣맘도 못 되는 나는, 이렇게 흘러가는 마음들을, 잔인한 비난들을 어떻게 이해해야 하는지 알지 못하겠다.

　　내 경우는 이런 사랑의 마음에서 채식 지향인이 된 것은 아니다. 알레르기 발생 이후 하루하루가 페스코 식단에 가깝다 보니 점점 더 육고기, 물살이 등의 음식(느끼는 존재인 그들을 차마, 음식이라……)을 거부하게 되었다. 다만 이것만으로도 말 그대로의 '지구촌'에 조금이나마 이바지하는 거라 위안을 두는데 그것만으로도 사랑으로 포장된 강요를 한다. 건강을 위해서, 정확하게 간 건강을 위해서라도 소위 '골고루' 먹으라는 것인데, 기후와 환경이 인간에게 미치는 영향을 생각해도 그 '골고루'가 무슨 의미인가 싶어서 안타깝다. 공장식 축산과 그걸 유지하기 위한 단일 작물 경작, 그를 위한 숲의 파괴, 그에 이어지는 사막화와 생태계 파괴와 갈 곳을 잃은 생명이 인간과 접하는 기회가 늘어남으로써 거꾸로 인간에게 직접 가해지는 위험 및 인수 공통 감염 바이러스의 증가는 또 어떠한가. 무얼 더 말해야 할까. 그 모든 것들을 우리는 고민한다고 하면서, 앞당겨 쓰는 미래, 후손의 오늘을 빌려 쓴다고 이야기하면서 당장 내가 취할 수 있는 가장 약한 사회 운동인 채식 지향은 그 자체로 지독하게 비난을 받는다. 그러면 캣맘은 얼마나 많은 비난을 받을까. 그렇다면 동물권을 이야기하는 이들은 얼마나 많은 비난을 온몸으로 받아 내고 있을까.

　　내가 아직 인류를 위해 고작 채식 지향 정도나 하고 있을 때

최소한의 양심이 펼쳐낸 채식지향 식단.
비건이 되기 위해서가 아니다. 동물권을 위해서다.

내 친구 캣맘들은 자신의 주머니를 털고 시간을 털어 거리의 동물들에게 거주할 집과 먹이를 마련해주고 가장 앞장서서 매일매일 반대하는 인간들과 싸워나간다. 이럴 때 서울시처럼 동물보호 조례라도 있으면 이들에게 큰 힘이 되는데 지역으로 갈수록 아직 그러한 인식은 부족하다. 강경한 목소리로 동물권을 말하는 이 여리고 여린 이들은, 비질 하면서, 돼지와 눈을 마주치면서, 물을 먹이면서, 살려고 도망쳐 나온 닭을 안으면서, 몸이 경직돼 쓰러지면서도, '느끼는 존재'라서 역시 '우리'일 수밖에 없는 비인간 동물들과 함께한다. 우리가 여성 혐오, 장애인 혐오, 이주민 혐오, 노인 혐오 등을 이야기하며 수많은 인류 내적 차별을 응시할 때, 캣맘과 동물권 단체와 비건들은 종차별을 응시하며 우리가 가하는 배제와 폭력, 이로 인해 발현되는 비인간 동물 혐오에 맞서 싸운다.

석가의 자비는 광대하여 대자대비大慈大悲라고 한다. 『열반경』에서는 중생을 대상으로 일으키는 중생연衆生緣의 자비, 모든 존재를 대상으로 하여 일으키는 법연法緣의 자비, 대상이 없이 일으키는 무연無緣의 자비가 있다고 한다. 우리가 자비의 대상을 인류에게 한정 짓는 행위는 석가의 가르침에 따르면 너무나 협소하다. 천 개의 손에 천 개의 눈으로 세상을 살피는 천수보살은 어떠한가. 우리가 천수보살이 될 수는 없지만 한 사람 한 사람이 손이 되고 눈이 되어 서로의 아픔을 살핀다면 우리의 지상은 내세의 극락이나 천국을 찾지 않아도 되지 않을까. 천수보살, 그 눈이, 그 손이, 그 존재들이, 돼지가 되고 고양이가 되고 들개가 된다. 그곳에 대한 믿음은 차치하고서라도 지금보다는 나은 삶이 되지 않을까.

마리아는 지극히 비싼 향유 곧 순전한 나드 한 근을 가져다가 예수의 발에 붓고 자기 머리털로 그의 발을 닦으니 향유 냄새가 집에 가득하더라. 제자 중 하나로서 예수를 잡아 줄 가룟 유다가 말하되 이 향유를 어찌하여 삼백 데나리온에 팔아 가난한 자들에게 주지 아니하였느냐 하니.

—개역개정 『요한복음』 12장 3~5절

시간과 비용이 자본으로 환원되는 이 현실에서 대다수의 사람은 자신이 유다처럼 되었다는 것을 알지 못한다. 자신은 하지 않는 행위를 삶의 방식으로 실천하는 이들을 마리아처럼 어리석고 오히려 이기적이라 생각한다. 하지만 우리와 동등한 비인간 동물을 마주함으로써 그들이 당한 고난을 기억하고 향유를 부어 닦아내는 그들은 오히려 천국에 가깝고 천수보살에 가깝고 예수에 가까운 삶을 산다. 지옥을 함께 버텨 낸 그들이 도달할 곳은 천국도 극락도 아니겠지만 적어도 지상에서만큼은 그런 세상을 만들어 가고 있기 때문이다.

주먹 쥔 손을 치켜들고,
사랑에 빠진 것처럼
"웃으면서 끝까지 함께 투쟁"

매일 아침 눈을 뜨면 물을 마신다. 커피를 내리고, 그 사이 화장실을 다녀와서 다시 침실에 기대어 몸이 깨어나기를 기다리며 책을 읽는다. 주로 이 시간에는 마음이 평온해지는 산문집을 읽는데 어떻게 하다 보니, 아니 미룰 수가 없어서 집어 든 책이 『소금꽃나무』였다. 실은 책을 두고도 읽을 수가 없었다. 읽기가 두려웠다. 무심코 친구와 함께 퀴퀴한 책 냄새로 가득한 두류도서관 구석에서 발견한 『전태일 평전』을 읽고서 세상이 무너지는 경험을 했던 기억 때문이었다. 흔히 TK 지역이라 불리는 대구의 구석, 그러나 넓고 예쁘고 오래된 공원, 어린 시절부터 무지개를 좇아 분수대를 찾아 연못을 구경하러 갔던 그곳, 탐이 나도록 예쁜 인어공주 그림 동화책이 있는 그 도서관에서, 나는 꿈도 희망도 기쁨도 절망도 놓아 버렸다.

알고 있던 세상은 허상이었다. 학교에서 배우고 집에서 엄한 아버지의 가르침과 교회에서 성경 강독으로 듣던 세상은 모조리 원래부터 존재하지 않는 곳이었다. 나는 그걸 참이라고 믿고 그 잡히지 않는 안개 같은 세상을 희미하게 바라보며 낭만을 꿈꾸고 형이상학을 논하는 국문학도가 되고 싶던, 보수적이고 착실한 학생이었다. 책장을 넘기는 순간 훅하고 끼쳐오던 오래된 냄새는 마치 흙 같기도 했고 땀내 같기도 했다. 자리에 앉지도 않고 책장에 기대어 단숨에 읽어 내려가며 바닥으로부터 하나, 둘 떨어져 나가는 이질감은 현기증이 되고 마침내 오열이 되었다.

절망조차 가질 수 없는 우울증은 그때부터 시작되었다. 기본적으로 문학소녀라는 정체성으로 인한 낭만적인 우울감이 다소 있었지만, 누구보다 경쟁심과 자존심이 강하고 적극적이며 쾌활한 성격이었다. 부유했던 집안이 나날이 가난해져 갈 때도, 마당이 넓고 과실나무와 꽃나무와 다양한 식물이 가득했던 집, 커다란 라일락 나무에 걸터앉아 사과를 베어 물고 책을 읽던 그 집 부엌보다 더 작은 안방이 있는 집으로 차례차례 이사해야 할 때도, 다른 학교와 달리 내가 다니는 학교들만 교복을 입지 않아서 오빠 옷을 물려 입던 사춘기 시절에도 나는 절망하지 않았었다. 가난해지는 게 부끄러움과 불편함과 슬픔을 동반한다는 것을 체득하여 욕구보단 포기를 배우며 살아가면서도 자존심 강한 성격이라 내색 한번 한 적 없었다. 잘 모르는 친구들은 내가 부자인 줄 알 정도였다. 그러니 차라리 절망이 있는 우울은 고칠 수가 있는 병이었다. 키르케고르의 유명한 저서처럼 가장 무서운 것은, 절망의 근원을 알 수 없이 절망으로 치달아 『죽음에 이르는 병』을 앓는 것이다. 매일매일 죽어 가면서 치유될 수 없는 고통을 견뎌 낸다는 것은 마침내 모든 감정을 소멸시키는 방법뿐이었다. 그 세월이, 참으로 길었다.

그런데 소금꽃나무라, 사람이 감당하기 힘든 고된 노동에 절여 땀이 만들어낸 등판에 핀 소금꽃나무라……. 이 책을 펼치는 순간 다가올 고통이 예감돼서 책만 봐도 저릿하게 밀려와서 만지는 것조차 힘들었다. 할 수 있다면 최대한 멀리, 오래 저 책을 밀쳐 두고만 싶었다. 그런데 지난겨울, 김진숙 지도⁺가 다시, 길을 걷는다고 했다. 매서운 바람보다 더 냉혹한 현실에서 이 나라 사회적 약자들이 추위를 가릴 천막조차 '허락받지' 못하고 농성을 하는 곳, 청와대를 향해 걷는다고 했다. 해고 노동자 복직, 복직 없는 퇴직은 없다며 멀리 저 남단 끝에서 남한 북단에 가까운 서울까지 걸어 걸어서 오고 있다고 한다. '나라를 나라답게, 든든한 대통령'이 되겠다던 대통령의 선거 구호는 '나중에'에 휩쓸려 지워진 지 이미 오래였다. 절망한 사람들은 절망을 절망으로 두지 않기 위해서 목숨을 걸었다. 곡기를 끊고 절을 했다. 모여서 노래를 하고 밥을 나누었다. 그곳을 향해 걷는 걸음이 너무나 빨라서 함께 하루라도 걸은 사람들은 모두 깜짝 놀랐다고 한다. 조금이라도 빨리 합류해서 연대하기 위해 김 지도의 발걸음은 뛰는 듯했다고 한다.

⁺ 김진숙 지도위원은 본인이 김 지도로 불리길 좋아한다고 한다. 그래서 아래에서부턴 김 지도로 호명했다.

무엇을 할 수 있을까. 애가 타는 와중에, 어머니 병간호 중이었던 나는 가끔 동조 단식을 하고 매일 108배를 보냈다. 뇌 수술한 엄마를 보호하기 위해서이기도 했지만, 집 안이 너무 따뜻해서 반소매 옷을 입고서 절을 하면 땀이 나는 게 한겨울 추위에 떨고 있는 이들을 생각하면 부끄러웠다. 절 한 번에 간질함을 담아 넣고 마음의 길을 트면서 부디 함께 걷는 모든 이들이, 단식 투쟁 중인 모든 이들이, 청와대 앞 농성장을 지키는 모든 이들의 건강과 안녕을 빌고 빌었다. 하지만 '든든한 대통령'은 그들의 길을 막아섰고 천막을 거부했으며 대화를 잘라 버렸다. 도시락과 초코파이가 나뒹굴고 수도와 전기를 끊었다. 참담해서 눈물만 나는데 노동자들은 그 와중에도 웃고 있었다. 절망이 강력하게 포효하는 그 가장자리에서 두려움과 슬픔에 흐느끼는 나와 달리, 절망 가장 깊은 속에서 절망과 하나가 된 사람들이 웃으며 걷고, 서로를 보듬고 있었다.

절망이 없는 우울은 치유될 수가 없다고 했다. 하지만 그래서 저토록 절망하는 이들은, 그래서 절망이 돼 버린 이들은 오히려 치유될 수 있는 것 아닌가 하는 깨달음이 어느 날, 왔다. 절망을 기필코 집어삼키기 위해 희망을 놓을 수 없는 사람들, 추위와 배고픔에도 온몸으로 버티며 맞서는 이들, 마침내 이 땅의 투사가 돼야 했던 마음을 어설프게 슬퍼하지 않아야 하는 이유를, 이 긴 세월을 관통하고서야 조금 알게 됐다.

하여 마음을 가다듬고, 책장에 오래 꽂혀 있던 『소금꽃나무』를 펼쳐 들었다. 아침마다 읽는다. 읽으면 심장이 서서히 썰리는 고통을 느낄 때가 대부분이라 한 꼭지 이상을 읽지 못한다. 아침의 시작은 절망이 되었다. 때마침 어제는 노동절이었다. 김 지도는 내게 절망을 선물하면서 손을 흔든다. 이젠 내 인생 구호가 돼 버린 말, 가슴 아리고 벅차고 행복해서 눈물 나는, 이토록 아름다운 말.

웃으면서 끝까지 함께 투쟁!